FLORET
READING

小花阅读

我们只写有爱的故事

青春阅读　幸得相见

大鱼

有爱的青春陪伴者

糖心初恋

sugar heart first love

竺库 / 著

花山文艺出版社
河北·石家庄

·作者简介·

竺库

| 小 花 阅 读 签 约 作 者 |

90后，双子座，生于蓬莱仙岛，清甜思辨新人作家。不定向强迫症和洁癖，写文是欢喜，不是按捺。

座右铭：路漫漫其修远兮，吾将上下而求索。

新浪微博：@竺库Ace

目录

contents

Chapter 01

性平：五敛子

TANG XIN CHU LIAN

一、或许是一见钟情

张深谙第一次一个人开车上国内高速，驰骋在新阳大桥上还是蛮刺激的，耳畔传来车载音响中正在循环播放着她最喜欢的歌曲 *Careless Whisper*，她觉得自己终于是有点活过来了。

在 9 月这秋高气爽、风和日丽的日子里自己开车去大学校园报到，那是一种怎样久违的美妙感觉啊！她在比利时待了三年，现在回国求学。

她已经好久没有闻到祖国海风的味道和扑面而来的桂树芬芳了。从邻市焦云市驱车到达长丰市酒业坊，来接她的是三年未见的莉莉阿姨一家。

张深谙礼貌地打招呼寒暄，之前电话里就说好了苏一姨父和昆塔弟弟一起送她去学校。于是她匆匆喝了口水，换到副驾驶座，让苏一姨父开车，一行三人马不停蹄地赶往学校了。

开学季，校门口车辆川流不息，人来人往。苏一姨父相当熟悉高教园区路况，也知道捷径，终于是在报到第二天也是最后一天上午十点赶到了这所张深谙即将度过四年的大学——长丰协和医科大学。

张深谙粗粗打量一眼，学校占地面积很大。长丰医大是长丰市医药学专业排名第一的高等学府，在全国也属顶尖行列。她选择这所院校，也是应了妈妈的允诺，在长丰市好歹有莉莉阿姨全家照应着，这样妈妈在异国他乡也能稍微安心点。

三人寄存完行李，就去了图书馆大厅办理报到手续。虽然已是报到第二天，但图书馆里的人仍不见少，反而多得有些超乎想象，好像还有零星几个专业摄影师、媒体人模样的人隐匿在墙角一侧，举着相机不停拍照。是在拍谁呢？有什么人物在学校吗？

张深谙几乎是被一股脑儿挤到自己专业的展桌前的，她还纳闷了会儿，难道今年学校是超额招了很多新生？那这招生办可得累死！

但是，直到她从那一堆攒动的人头里费劲地挤出来后，才惊觉挤在自己专业展桌前的好多妹子都不是报到的新生，她们像是在看谁？谁……来着？张深谙听过忘了，真是哪个明星大腕莅临了不成，搞得图书馆大厅太吵了，而且她快被挤得变形了，超闷！

她也无心探究和逗留，麻溜地跑向了苏一姨父他们正等着的出口方向。

“怎么了？谙谙，不顺利？”苏一姨父看着一脸绯红皱着眉头的深谙忙问。

“没，姨父，昆塔，我们走吧，去寝室楼，在28幢403。”

沿路有很多志愿者学长学姐给大一新生指路，所以他们很快就找到了女生寝室。地理位置倒是极好，张深谙他们医药学专业分配到的寝室刚好在整片学生寝室群的中心地带，楼下就是学校下辖的早餐小格子铺和最大的校园超市，非常方便，苏一姨父连连夸赞她运气不错。

张深谙是第三个到寝室的，四人一间的女生寝室，还有一位妹子是外地人要傍晚才到，算起来，她也是半个外地人。

其他两个室友昨天就到了，已经收拾得差不多了。张深谙到的时候，那两个人应该是外出了并不在寝室，所以趁着没人，苏一姨父和昆塔帮着她迅速整理了床铺、衣柜、写字台、洗漱台，一气呵成。

在苏一姨父出去接电话的空当，张深谙一骨碌坐到了自己的 3 号位下铺，看向苏昆塔。这孩子从上午三年来久违的见面到现在，说的话真没超过十句，且每句的长度不超过十个字……

不过他是真的长得好啊！水灵灵的，白净周正，和一般粗糙淘气的这个年纪犯青春期综合征的男孩子都不一样，他安安静静，仿佛这三年的时光都不存在过一般，除了蹿了个子之外，无论是外貌还是性格，还像三年前的乖小孩，自己看书、学习，仿佛从来也不用家长操心什么。

看他杵在门口跟个坐山雕门神似的，张深谙率先打破沉默：“苏昆塔，你好奇我什么？你问，你不是还给我发邮件了？是三个月前，还是两个月前来着？”

“一个月前。”他清澈的眸子望过来，虽然时隔三年才见面，倒也没有什么拘谨和不自在，反而多了一丝……真挚？

张深谙在想自己为什么会从他漂亮的双眼皮下读出了真挚？

不过她没有继续深想：“最近我申请国内大学，考学，这一阶段太忙，都忙秃了，你是想问出国留学的事情吧？莉莉阿姨也跟我咨询过。”

昆塔轻轻点了点头。

“你是已经读……”

“高一。”

“嗯。”亏得这小子还是很有眼力见的，不然张深谙想自己就蛮尴尬，莉莉阿姨是妈妈唯一的挚友，这么些年，自从爸爸去世之后，他们一家子对她们母女俩的关心程度真的是犹如至亲般。

不过自己真的是记不准苏昆塔的年龄，毕竟这几年她过的日子那叫一个跌宕起伏，实在是无心分神来关注这孩子。以前昆塔太小，也不爱说话又没存在感，以前她自己也是个孩子罢了，所以孩子疏忽孩子，还是不应该计较的。

“你跟我说，这是你自己的想法还是因为莉莉阿姨？”

“因为你。”昆塔脱口而出，脸上有半秒的错愕。

张深谙分明捕捉到了。

“我是说，我妈也希望我改一下个性，总是让我跟你学……”

苏昆塔解释得急，张深谙抢过话头：“传说中别人家的孩子？”

昆塔愣了一秒，旋即绽开了笑颜，稚嫩还未褪去的脸上像瞬间有了光，紧张的情绪一闪而逝。

“谙谙姐你还是这么幽默。”

“嗯，这点我承认。”张深谙嘴角绽开一个浅浅的笑容，她自己可能都意识不到她冷淡中带点温暖的迷人性格有多么致命的魅力。

昆塔看着她微微笑成月牙眼的白皙小圆脸，右脸颊三个小梨窝若隐若现，嘴角便也不自觉上扬，他想那个曾经优秀明朗的少女终于是渐渐回来了。

直到送走两人，她的两个室友还是没有回来。张深谙百无聊赖地坐在书桌前发愣，右手托着腮帮子，视线却并没有聚焦点。

她穿着蝴蝶蓝印花棉质连衣裙，已经齐肩的乌黑秀发终于是在妈妈的念叨下长了点。不过她还是喜欢在比利时那个短发的自己，虽然当时有太多的冲击负荷着，但至少那个时候还可以没有责任感，此刻她忆及未成年的学生时代不免怅然，无论是其实并不好看的短发，还是纷乱的国外生活。

而从今往后，是要走向必须自我负责，必须面对更多别离的路途。所以，少点多愁善感是对的，如今你在变得更好，张深谙！新的生活，祝你遇见全新的美好。她暗暗给自己打气。

她从寝室阳台望下去，很多父母在叮咛嘱咐子女，在购买生活用品，也在话短暂的离别，这些最平凡的场景却真的让她觉得回国念书这件事情变得有意义了，至少不能辜负妈妈的期望。

或许成长的代价就是我们无法肆无忌惮了，就像头顶的晴空和心中的法律，他们给你自由，但也给你束缚。

多么希望，时光可以慢一点，我们可以慢一点长大，再去和这个世界对话。

突然，一个低低的咕噜声从张深谙的肚子里发了出来，她微一恍神，触景生情的思绪被无声收回。一看时间居然已经一点一十四分了，知道楼下就是超市，于是她抓起钱包就跑下楼，独独落了手机可怜地躺在空荡荡的姜黄色书桌上无声叹息。

所幸，超市的人流量并不多，张深谙迅速从货架上捞了一盒方便面，然后拐到最后一排货架挑了牙膏牙刷和脸盆毛巾。正打算出去结账，她听到超市门口窸窸窣窣一阵嘈杂的声音，紧接着有一帮人一股脑儿拥入了超市，本就不宽敞的校园超市瞬间就变得狭小而拥挤。张深谙想着今天自己瘦弱单薄的身子骨注定是要被挤成肉饼了，今天学校到底是来了哪尊大神？

怎么的，今儿个她走哪儿挤哪儿！苏一姨父说的运气呢？在哪儿遛弯呢？

张深谙抱紧自己的战利品，试图穿越拼命把她往超市角落尽头挤过去的人流时，她第一次听清了那尊大神的名字——任致余。

“哇，我的天！终于见到任致余本尊了，真人也太帅了，他居然真的读我们学校，妙哉！”

“今年开始连续四年全国高校校草排行榜我们长丰医大总算可以榜上有名了，善哉！

“什么榜上有名？头把交椅好吗！任大神可是登顶的王者，又不是犄角旮旯里的青铜，咔咔！”

“是是是……”

“任大神逛个超市都自带光环……他的手臂线条为什么这么好看？啊！神哪……大神看我这个方向了……”

“阿嚏！”张深谙被挤到了角落立柜空调风口下，超市老板还开着十足的冷气，所以她很不幸中招了。那股飕飕的凉风就这么肆无忌惮地直往她后脖颈灌进去，害得她连打了好几个喷嚏，还被旁边的妹子嫌弃了一把，她顿感无语。

任致余？校草？狗仔追逐的对象？揭开神秘的面纱？张深谙想，这人应该就是导致今天自己两度被挤成棉花糖的根源了！

唉，都是解放天性的大学少女啊，国内的学风现在也很外放了嘛！虽然理解，但是少女们的眼神好像不咋样儿，张深谙瞅着，顺着妹子们的视线瞄过去，这个任大神明明盯的是她头顶的立柜空调方向，怎么会是左偏 15 度的那个尖叫少女的方向……

张深谙作为一个理科生，并且方向感很好，所以她的判断是不会错的。

果然，就在她打算艰难挪动步子离开这要命的空调冷风口的时候，任致余就这么一往无前地朝她的方向走了过来，哦，不对，是朝空调的方向走了过来。

人群中再次响起了一阵惊呼，并且大家爽快地让开了一条道。这时候，张深谙看到了任致余身后还有个和他一般高的男生，欸，后面这位还有点面熟！是谁……来着？

都怪炎热的夏末，都怪黏腻挤人、人声鼎沸的图书馆报到大厅，都怪马不停蹄的报到流程，都怪她七秒鱼的记忆和不爱关注人的性格，让她完全忘记了后面这位男生就是四个小时前图书馆一楼大厅办理她入学手续的直系学长兼辅导员乔展新。

就在张深谙稍一走神思考后面这位面熟的帅哥是谁的时候，任致余已经站到了她的面前。张深谙不矮，足足有一米六七，又瘦，就更显个儿了，但任致余比她高了足足一个头还要多，所以她一仰头就对上了任致余的眼睛。

这是一双极好看的眼睛，睫毛很长，内双，但是并不小，瞳仁乌黑，就像一层会吸摄人内心最原始心念的光晕一般，迷人又招摇；和昆塔偏浅褐色的大众瞳仁不同，和远在比利时的姜琮那狭长丹凤眼也不一样。

由于距离很近，她可以清楚地看到他并没有戴美瞳和隐形眼镜，看来他的视力挺好，完全素颜的模样，大概因为忙碌额角沁出了几滴汗珠，而被灼热的骄阳晒后显露的微红的皮肤却泛着通透的光泽，还真是个帅哥。

张深谙微微有点尴尬，她真不是颜控花痴，但是任何人都有欣赏美的本能，所以对于此刻觊觎了他人的美貌还妄自评判了一番还是有点不好意思，只是她正准备侧身离开之际，任致余忽然更加靠近，伸过来一只手掠过她的头顶，把立柜空调风门片往上拨弄了一下，她瞬间觉得自己后脖颈暖了。

任致余身上没有尾夏的微汗味，他和她近到可以闻到他身上淡淡的清新香，不像是市面上的香水味，但是特别好闻，让她忙碌了一中午的疲惫感都能驱散一部分的程度。

她刚迈出去的左脚就那么定格住了。很奇怪，张深谙对自己身体的自动反应感到不可思议，虽说她的确是暂时不需要为了温暖挪地儿了，但她还是觉得这个解释牵强附会啊！

此刻他的头和自己就在一个平面上，张深谙甚至都能感觉到任致余清浅的呼吸拂过了她的脸庞，估计是稍不留神都能触碰上的距离，让她本打算继续移动避让的左脚就呆若木鸡般停摆在了那里，整个身子也像是被点穴了似的一动不动。她像个丧失了判断能力的孩童和任致余对视了一眼，那一瞬间居然感受到了一股强烈的电流穿透全身般的酥麻。

紧接着，任致余就这么明目张胆地以半环住她的姿势，往她身后的货架上拿了一卷抽纸。这一刻，她是彻底动不了了，倒不是因为任致余突然的弯腰靠近导致她和周边一水儿的迷妹一样惊声尖叫、呼吸停掉、身体软掉，继而失去了行动力……

而实在是那一刻她右边是水泥白墙货架，左边是任致余那致命好看的侧颜，她被圈在这角落一隅的立柜空调下，压根儿就没地儿挪啊！

张深谙想，这个理由合情又充分。

况且人在突发状况下都有反应的迟滞，嗯，没错！绝对不是自己内心那复苏的恋爱细胞在作祟，跟初次见面的人一见钟情而心动什么的这种草率的事情绝对不可能是理性的自己会做出来的行为！等张深谙做完心理建设，任致余早就已经快步走出校园超市了。

不过刚才，他拿完抽纸站起来的时候是对她笑了一下吗？

来似一团火，去似一阵风，任致余轻悄悄地来，不带走一片云彩，却好似敲松了张深谙心底匍匐已久的淡漠与疏离，撬开了一层旭日般的温暖。

超市小插曲就此落下帷幕，虽然张深谙莫名遭了好几个白眼，不过鉴于任大神全程都没有和她说话，所以还算相安无事。她也很快忘却了这桩小事，差点把任致余这名儿连带这人忘得一干二净。

因为当她抱着战利品回到寝室的时候，手机上两个姜琮的未接电话显示完全夺去了她所有的注意力。她回拨过去，却在好长一段时间接不通。她果然还是联系不上姜琮了，从她回国的第三天开始，从她入学第一天起，从她遇见任致余这一天开始。

张深谙盯着那个号码，眼中喷薄而出的怒火仿佛能把手机烧出一个洞来。下一秒她手指一滑，把这个号码拉入了黑名单！

很多年后，张深谙想起那通电话，不禁感叹，或许有些人是为了再见，而有些人，是为了遇见。

二、野百合也有春天

夏百合来找张深谙是在开学半个月之后，此时张深谙差点变成一截黑炭。由于刚结束军训，她皮肤虽白，但肌肤自我修复能力不太好且脆弱，纵使做了很多防晒措施，还是架不住最后一拨高温下的军训袭击，透亮白皮光荣阵亡，幸而十一长假如期而至，估计回校应该就能恢复如常了。

“看来军训真的折磨人啊！又黑又瘦了！”夏百合捏了捏张深谙的小圆脸，“哎，手感都变差了！”

“妹妹，姐不是为了你的享受而出生的。”张深谙比夏百合大一个月。她们是发小，小学、初中都在一个班，张深谙出国三年，夏百合也在新西兰留学，逢年过节总会见面，平时也会视频聊天，可以说是真正的闺蜜死党了，几乎了解彼此所有的秘密，并且可以为对方两肋插刀。这样的友情，人生得一足矣，就像妈妈和莉莉阿姨一样。

挚友间的调笑打闹早已稀松平常，虽然在外人眼中张深谙几乎苛刻淡漠到不近人情，不过还好，生活没有磨平她所有的棱角，反而让她练就了保护自己的武器。

诚然，如果混熟了，和张深谙成为好友亲人般关系的话，她还是会展现出简单真性情的模样的，她在努力不让自己被时光的沙漏掩埋。

此刻她正眯着眼半躺在夏百合的越野车里假寐，终于得到了久违的放松，让奔波了半个月的大学生活稍许得闲。

“在想什么？谙谙。”

“我在想，大学军训居然这么严格，听说还有800米要跑……”

“哎，张深谙，逗我玩呢？你知道我想问的是你回国以来的感受。”

“好吧，我在想，五年前的我怎么会想到还能过上像这一刻这么平和的日子，能有你一直在我身边。我现在还能偶尔想起第一次见到埃里克尔（继父，比利时籍华裔）的时候、我妈带着我去比利时的时候，”张深谙停顿了一秒，继续道，“周围的人还都说我妈傍大款做了什么见不得光的事情。”

夏百合转过一个红绿灯，沉然出声：“是不是想撕碎那些人的嘴皮子？”

“想把钱撒在他们馅里包饺子。”张深谙冷冷回道。

“哈哈哈，小魔女，够狠！”车子驶过减速带轻微震了一下，张深谙听到夏百合说，“谙谙，以后你只会过春风拂面的日子，相信我。”

“百合，你这么好，我都要感动了。”张深谙睁开迷蒙的双眼朝着夏百合露出真挚的小鹿眼调侃着。

“去去去，一边睡去……”

“好嘞！”

五分钟后。

“谙谙，睡着了？”

“嗯？”

“大学女生不跑 800 米，但是跑十二分钟，就是体育期末考要跑整整十二分钟，大概要跑六七圈……”

“夏百合！”车里传出了张深谙的一声咆哮……

夏百合同志差点命丧小魔女张深谙之手。

张深谙终于记住了任致余的名字，对上了任致余的脸，那是在十一长假归来后的某天班会上——班干部选举。

辅导员陆老师和党员辅导员乔展新制作了不记名投票箱，讲述了竞选规则：由于刚开学，军训期间老师临时指定的男生负责人任致余和女生负责人金远怡，这是为了让大家都方便。当然，两位同学的表现也都非常出色。现在开学快大半个月了，虽然正式上课才一周不到，但相信同学们都已经熟识了，所以我们肯定要民主选举班干部。这也是为了未来一年我们药学系一班的发展，为了大家各自的能力能够得到提升。那么接下来想要竞选班干部的同学轮流上来简单阐述一下竞选宣言，我们总共有包括班长、副班长、团支书在内的八个班干部名额，我们药学一班人才济济，张深谙以最高分考进来的，成绩拔尖，还有任致余，前两名都在我们班，老师觉得能带你们班也是福气。等大家讲完，我们就开始不记名投票，最后任致余和金远怡来唱票，定下正式班委人选，好好为同学们为班集体服务。

辅导员一讲完，就陆续有同学上去竞选。张深谙原来以为会冷场，结果倒是热门，看来大学时代真的是不一样了。想当年中学时代大家连回答个问题都没人敢举手，班干部也几乎是成绩好的人垄断或者老师指定居多。如今倒是和国外的风气一样了，大家都爱表达，展示自己，民主公平，无论结果如何都是一次很好的机会。

讲台上的金远怡正唾沫横飞地讲着她多年担任班长的辉煌履历，作为一开学辅导员指定的女生负责人，她军训期间个人表现也突出，这段日子当临时负责人的缘故她和男生关系也处得不错，听说她还是任致余的小学同学，如今竞选的还是班长职务，那基本上是笃定高票当选了。此时的她肯定想不到半小时之后她那煮熟的鸭子就这么飞了……

就在金远怡讲完之后，基本上想竞选的人都讲完了，除了一心不想当半点官职的任致余、几个男生和两个实在内向的女生之外，大部分人都已经上去讲过了。此刻，全班人的眼睛都齐刷刷盯着张深谙。

这段时间除了和寝室里的几个妹子熟一点，张深谙自认为没有什么特别的存在感，她自己目标明晰——安静地求知，未来造福社会。另外，如果有缘，再结识几个像夏百合一样的朋友也不错。

但是，张深谙总是对自己的判断有很严重的失误，她可是身高破一米六五，体重不过百，入校成绩专业第一，拥有被太阳晒伤后已经恢复如初的细腻白净的童颜小圆脸，笑起来还有梨窝的美少女啊！

虽然她不苟言笑，也没怎么和班里其他人打过交道，但是她的美名早就被齐珊珊传播得很深远了！

张深谙正打算摆手拒绝，室友齐珊珊一把拉起了她的小肉手。齐珊珊——也就是那个最晚到的外地妹子，和张深谙算是关系最好的，因为张深谙不太习惯主动去关注别人交朋友，是热情的齐珊珊率先伸出了友谊的橄榄枝，这点倒是和当年的夏百合如出一辙。

所以，张深谙还真是不好拂了齐珊珊的面子。齐珊珊这个热情可爱的东北妹子像一股新鲜的血液注入了她崭新的大学生活。她喜欢齐珊珊的自然率真和总是恰如其分的开朗玩笑，所以她很珍惜齐珊珊这个室友。因为她知道珍惜背后的价值，她一直相信人与人的相遇都是上天的恩赐，考验和抉择。

于是，她也就顺水推舟赶鸭子上架，硬着头皮上去了，不是她口才不行，也不是胆量不行。在比利时的高中时代，每天都有 PPT 汇报，语言课程、表演课、自我剖析的心理课，外国教育对开发自我、认同自我特别关注，所以张深谙的能力没有任何问题。不过因为今天她的确是完全没想过竞选，所以就压根儿没有心理准备，在心理状态层面上还是觉得唐突的。

天知道，齐珊珊和金远怡在寝室里热烈地准备竞选稿子的时候，她正啃着鸡腿在忙着给夏百合牵线当月老。毕竟夏百合瞧上了他们党员辅导员乔展新，也就是任致余的表哥。

那是十一长假后夏百合送她回校的日子，寝室楼外，恰巧碰上去食堂吃饭的乔展新，学长还把张深谙的行李给抬到四楼去了，绅士又礼貌，党员辅导员果然是人品过硬的知心小哥哥呢。

那之后，夏百合就开始揪着张深谙打听这位帅哥的信息，她的原话是：一见钟情了啊！谙谙，妹妹的终身幸福就拴在你裤腰带上了！

夏百合的比喻真的是……一言难尽！她这么多年都一见钟情多少位帅哥了！靠谱吗？

所以，当张深谙莫名其妙站在讲台上时，脑袋还是有点空白，毕竟演讲这种东西，是要发自肺腑的，就算没有那么深刻的情感共鸣，至少也得有功利的追求动力源吧。但是此刻她真的是无欲无求，一个头两个大，漫无目的她怎么就上来了？义气好像真的不是这么拼的……

“张深谙可能不想竞选，齐珊珊，别逼人啊！”金远怡小声的议论还是传入了她的耳朵。

“谁说的，这种东西什么想不想的，大家畅所欲言表达自我，深谙这么优秀，不当班干部都可惜了！任大神已经不当了，我们全专业第一的学霸深谙总得涨着点士气来拿下一星半点官！”齐珊珊反驳道。

而内向的鲁溪室友仍旧是浅浅地笑笑，不说话，这点和昆塔还挺像的。

张深谙的确因室友们的有趣议论缓解了一丝内心的煎熬，她低头轻舒一口气，浅浅一笑，强迫自己集中注意力，但她又经常忘了一件事：美人一笑换座城！

可能是张深谙这个不经意间的微笑吧！也可能是早在开学报到那天那抹靓丽却冰凉的倩影，抑或是同一天在超市里那个被空调冷风吹得直打喷嚏的无奈小可怜形象，任致余的确对她产生了异样的情愫，或许可以称之为：一见倾心？

喜欢一个人从来没有道理可言。只稍一瞬，可能是人群中一个抬眸四目相对的惊鸿一瞥，可能是她从小到大的样子复刻在你内心久久难以忘怀，也可能是她的一次低吟浅笑，更甚的是哪怕是她对你的怒言相向在你眼中或许都是魅力的所在。

人和人的磁场吸引是命中注定的。一个人一生要爱几个人，要经历几段感情，走入几场婚姻……或许都是命数，它就在那里，你躲不掉，驱不走，这是一场无法救赎的赌局。当我们极度希望抽离逃开的时候，往往我们已经泥足深陷，无法挣脱。

竞选班长的人最多，看来她的大学同学都野心勃勃想大展拳脚。张深谙本来也不想当班干部，于是挑了最热门的班长职位竞选，这样就肯定不会当选的，而且她觉得班长非金远怡莫属了，也就随意说了几句应付一下。

但是，这个世界上，往往是有心栽花花不开，无心插柳柳成荫。

所以神奇的反转就开始了，最后唱票结果公布的时候，张深谙都要跌碎眼镜了，她居然在那种情况下还能以一票的微弱优势超过金远怡成为药学系一班的班长……

金远怡的脸明显有点挂不住了，然而火上浇油的是，任致余的室友罗旭还不忘吼一句："任致余别的班委都没写，就班长写了张深谙……"

嘿！他是生怕别人不知道金远怡暗恋任致余多年了吗？大学就是个没有秘密的加工厂啊！

虽然一向不主动接收外界消息的张深谙那时候还不知道这茬儿，但就选举班委这个事，罗旭同学为什么要雪上加霜把她拎出来给金远怡难堪？

他是没头脑还是不高兴？

张深谙想着，无论是哪个，罗旭暂时进入黑名单，因为……大家起哄的声音已经此起彼伏了，所以她就是因为任大神光荣的一票眷顾险胜的啊……但她其实并不想要这份殊荣好吗！至少目前这个阶段她丁点儿不想这么惹眼啊！

张深谙觉得金远怡这个时候开始看自己不顺眼了。

当时张深谙简单讲完从讲台上随意扫视台下，没承想，眼神却和任致余碰了个正着，可是任致余嘴角那抹意味不明的笑是怎么回事啊？现在想来原来是这么回事儿呢！

任致余想干吗？他这是唱的哪一出？为什么别人都不写偏选她？他们不熟吧？她可不想上热搜好吗！

虽然这些天张深谙在齐珊珊这个因为和任大神同班而每天处于亢奋状态的隐藏迷妹的科普下，略微知道了一些他的光辉生平和影响力。但是本质上，她的确是在刚刚罗旭那个倒霉蛋的画蛇添足下才终于彻底记住了任致余这尊大神，所以，他为什么这样害她？

这要是被班上的好事之徒拿去当小料曝给媒体什么的，这不是搞事嘛！

张深谙再次看向任致余，毫无意外地对上了他那双明亮的眼睛。不过周围甚嚣尘上的起哄声迫使她一下子移开了视线，而且她已经明显感觉到了从右方射过来的那波激光束太刺眼了，像重磅的深水炸弹带着千斤怒气朝自己扑面而来，她怕被瞬间炸飞……杀伤力太强大！

枪打出头鸟，谁来救救她，在线等，挺急的！

她真的觉得快要被金远怡的眼刀砍死了。此刻，她就像一根被点燃的爆竹，或者一只待宰杀的小羊，无辜地被炸响还把周遭的路人给吓个半死；或者被莫名其妙摁在了砧板上，毫无招架还手之力，只等那一刻手起刀落她就被拦腰截断了，想想都觉得血淋淋的残忍，她不做屠夫，更不要做牲口。

她只想安静低调地度过四年，怎么就这么难呢！

她真的不想再成为众人的焦点了，无论哪方面。况且这室友结仇算是忌讳吧，以后的日子也挺不舒坦的，虽然她向来看得淡，但是人毕竟还是凡尘俗世之人，多少也会受影响会不方便，现任班长 KO 前任负责人，这道题太难了！真的超纲了！

很多年之后，不记事的张深谙才知道，金远怡其实早在开学第一天就看她不爽了。女人的直觉就是那么可怕，在那个午后的校园超市里，左偏 15 度方向上除了那个尖叫少女还有金远怡潜伏着呢。

彼时的张深谙和金远怡还没打过照面，但是人家金远怡可没有她这么心大不记人事，金远怡早就有了所有同学的一手资料，虽然不全，但像她的基本信息比如留洋海归和入学照，金远怡还是过目不忘的。那天任致余的一举一动，金远怡都看在眼里，喜欢了任致余这么多年的她怎么会看不出来任致余对谁上心。

所以多年后张深谙才终于清楚为什么第一次见金远怡时，她就给自己甩脸子了……

不久，副班长人选就被替换了，任致余没有竞选就光荣地成了副班长。任致余当班委，大家都举双手赞成，自然没有人会去追究原委，所以张深谙就开始稀里糊涂地和这位大魔王共事了，虽然她一直也不知道为什么原来的副班长就被顶替了……

黑幕啊！举报有效吗？

三、还好我来了

张深谙、任致余、齐珊珊、罗旭、金远怡都报了校金杯辩论社。

那天齐珊珊下了选修课兴冲冲地冲进寝室，在每个人的书桌上放上了一沓沓社团宣传单。

“深谙，你快看！想报哪个社团？我们一起啊！学霸罩着我安心！”说完，齐珊珊还做了个夸张的鬼脸。

张深谙被逗笑，拿起桌上的宣传单粗粗浏览了一下：英语角、街舞社、登山社、羽毛球社、文学社、篮球社、学生会、摄影社……名目繁多，让人眼花缭乱。

“鲁溪，你也和我们一块呗，报个社团还是挺好的，无论是用来打发时间还是锻炼一下自己都不错。你别成天什么想法都不说，自己一个人闷着，大学就是要学着开放包容成长啦！”

“哟，珊珊，真理！”张深谙朝齐珊珊竖了大拇指，赞赏她难得的高觉悟。

“是吗？那深谙，我们去哪个？”

“呃……你和鲁溪一起呗，我就不参加了，班级事务够多了，珊珊女侠饶了我吧！”说罢，张深谙双手合十地求饶。

“别呀！你看我们学校也有好些社团，还是专业对口的，小范围的应该没那么占时间，你好歹报一个呗，不然大学生活多无趣多不完整啊……”

这厢齐珊珊还在唾沫横飞卖命说服的时候，金远怡就打着电话巧笑倩兮，美目盼兮地回来了：“嗯，是吗？好的，那学长帮我留个名额呗，我下午过来填表格。”

“金远怡，你报的啥？”齐珊珊伸长了脖子问。

金远怡瞅了张深谙一眼：“秘密。”

“呵！谁稀罕啊！”齐珊珊转头去找鲁溪，“怎么样？你决定报哪个了吗？如果张大班长丢下我们两个无依无靠的小可怜，那我们只能自力更生了！”

她故意把“张大班长”四个字咬得极重，这话简直一箭双雕，张深谙和金远怡纷纷中招。

“珊珊，别乱射箭……”张深谙无奈。

齐珊珊摊了摊手，调皮地冲张深谙又扮了个鬼脸。突然，她眼睛一亮，从鲁溪桌上抽出一张宣传单。这张好像和金远怡刚才拿在手里的蛮像欸，亏得我刚才费劲伸了一脖子——她想。

“金杯辩论社？”齐珊珊念道，“这不错，鲁溪你那么不爱说话又内向，我们报这个，锻炼锻炼你的口才……”

一听到这个社团名，金远怡猛地侧头盯向齐珊珊手里的宣传单，眼睛一眨不眨。

张深谙疑惑地看了金远怡一眼，金远怡也瞟了一眼张深谙，旋即转移了视线。

“这个我不行的。”鲁溪同学终于说了第一句话。

“怎么不行啊？真的是，这不是为你量身定做的社团？你不行那深谙你到底去不去啊？”

齐珊珊发誓她只是随口一问，因为她知道张深谙肯定会拒绝的，已经把张深谙坑成了班长，打死张深谙都不会再加入这些社团的，那个高冷傲娇的小魔女！

然而，计划永远赶不上变化。人心可是这个世上最变幻莫测的东西，或许是刚刚金远怡太过明显的狐疑让张深谙转变了心思，于是——

“好啊。”

“不行！”

两道声音在小小的寝室发生了碰撞，却犹如割裂了碎金属一般噌地让厚实的地板都无声地抖动了。那股莫名的剑拔弩张的气息就像胀满了氢气的薄气球，仿佛落下一个音符就会掀起惊涛骇浪。

“好啊”是张深谙揶揄的回应，“不行”却是金远怡愠怒的疾呼。齐珊珊的表情从张深谙频道的讶异切换到了金远怡频道的震惊，而离门最远一号位的鲁溪仍旧面无表情。不过她转了个头，终于看向了两个声音的主人。

金远怡为自己的失态一丝不落落入了张深谙眼中而不爽，下一秒，她脚下生风地离开了寝室，把寝室门摔得啪啪作响。

“咦？金远怡又抽什么风？你当选班长这事儿她得记恨到什么时候啊？是不是个成熟的大人呀？这可是民心所向，众望所归，公平公正投票出来的，不服憋着！”

“不过她为什么不让深谙报辩论社？”鲁溪一针见血地指出问题的关键。

果然话贵精不贵多。

齐珊珊一拍脑袋：“欸，你们看我这脑子，我抽出的这张宣传单，刚才金远怡回来的时候我不是瞄了一眼吗？”

“好几眼。”张深谙补充道。

“欸，这都不是重点，这张宣传单好像和她手上拿的一模一样，所以我怀疑……”

“她应该报辩论社了。”张深谙综合金远怡刚才的一系列反应总结道。

“可她为什么不让你报？”齐珊珊问。

张深谙不知道内心受了什么驱使，抑或是齐珊珊各种遐想出的原因太天花乱坠致人蛊惑，更或是金远怡的阻拦太过明目张胆且莫名其妙，所以到了下午上完毛概课，她们寝室三人都出现在了金杯辩论社，填写了入社申请表，鲁溪最终还是没有克服内向走出寝室小天地。

就在张深谙、齐珊珊她们在金远怡的敌意凝视中填完表准备离开时，任致余就这么猝不及防地出现了，他和罗旭一前一后走了进来。

任致余今天穿了一件藏蓝色的格子衬衫内搭白 T，一条破洞牛仔裤，衬衫袖口卷到二分之一小臂处。真是衣架子，宽肩窄腰大长腿，普通的衣服款型都能穿出完美风格，张深谙目测这身衣服也肯定是低调的奢华，只是自己不知道罢了，因为她认得他脚上那双帆布鞋，很贵的牌子。

“欸，任大神，罗旭，你俩怎么来了？”齐珊珊是个大剌剌的爽直东北妹子，早在军训的时候就和男生都混熟了。

张深谙也把罗旭从黑名单中放出来重见天日了，这几天班委开会一起讨论班级工作了解下来发现罗旭生活中只是个没心没肺的二傻子，就没必要迁怒那么久了；至于任致余这如此神秘复杂高贵的人还在观望中，是否可以成为关系好的同学，还是仅限班级工作交流的副班长。

其实被齐珊珊“每日大神小贴士”安利后，张深谙终于知晓了任致余的身份地位，刚开学那阵子也看到过微博上五花八门地挂着诸如“药商巨子二代任致余终现真容”“任致余入读长丰医大”“任致余帅”“任致余 神秘”等热搜，一些帖子还大篇幅更新《天才黄金单身汉豪门巨子任致余的一举一动》，大家纷纷在臆测这么多年都如此神秘的任家继承人任致余，怎么就突然跃然纸上？居然没有出国深造，而是选择国内的大学？任家这位少爷是不是真如外界所传那么聪敏？他的人生规划又是什么样儿的？诸如此类博眼球的话题连续在网络上发酵了大半个月。

总之各种议论的，打量的，探究的，告白的……不胜枚举，简直和银河系一样广袤无垠，一眼望不到尽头。光张深谙和齐珊珊在这入学一月之余看到的已经不计其数了，这都还没算上她们没瞅着的。

所以偶尔张深谙也是有点同情任致余的，如此富贵的出身，如此强大优秀的自身，你吸引了多少流量眼球，也就得经受多少惊扰，这项定律，古已有之，颠扑不破。

不过好在，任家可是占据着几乎垄断国内医药供货市场的金字塔顶端的地位，所以在学校、媒体和相关人士打点了一番之后，热度便也随着任致余自己尽量注意少出现在人多的公众场合，比如说食堂、图书馆等地方而缓解了不少。最多也就是学校里的同学撞见他时偷偷拍个照舔屏一下之类的程度了，倒是没有再出现军训时期大家确定任致余在长丰医大就读后蜂拥而至的不可控场面了。当时为了一睹任致余真容的迷妹们都有从国外飞来的，真的不夸张，把学校的电动大门都给挤坏了，还差点造成交通瘫痪……直接导致后面他都没来军训。

所以最近他好像才开始正常上课，又开始出现在大家的视野中，真是超越流量明星一般的存在了！

其实他们这些班委可以说是和任致余接触时间相对多那么一丁点的一群人了，毕竟这一个多月任致余几乎是不到关键时刻根本就不露面处于神隐状态，比即将毕业的大四学生还见不着人影，人太火啊实在是！

被尘封的宝藏打开的瞬间估计就是会有这样轰动的效应，任致余一向见惯大场面倒是不慌，就是影响出行生活不便。即便被滋扰到经常消失，仍然有种哥不在江湖，江湖却一直有哥的霸气!

所以活络开朗的任致余后援会会长齐珊珊同学自然是逮着机会就和任大神套近乎啦：“任大神也报社团吗？”

“现在不是报社团的热门期吗？我们也来凑凑热闹。”罗旭回，“任大神说，融入一下民间快乐。”

任致余冷漠地睨了一眼罗旭以示他太浮夸。张深谙轻轻笑了一下，脑内自动打出一行字：大神下凡与民同乐!

“哈哈，果然是任大神的风范。”齐珊珊跟着打趣。

“别听他胡说，社长是我哥朋友，来照顾一下‘生意’，也不会常来。”

“差不多的意思。”张深谙附和道。

“什么？”任致余问。

“哈哈，致余你被班长怼了！”罗旭总是能够及时地添油加醋。

不过，金远怡及时拯救了快被任致余的眼刀秒成豆腐渣的罗旭同学：“致余，你怎么也来了，不是不喜欢这种社团活动的吗？”

“你们乔学长游说我来报辩论社，不过我没打算参与这些活动，所以本来不想来了；但你课前不是特意找我让我不喜欢就不要来了吗？”

“那你怎么还来？”

“所以我来了，我来看看，有什么值得我来的没有。”任致余说话间目光却转向了张深谙，笑着说，“发现……的确有。还好我来了。”

还好我来了。

这句话轻飘飘的，任致余性感动听的迷人嗓音说出来，就像一枚投入一汪春水中的软玉，在张深谙的心底激起了一丝涟漪。

她被任致余盯得有点不知所措。任致余这双眼睛，仿佛有魔力一般，璀璨明亮，深邃却不油腻，直接穿透了她沉寂许久的内心。

张深谙发现自己居然有点贪恋这双眼睛，还有竞选班委那天那个神秘莫测的微笑也是，这不禁让她回忆起报到那天在超市帮她拨开空调冷风门的帅哥！也是他，任致余！

当时他离她很近，不过周围一票妹子挤着盯着所以她也没有长时间欣赏他。如今时隔一月有余，她又一向不记无关紧要的陌生人和事，所以将当时残留的印象拼凑一下，也只剩一个模糊的轮廓是帅哥的模子，不过这双眼睛，如今却无缝衔接地重合了！

当时超市里的议论声也在张深谙的脑中响了起来，妹子们喊的名字——就是任致余哪！

张深谙本来就大的小鹿眼微微又睁了一下，她不自觉地抿了一下微厚却天然红润的嘴唇，几不可察的神色紧张了。张深谙知道自己紧张了，自己已经好久没有产生过这样的情绪了。这种紧张倒不是因为发现自己被任致余关注了并且突然发现自己好像有点喜欢上任致余了的紧张。

她不怕任致余忽视她把她当小透明，反倒是怕任致余像此刻这般过分的关注。话说，她为什么要加一个“过分”？

她从来没想过踏入任致余的世界，连边角料都不敢蹭，甚至连像万千甚至都没见过他模样的少女一样的幻想都不曾有过，这是实话，何况到这儿念大学之前她压根儿都不知道他。

毕竟一来张深谙深知成人世界的规则：他俩是活在两个阶层世界里的，像任致余这种大神级人物只可远观，不可亵玩焉，她有很清醒的自我认知；二来压根儿无福消受，她可不想成为无数少女的情敌……

她就只想谈个普通恋爱，好好学习，好好生活，健健康康的，在职业规划上尽量做出点成绩，这些都是妈妈在她回国前叮嘱的，也是她自己想回归的生活。现在好不容易熬过了爸爸去世后那段艰难的岁月，那么只要不再经历像比利时那几年身心俱疲的生活就满足了，一切都会朝着向阳的轨迹前进的。

虽然现在的张深谙已经变成了这样一个淡泊漠然带点腹黑的张深谙了，毕竟人随着成长经历、人生经验的沉淀会遗失过去那个最天真纯粹的自己，你永远也回不到孩童时期，你甚至都回溯不到前一秒的自己。

但她已经在努力变回阳光积极向上的那个自己了，这也是妈妈希望的。妈妈说过：深深啊，回国念书之后，没有埃里克尔，没有姜琮，你做回自己就好，不用那么谨小慎微，不用那么假装坚强又体贴，不用那么优秀，想哭就哭，想笑就笑，累了就给妈妈打电话，妈妈永远在你身后支持你的所有决定。

父亲的骤然离世、重组的家庭、异国的生活……一系列跌宕起伏的变故让她学会了独立、理性、懂事，她知道只有成功才是出路，并且不轻易交付真心，这样才能毫无包袱地重整行囊，拍拍身上的尘土，去拥抱崭新的人生，去亲吻夕阳的倒影，而不再让心流泪。

所以，张深谙觉得自己此刻的紧张是因为突然想起报到那天的好人帅哥就是任致余，这样的巧合让她惊讶了一瞬，并且发现他和那些曾经对她示好过的男生有点不一样。

张深谙悟性高还很聪明，她记得任致余从来没有提起过报到那天的事情，或许是他压根儿就没想起她就是当日他随手一帮的女同学，抑或是他完全不把这件小事作为任何筹码谈资。照理说，任致余不应该记不得她的脸，她长得就算不是倾国倾城，也是很有辨识度的漂亮，够系花级别了；而他又不像她一般不记人事，那么以他的从容不迫，他现在的所有表达都太让人舒服了。

但是，他现在看着她说的这句话是什么意思？

还好我来了。

虽然此刻她仍然不会做过多衍生，觉得自己对他来说是特殊的，他会看上自己……那都是无稽之谈。

张深谙紧张于虽然目前自己十分清醒，并不会因为一张多出来的选票而自作多情给自己安上他喜欢的人的作死称号，毕竟那可能完全只是一个巧合，他恰巧随手涂鸦了一个他压根儿不怎么关注的当时不出彩的名字，然后她就稀里糊涂踩了狗屎运当了这个乌龙班长；但她的确在这对视的十几秒内急速地设想过要是有一天这道感情的闸门被打开演变成昏头的一腔热爱那才真会酿成无法承受的后果，所以她必须要切断所有的导火索。

她轻轻撤了脑内紧绷的弦，幸好理智及时赶来，怎么会有凭一个眼神就能沦陷的人呢？在她张深谙这儿是不存在的，她微微蹙了一下眉头。

那么她此刻的紧张，其实很大程度就是因为她猜不透眼前这个人了，他的一举一动都那么随性，他似乎对所有人都差不多，不关注不在意。

当然这可能跟他与生俱来的气质和所受的教育有关。但是，的确任致余比她遇过的任何一个人都更刺激她的眼球、吸引她的注意，一种难以言喻的感觉好像油然而生了，只是她还没有意识到，她已经下意识切断了那份油然而生的感觉。

张深谙喜欢去揣摩看透一个人，并不是为了彰显自己有多聪明，而是那样的话，她就能够有分寸地对话，有节奏地疏离，这是生活教给她的道理。

可是她却有点看不透任致余，所以她无法判断他所有动向的意图，她也怕被驾驭不了的那个世界无端烦扰，从而惹来一身祸端。

就像她从来都知道自己和任致余不是一条水平线上的人，她甚至觉得他们连交点都没有，只是两条平行线，还是背道而驰的。

她只是想要平凡简单的幸福，和这个世界上的普通人一样，这也就解释了她在心里起伏了七上八下之后，冷静地处理掉了那灵光乍现的把自己带入偶像剧女主的不现实的蠢萌想法！

然而情绪的确在这短时间内风驰电掣般闪过，所以她的表情管理可能有点失控，因为她已经听到齐珊珊的起哄调笑了：“哟，你们什么情况？从实招来！深谙，你脸红啦？啊！你这冰山般冷漠的小魔女也会脸红？”

齐珊珊一边指着张深谙细微泛红的脸颊，一边问任致余：“任大神，什么情况？班长副班长你们早就暗通款曲了吗？”

“齐珊珊，先武装好知识再来八卦。”任致余率先打破了齐珊珊兴致勃勃的妄断。

他似乎看出了张深谙的紧张，虽然他也有点料不准她在想什么。

她蹙眉了，眼神游离了，她是不太喜欢对视吗？都把她弄紧张了，不过齐珊珊有句话总结得倒是精辟：冰山冷漠小魔女。

任致余看着张深谙仿佛在无声地抱怨：我一直在想怎样才能让你这个冷漠的女人记住我，毕竟靠脸在你这儿刷存在感行不通，因为我看到你在班会课竞选演讲的时候对三胖（他们班一个每顿饭吃三两的胖胖的男同学，绰号“三胖”）都笑了三次，但看我时从来没有任何表情，永远像教导主任……

张深谙仿佛有心电感应般避开了任致余那双魅惑的眼睛，再看下去心脏受不了，不过任致余刚才是在报复社会般地控诉她吗？她最近明明没惹到这尊大神呀。

“珊珊，别闹，没有的事。”张深谙否认得急，企图掩饰自己的紧张。

任致余就在她面前，把她所有可爱的慌张尽收眼底，但是她究竟在慌张什么，其实任致余也觉得有时候真是看不懂。

如果是别的女孩子，他肯定不用这么蠢的追人方式，哦，这时候他才后知后觉地发现，刚才那句话他好像在撩她？

好像在他的理智大脑还没决定“是喜欢她吗”或者“会一直喜欢她吗”的时候，心已经不由自主先一步用实际行动在证明了，年轻人想那么多干吗！现在的年纪不正是青春最肆意的芳华，荷尔蒙美好飘散在青春世界里的时光吗？

花开堪折直须折！你好不容易对一女孩儿动心能不能爷们儿点？大脑强烈地警醒着，任致余感觉到了。

可是，这的确根本不像他。

任致余像是发掘出了自己的另一面后，在心里笑了一刹那。照理说他一向是自控力极强的，或者说，这两年长大之后，多少女人对他趋之若鹜，有多少诱惑找上来，他一直都无比清醒没有丝毫逾越。

但是这一次，他好像真的动心了，长这么大第一次动心也是难得，所以才会这么控制不住想去关注她，想去撩拨她。

看来要好好研究一下“追人”这门学问了。

因为如今每每遇上张深谙，他就犯蠢，才后知后觉地发现自己在潜移默化地想去拨动她的心弦。如果照最近这般理智的大脑跟不上冲动的心所产生的一系列行为算的话，那么他承认恋爱使人智商为零这件事情。

怎么会是不爷们儿不男人呢？犹疑不决？任致余否定了这些大脑嫌弃，他只是慎重了，因她不一样，对她，的确不一样，她那么特别，他第一次遇到这样的女孩儿，更是初尝心动的滋味，居然就产生了想要与其共度一生的想法。

她不是一般女孩子，从第一眼看到她的时候，他就强烈地感觉到她那么与众不同。所以他只能静观其变，以静制动，伺机而动，争取占据先机和主动权。

在那个闷热的图书馆大厅，在被表哥乔展新软磨硬泡好几天之后，任致余终于在新生报到的第二天也是最后一天成了免费人脸刷劳动力机。

各大高校录取名单早公布在各种情报群里，像任致余这种名人，一举一动自然堪比明星效应，要不是他低调，几乎未被社交媒体捕捉到一张正面照，就真的每天都要活在聚光灯下不得安宁了。事实证明，他也的确刚从这种情况下解脱出来不久，这也是父亲从他中学时代开始把他放到世界各地读书的一个不得已而为之的一石二鸟的原因。

但是他要入读长丰医大的消息仍然不胫而走，社会各界有多少双眼睛盯着，关注着他的一言一行，他还没有进入任氏医药集团，似乎已经带着与生俱来的烙印，稍有动向，他不用看，就知道相应的股市都会震荡……

所以这么多年，他一直在奔跑，不曾停下来，看一看身后的风景。他必须配上他的天赋，感恩他得天独厚的条件，他是任氏的门面，任氏的未来，所以他必须时刻光鲜亮丽。他甚至都没有生病的权利，他也很累，也有自己的梦想，也有想维护的人。

所以这一次，他想是时候了，可以停下来，去寻觅那个让他心动的她。他不用再依附于谁，受任何人的牵制了。

大抵，所谓的风云人物，向来是人未到，声势必先浩荡……

所以当乔展新在药学系学生会公布任致余将作为工作人员到场的时候，学校官网、各种信息群都差点瘫痪了……

果然，开学那天，本来稀稀拉拉的图书馆大厅摩肩接踵，人山人海，人多得就跟蒸笼里的包子似的，一屉接着一屉，根本停不下来……

任致余就是因为这些名声的负累才一直不让自己曝光，他以一己之力和家里斗争，他想去为同样优秀的姐姐争取平权对待，他不想让自己的形象曝光去为家族赢得更多的荣誉与财富，去锦上添花。他更想强大到独立出来，可以脱离任氏体系，而不用靠家族的势力去为他平息回国读书这段日子以来所遭遇的或者今后长期将面临的偷拍、通稿、热搜、舆论……

他想，他终于快有能力做到这些了。

所以，他坚守自己的底线与道义，硬气地为表哥乔展新站台迎新。既然这是家里给他的最后两场施压之一，而且他力所能及，那么他服从安排来念这个专业，反正他回到国内，早晚会曝光，索性提前揭晓，大方地帮表哥这个举手之劳的忙。至于联姻，是绝不可能妥协的。

车到山前必有路，无良与不理性总有一天会败给正义与真相。

就算砍掉了再多的枝丫，它的根系却早已融为这片土地的骨肉，不可分离，所有的荆棘都能被时光锉平，也终将开出最璀璨的鲜花。

他唯一算漏的大概是自己在广大年轻人心中的神秘影响力，“任致余”三个字，就像一张致命吸引的名片，无论到哪里，似乎注定光芒万丈。

张深谙就是在任致余被这种拍照的、惊呼的、拥挤的、看热闹的闪光灯阵仗折腾得要打退堂鼓的时候出现的。她的蝴蝶蓝印花棉质连衣裙清新素雅，她高挑纤细的身形也完全没有被人流给淹没，她清冷的气质和可人容颜形成一股强烈的反差，就这样悉数映入了他的眼帘，闯进了他阅尽千帆的心。

“你好，我是19级药学系一班的张深谙。”她的声音透着一股播音腔，清亮动听，像一片清凉的水雾，给任致余烦躁的心映射了一层玻璃幕墙般的明亮。

张深谙——他看着她的证件照：不施粉黛的小圆脸，正浅笑着，右脸颊还有梨窝，利落的马尾，没有刘海儿，光洁饱满的额前碎发不加修饰，这是高中时期拍的照片，天然清纯的模样，煞是好看。

他递给她印着照片的饭卡和入学资料文件包，不过直到最后她填完基础信息表格离开居然都没有看他一眼，他还真成了宛如空气的工作人员。

任致余觉得她应该是全场唯一一个没有赏自己一眼，不知道自己是谁的女孩子了，还真是印象深刻。

可能是众人的火热和她的冷淡形成了鲜明的对比，可能是她刚好出现在他最躁郁的时候，总之她的模样就那样烙印在了他脑海中挥之不去。

她的眼神有股淡淡的疏离感，纵然被周遭的人拥挤得微蹙眉心，脸颊泛红，但仍旧是一脸的平静与肃然，没有入学的欣喜，更没有任何激动。她是那样的清新，就像他曾经最爱的音乐一般，让人想去探究她那玩味的眼神里承载的故事。

因为知道她暂时和自己同班了，任致余回想起那时的自己好似忘了来这所大学进这个专业的缘由了，那瞬间，他真的觉得可以为了她继续留在这里了。或许四年，或许一辈子，冰山也总有融化的一天不是吗？

而你的故事，我真的想过用余下一生来慢慢品鉴。

想到这里，任致余觉得自己最近真的只要和张深谙碰上，她就会时时刻刻萦绕占据着他全部的思绪，左右着他的喜怒哀乐，她的魅力仿佛是没有穷尽。

好像自从遇见了她，他就再也看不到其他任何人了。

就像此刻，任致余看着张深谙红晕爬上脸颊的不自然的模样就会不由自主地笑出来，认识她以来第一次看她这副紧张的样子，她到底在紧张什么呢？

难道是他刚才那句话吓到她了？可她明明是不该被这种话惊到的女孩子才对。她平时淡然处之的状态，与世无争、遗世独立的模样，仿佛看破一切的空灵，就像一个无论在哪方面都不会喜怒形于色的老手，这也是她致命魅力的一面，当然或许只是无限吸引他的千面神秘之一。

不过现在看，原来张深谙也会慌张失措的，虽然是那么短暂细微的表情，但是他捕捉到了。她如此百变多样，让人捉摸不透，也更让人上瘾，所以他被她真实的惊慌给逗笑了。虽然他也还没有看透她，但是余生不短，来日方长。

金远怡在一旁看到任致余这个笑容的时候真的再也憋不住了。这样发自内心的真挚轻松的笑容多久没看到了，似乎久到在金远怡印象中只有小时候的任致余脸上才会露出这般天真自然的微笑了。上中学以后他就出国了，在各个国家念书，她只能通过爸爸的透露，才偶有任致余的消息，甚至是她想方设法才寻到他的足迹，他根本已是她触不到的人了，也再没有见过任何他的笑容了。

金远怡不想承认，任致余压根儿都不记得有过她这么一个同学，喜欢了他这么多年。毕竟喜欢他的女生那么多，她只是那浩渺星辰中的一颗而已，微不足道还不打眼。那时候她觉得喜欢一个金字塔顶端的男人真的好难，可是她天生就有种征服强者的不屈不挠的精神，所以时至今日，明恋苦恋这么多年，终于再次等到他回国求学，她也考进这所学校，让爸爸托关系和他分在一个系一个班，这执念也是她自己最后的挣扎了。

所有在她看到的有印象的任致余的过往里，他这么笑对过的女孩子貌似只有张深谙，就更加印证了之前他三番五次对张深谙的特殊优待。金远怡觉得自己的这盘棋是个死局，她必输无疑了。她像一直在扑腾的小丑，只是她一直不肯接受这个现实无情的鞭笞罢了，她要跌得粉身碎骨，或许才会回头。

于是她扬声道："齐珊珊，你别乱说话，暗通款曲是这么用的吗？没事多去读点书，你别把同学间的关系想得这么龌龊！"她根本控制不住自己通过转移怒火来宣泄此刻糟透了的心情。

"欸！金远怡，我哪儿想得龌龊了，你没病吧？你嫉妒深谙吧？"齐珊珊回呛。

"我嫉妒？齐珊珊你嘴巴放干净点！"

"你！"齐珊珊指着金远怡的鼻子一下子被气得说不出话。她虽然平时大大咧咧，爱开玩笑，没心没肺的，直肠子说话也不经过大脑，是个标准的东北妹子，但缺少东北人最显著的两个特点：高大的身躯和火暴脾气下说干架就干架的气势和实力。

齐珊珊在东北人里头算是娇小的，堪堪一米六，而金远怡和张深谙一般高，她还蹬着细高跟鞋，首先气势上齐珊珊就被削弱了。

"我怎么了，你妈没教过你好好说话，那就我来教你如何好好做人！"

当齐珊珊被气得急欲搬出纸老虎动手的架势的时候，金远怡那狠辣的眼神一闪而过，她扬起手，仗着比齐珊珊高出一个头的优势，嗖地挥出去，那一巴掌眼看就要打在齐珊珊脸上了！

千钧一发之际，张深谙冷冷地一抬手，精准截住了差一厘米就要落到齐珊珊脸上的掌风，接着往下一甩，打掉了金远怡的手，蹬着细高跟的金远怡踉跄着后退了好几步。

“张深谙，你干吗呢？”金远怡惊叫，急忙扶住了一旁的桌子。

“金远怡，我警告你放尊重点，说话就说话，吵架就吵架，君子动口不动手，你还欺负同寝室友，真是出息了。这就是你妈教你的为人之道？我今天是见识到了，还有这么霸道的女大学生呢？一个不顺眼就要动手打人，日子过得这么精彩啊！你当你爸是李刚？那也进去了！你那辉煌的履历怕不是这么欺善怕恶夺来的吧？有钱有权有背景？但是好汉不提当年勇，你现在啥都不是，就给我安分点儿夹着尾巴做人！在这儿嚣张什么？情意仁礼一个字没占到，你又干吗呢？只会撒泼尖叫，叫得我耳朵都疼。”张深谙冷静平淡地说出这一番教训之词。

说完她就有点后悔了，金远怡的后台好像蛮硬的……她自己的前路倒是不怕，继父埃里克尔的实力也是有的，大不了她回比利时，只是担心齐珊珊，怕现在帮了齐珊珊就是害了她，另外，她觉得和金远怡的结怨似乎更深了，都快深不见底了……

唉，她刚才凭什么这么有底气地数落金远怡的？

可能是护犊子的满腔热血？也可能是任致余在场吧！她在赌，以任致余的名气和实力，她收拾不了的烂摊子，她赌任致余应该会给她接盘吧！毕竟先动手要欺负珊珊的理亏一方可是金远怡啊！

而她就是疏通了一下筋骨，活动了一下嘴皮子，惩恶扬善一下也无伤大雅吧！没有那么多“后遗症”的吧！

看，连平时伶俐话痨的小可怜珊珊都蒙了！所以我这算是正义的使者吧！张深谙一边想着，一边哀怨地瞥了任致余一眼。

果然，他像是完全读懂了她内心的小九九，麻溜地发话了：“金远怡，别无端挑起同学纠纷了，被同学们看到影响多不好。这里是大学，不是幼儿园，同学之间要互助友爱，班长说得很对，我们要谨遵班长的教诲。”

任致余帮衬完张深谙，对她俩说：“张深谙，你和齐珊珊先走吧，安抚一下她的情绪，我和社长打声招呼。”

“哦，好。”

金远怡失利失势，这几个人是联起手来要她好看了，还有周围一小拨吃瓜群众举着手机对她指指点点，都让她的自尊心受到了极大的羞辱。

“齐珊珊，张深谙，你们给我等着！”金远怡撂下一句狠话就跑出了辩论社。

齐珊珊看着金远怡跑远的背影在张深谙耳侧小声嘀咕：“深谙，咋办？她爸好像是本市有头有脸的人物，我们以后的日子不会真的不好过了吧？”

“别怕，不是有我给你撑腰嘛！”

“真的？”

“呃，或许我们可以考虑更强大的后盾罩着……”

“谁？”

张深谙的视线追随着正和辩论社社长攀谈的任致余。

“任大神？”齐珊珊惊呼。

任致余听到齐珊珊的声音，转过头来，露出疑惑：“还没走？”

“走了！”张深谙对上任致余的眼睛，真挚地说，然后拉过齐珊珊，以迅雷不及掩耳之势飞出了辩论社。

回寝室的路上，齐珊珊挽着张深谙的胳膊一顿猛夸：“深谙，我爱死你了，你刚才太帅气了！我还是第一次见你说这么多话，我还以为你这个不食人间烟火的小仙女对啥都不上心呢！你对我太好了！气死金远怡，哈哈哈！”

哦……刚刚你还调侃我冰山冷漠小魔女来着，怎样？

不过这娃真是说风就是雨啊！真是单纯的女孩子。

不过，也是她这样毫无心机的天真模样才能让张深谙收获弥足珍贵的友谊吧，让疲惫的心停下来休憩。

四、我想我从来没有像这一刻这么认真过

时光就像车轱辘下碾碎的米粒，无法复原，它从来都是从指缝间溜走，将你的酸甜苦辣昭然若揭。夏热是尽退了，深秋层林尽染，寝室衣柜里花花绿绿的夏裙也被灰黑色系的长衫短袄代替。

又到了药学系一年一度上山采药上实验课的日子了，其实这也是张深谙研究国内药学专业最感兴趣的课程，因为可以像李时珍为了撰写《本草纲目》一样，去触摸山野的精灵，执掌人体脉络的修复者，那是多么神奇的一件事情啊！

每一个医者都希望有一天可以自医，医学这个行业有太多的身不由己与艰难险阻，而药学则是象征中华古派成医萃取的精华，可谓自成一脉。中药虽然见效慢，但是于身体并无太大副作用，所以拥趸者众多，大家为了各自的目的，投身这个高尚的行业，但是真正走得久的，用心走的又有多少人呢？

张深谙对医药的向往，可能是围炉夜话时可以用盈满药渣的漏斗

去驱散病魔的福蒂，从而拯救萎靡的心灵。至于得到解脱这件事情，终归谋事在人，成事在天。她对手术器材并不敏锐，所以她退而求其次，用感官去触及医药，所以她回国来接受正统的熏陶，希望自己那最直白的愿望不会变成奢望。

她选择晦涩漫长的医药事业，自认也没有什么远大的目标，那种悬壶济世，造福社会，还真不是一己之力可以到达的境界，那自然是每个人最崇高的美愿，但是眼下还是先脚踏实地，一步一个脚印，打好基础，认真钻研，从最小的身边人事开始投注关心。这样的话，总有一天，会有所成就的。

张深谙作为班长事先安排了这次野外实验课，就着以前几届的路子预订大巴车，联系药材森林区负责人，发放通知……甚至连老天爷的“脾气”都提前调查过了。

所以一切都很顺利，除了中途的小插曲，那就是夏百合那厮为了撩汉竟然让她老爸托关系走后门给她在药学系弄了个二专读。天知道不爱读书的夏百合为了混个文凭，正在某三流野鸡大学读工商管理呢！张深谙在某天订车子的时候听到这个消息都能想象他们家一定刚经历了一场腥风血雨，辛苦夏叔叔了，养了这么折腾的娃不容易。

所以在万里无云的秋日里，药学系的学子们＋辅导员老师们＋党员辅导员学长学姐＋空降兵夏百合同学一行人浩浩荡荡地出发了。

很巧合的是，他们班这辆车女生负责人张深谙班长和男生负责人任致余副班长坐在第一排，后座则是乔展新和夏百合。没办法，学长照顾新人，夏百合是这么邀请来着……

张深谙清点了人数，大概讲了一下到达目的地之后的分组安排和野外拓展踩点情况等，因为从学校去药林区有近一小时的车程，到时候得投入很多精力去辨别药材、植物草药，取材做标本、做实验，所以讲完就让大家补觉了。

她舒了一口气坐下来，一瓶开盖的酸奶就出现在了眼前。

“谢谢！”张深谙顺手接过抿了一口，清凉酸甜的口感瞬间溢满口腔，味道妙极了，顿时让一早上的忙碌有了个释放的出口。

“举手之劳。你睡会儿，等会儿下车后你会很忙很累，现在我替你盯着。”说完，任致余很自然地把睡眠U形枕套到了她的脖子上。

“好吧，谢了！”张深谙用眼神指了指U形枕，“那任致余你到目的地前十分钟叫醒我。”

“可以。”

“那辛苦你了，我先眯会儿。”

“作为副班长也是应该的，不用谢我。”

张深谙真是睡得香甜，小嘴微微噘着，倒是不打呼噜，不过睡相并不正。眼看她的小脑袋要和右侧玻璃来个亲密接触的当口任致余赶紧一把将她捞了过来，稳稳靠在了自己的右肩，还好没有惊醒她。

任致余全程都注视着张深谙，她蛮瘦的，手也小，但力气倒是不小，脸也蛮圆，梨窝也是可爱得过分了，但她的眼神为什么总是会偶然出现冷漠与失落呢？就像第一天在图书馆大厅看到的那样，和周遭的环境格格不入，让人不得不把注意力全部放在她身上。竞选时，她云淡风轻，处理班级事务却一丝不苟，滴水不漏，尽善尽美；护朋友时，她仗义执言，不屈不挠，但是这样貌似睥睨天下、运筹帷幄的她又会在和他对视的时候惊慌紧张，现在她睡着的模样又那么可爱单纯，就像一个不谙世事的孩童。

所以，到底哪一个才是真正的你，张深谙？

我很想聆听你的故事，真的；或许，我是很想成为你故事中的一员。

我想读懂你的过去，守护你的现在，憧憬我们的未来。

任致余真的在思考，他的一见钟情能不能停驻成有责任担当的长久的爱，这样他的心和脑就不用分裂打架了……

他需要一个能够治愈他，让他慢下来的人出现，那样的人才可能会陪他走完这一生。但是，现在他还不能确定，还不敢确定，悸动的情愫虽然第一次产生了，而且这是较以往任何情况都不同的感情问题，那更需要深思熟虑。他要对自己负责，更要对他爱的女孩儿负责，他还得给突然产生这样不可思议变化的自己一个交代，他知道心脑终会有统一步调的那一刻。

进入药林区，那真如人间仙境一般，空气中都透着一种清澈见底池水般的舒怡感，每一抹郁郁葱葱的生机盎然都像绿色的雾，让这片药林区更加神秘与庄严，沁人心脾仿佛可以延年益寿，你的所有神经在这里都得到了久违的新生。

这里能够让你的目光装满神奇的物种，让你的身心得到无与伦比的享受。

聆听鸟鸣都变成了让人心悦的安虞，吸闻药花香都变成了让人与世无争的欢欣。

这里的时间仿佛都慢了，这里的人都平添了几分和颜悦色的慈祥。

人杰地灵，大概说的就是这样的地方吧！

下车之后，药林区负责人和引导讲解员已纷纷到位了："同学们，欢迎你们来到长丰药林！我们长丰药林可是整个长丰市医药学专业的学生、专家学者们的必到之地，每年都有一批批的学生慕名而来，你们是未来的医者仁心，我们这里有丰富的医药材，草药，植物花果……到时候引导员都会帮助你们鉴别，你们陆老师也是专家，可以给你们指导。那下面大家就按照入林守则，穿戴好专用鞋子，去寻觅你们自己的药材库吧！”

由于张深谙他们班男女比例是一比二，所以基本上就是一个女生寝室四人搭配两个男生，全班分为七大组去完成实验课大作业。而张深谙和任致余这组班委众多，所以多跟了两个人乔展新和夏百合，于是他们一行八人就选了药林区小山径上那条线路出发了。

乔展新和任致余在最前面开路，金远怡抓着鲁溪紧随其后，罗旭和齐珊珊两个活宝是第三梯队，而张深谙则和自己的发小夏百合殿后。

“百合，说吧，意欲何为？”张深谙问。

“如你所见喽，不过我们为什么要走在最后？我要去和男神肩并肩！”

张深谙一把拽住夏百合的卫衣帽子：“你去和太阳肩并肩还差不多！矜持点懂不懂？还男神？你是不是认真的？我们党员辅导员那可是三好学生，根正苗红的学生会会长，和你以前的那些个花花绿绿都不一样的。”

“知道了，知道了，我都调查过了，你们班任少爷的表哥嘛，还真应了那句话不是优秀的人不进一家门，优秀的人都跟优秀的人玩。”

“那你和我玩岂不是很优秀？”

“谙谙，脸呢？”

“好了，不开玩笑，你这回当真认真了？”

“比真金白银还真啊！谙谙，我那么多经验输出给你，为什么你就能如此铁石心肠？女人年纪越大越难嫁，老夏说的，所以啊看到优质的赶紧下手！有一个追汉子的妙招你可以试试，就是一个劲儿在他眼前晃，等有一天你不在他身边晃的时候他就会慌了！百试百灵！”

“还百灵鸟呢！呵，敢情你以前的花花绿绿都是这么被你骗到手的？”

“嘿，悠着点啊，花花绿绿，我还红红火火呢！姐可是靠的人格魅力征服的！”

“得了吧！我还恍恍惚惚呢！你那就是三天打鱼两天晒网，你说说你那一卡车男朋友有超过一年的吗？最久的你谈过几个月？”

“九个月初恋啊！”

“好吧……夏小姐，所以你狗腿子地求了夏叔叔几天把你弄进我们专业来的？”

“不多不多，也就五六七八天吧！老夏可顺着我呢，他现在唯一的心愿就是让我嫁出去！所以到底啥时候能把你嫁出去呢？你说你都那么优秀了，要脸有脸，”夏百合真挚地看着张深谙，“要身材有身材，”然后更加真挚地上下打量了一番张深谙的身材，“啧啧啧，前凸后翘！谙谙宝贝我们迎来新篇章了啊，所以开放包容点，兼收并蓄，乖！”

“你历史学得挺好啊！一边玩去，才大一急个什么劲？别打扰姐姐学习！”说完，她从衣兜里掏出一个放大镜，对着旁边一株细根茎，浆果状的植物研究起来。

张深谙迅速拍了照：“这是？”

“金不换。”任致余说。

张深谙一抬头就望进了任致余浩瀚星海般的眸子。

原来他们前面一行人看她俩掉队又折回来叫她们了。

“你连这都不知道？还入学成绩专业排名第一的学霸呢？走后门

进来的吧？”自从上次报社团有过冲突之后金远怡一直对张深谙和齐珊珊不阴不阳的。

“是三七，李时珍先生又把它取名为‘金不换’，可见三七的重要性，它应该是散瘀止血，消肿定痛的黄金药材。”张深谙不理会她的阴阳怪气，经任致余提醒记起来附和道。

“原来如此，某些真正的关系户居然在这儿贼喊捉贼？真是搞笑！”夏百合可不是善茬儿。

“你拐着弯儿骂谁呢？”金远怡指着夏百合。

“谁应声，就是骂的谁，心里没点数吗？”夏百合翻了个白眼。

眼看着女生剑拔弩张，乔展新正打算灭火，结果齐珊珊横插一句：“是浪子回头金不换的‘金不换’吗？”

众人：“……”

得！火势自然浇灭，还附赠瑟瑟发抖。

夏百合搭上齐珊珊的肩，可怜地瞧了她一眼：“妹子，三思而后行好吗？咋比姐姐还没文化呢？没文化就少说话，学着点。”

任致余和张深谙相视一笑。任致余的笑真是美好，干净纯天然，完全不像是豪门之后看惯世态炎凉的假笑。

她好像见过他好几次笑了，他一笑，仿佛世界都亮了，原来一直觉得那种肉麻的鸡汤文如今倒是有了对号入座的范本。

其实后来张深谙才知道，那真的是只有在她面前才会出现的笑容啊……

一边的金远怡看着任致余和张深谙对视微笑，气得都快把牙齿咬碎了，丢下众人朝前走去。

到达半山腰，是一块开阔的坪地药材园，在这块区域，陆老师让大家去采集个人选择的草药，也就是单独行动，半小时后集合继续往前探秘登顶。

张深谙选了一条僻静之路，她对药学的痴迷好像更甚于其他同学，或许有人是为了完成任务，有人是为了赶出作业，有人是为了承载家人的期望和嘱托，而她是完全发自内心的尊重与依赖。她觉得植物生灵的奥秘是伟大的，她相信自己可以融入得很好，并且为之努力。

她方向感很好，完全不担心会迷路，沿途拍照，采集药材，她想选一种可以代表她心境变迁的草药，不名贵也没关系，不华丽也没关系。

一切都很顺利，就在她好奇一方泉眼后面的嫩黄草药时，由于集合的时间快到了，就急忙往下跑去，结果脚底打滑，踩到了湿漉漉的苔藓，整个人瞬间犹如失控的毛线球向前扑去，她一下子傻了——完了！

那一瞬间她觉得她或者要摔进那小潭里去，或者撞在前面那棵大树上了。她慌忙用手护住了自己的脸，然而下一秒预感之中的疼痛和后果并没有降临，反而随着很重的一声“咚”响之后，她整个人好像落入了一个坚实的怀抱……

一秒、两秒……五秒钟之后，张深谙微微抬头，就看到任致余那张俊脸呈几何倍数放大在她面前，正眉心紧蹙地瞧着她。

此时，他抱着她，而她两只护脸的手正攀着他的胸膛……

手感还不错啊！张深谙被自己这个突然冒出来的不地道的想法惊了一下，一定是和夏百合那没节操的女人待在一起太久了，都耳濡目染了些什么乱七八糟的。

她艰难地吞了吞口水，脸蛋噌地就像熟透的葱爆虾一样红透了！

“我可以放开你了吗？”

什么？

“镇定了吗？”张深谙，现在放开你，你不会仰面再倒进小潭里去吧？那不是白救你了，吓傻了还是怎么了？怎么又出现这么呆萌的一面了？

“啊！不好意思……”张深谙回神，慌忙放开了任致余——

什么情况啊？刚才心脏跳得那么快是想怎样？大脑怎么可以宕机五秒？怎么可以贪恋任致余的怀抱？

疯了疯了！高富帅简直是这个世界上最可怕的生物！

定力定力你快回来！刚才你那个又惊又痴的模样一定是错觉！你天崩地裂都能宠辱不惊的淡定呢？灵魂是离家出走了吗？

张深谙一直在为自己编理由，就算刚才摔过去的是金远怡，他任致余也会施救的！可是会将她抱个满怀吗？

不会！一定不会！腹黑张深谙叫嚣着。

干吗否认这么快？天使张深谙疑问。

任致余不是不怎么待见金远怡的嘛！腹黑张深谙继续辩驳。

你吃醋啦？幻想的场景你都能吃醋？天使张深谙戏谑。

谁吃醋了！我又不吃饺子吃什么醋！腹黑张深谙爹毛。

……

“嘶——”任致余的抽吸声把张深谙正反两方打架的灵魂拉回了现实，这时她才意识到他还贴着那棵大树，此时他脸色微白，眉心微蹙。

“任致余，你没事吧？”张深谙忙问，挪动步子走近任致余看向他的后面，“天！任致余你的背！”她一下子就心疼了，她承认，无论是出于人道主义还是出于第一次强烈感受到却被理智按压的情愫都在心疼。

由于冲劲太大，虽然张深谙在任致余怀里安然无恙，但是任致余的背光荣负伤了。浅蓝色的衬衫中间一块已经被树杈戳破成了条状耷拉下来，树枝上的刺还顺势划破了任致余肌理分明的背。

“吓到了？”

“还好，你很疼吧！我要怎么帮你？帮你把刺挑出来吧，不然要感染了！”

“没事，也挑不干净的，你把大的给我挑掉。我们先去集合，我先下山，山下有医护人员，处理起来肯定专业。这种事情在这药林区肯定很常见，你不要担心。”任致余终于离开了那棵树，顺势半靠着树蹲下来好让张深谙摘掉背上的一些大刺。

“对不起，任致余。”张深谙轻轻地摘着刺，她突然觉得自己一下子成了自己最讨厌的那类人，如此粗心闯祸还净给人惹麻烦，一点都不像平常冷静的自己。就算太喜欢这种氛围、这个环境、这样的生活和这门课，为什么走路不看准了道儿再走？集合迟到就迟到了，现在你看！心急吃不了热豆腐！你自己摔了就算了，可现在你让任致余受伤了，你怎么会犯这么低级的错误！

就在张深谙无限自责时，她听到了任致余性感低沉迷人的声音再度传来：“张深谙，不用什么事都必须做好的，人无完人，我们都会犯错，大大小小。而我愿意承担你犯的错误，那可能是个甜蜜的负担。”

张深谙的心无声地漏跳了一拍，她摘刺的右手一顿，左手不自觉轻轻抚摸上了任致余背上的划痕。任致余本来微锁的眉头倏地平展了，他本来微低的头轻轻偏过，余光扫向她，指尖的触感带着温度与情愫在这一隅绽开，就像无声的气泡，被指尖戳破的扑通心动瞬间荡漾在两人周围……

任致余又在说什么？

关键是我的手现在在干吗？这手是有魔力吗？大刺都挑完了，你为什么还主动去抚摸人家任致余的背？你疯了吗？张深谙你清醒一点！换种心疼方式好吗……张深谙觉得自己的内心都可以唱一出大戏了！你要克制住体内的洪荒之力，真的，坚定你的信念，换作任何一个人任致余都会这样安慰的。

你就自欺欺人吧！腹黑张深谙冷不丁跑出来泼了一瓢冷水。

唔，透心凉，心飞扬。

“深谙……”

张深谙根本注意不到任致余喊她的名字，还未等他说下去，她就强迫自己镇定下来，暂时整理好一团糨糊的思绪，飞快地脱下自己的薄衫外套罩在了任致余的背上，接着走到他面前平视他，认真地问：“能走吗？”

这丫头是真受惊了呀！他伤的是背又不是腿，当然能走……任致余看着她红红的水汪汪的大眼睛，还有不知道是因担惊受怕急出来的还是因害羞而产生的绯红的脸颊，倏然低头笑了，看来他又深入了解了她一点。

张深谙一脸问号，这什么表情？疼得笑出来？

今天是个高兴的日了，张深谙心疼他了。

早知道苦肉计这么有效，他就不使美男计了！虽然苦肉计也不是计划之中的，美男计也毫无作用失效了……

吃软不吃硬的张深谙，让人刮目相看的张深谙，反差萌太大的张深谙，究竟还有多少面没被发掘出来的张深谙？

“能走，放心，不疼了！”任致余宠溺地摸了摸张深谙的小脑袋，站了起来。张深谙又被迫抬头追踪着他脸上的神色，确保他没有丝毫的牵强与不适。

“真的？”

“真的。”

“快走吧，别嘴硬了，我又不是傻子……”

“……”

于是，任致余就这样披着张深谙的粉色薄衫外套，被她微微搀扶着，谨防大步子走动导致肌肉撕扯更加疼痛而导致后背扎进肉里的细碎小刺更加难以取出。在众目睽睽之下，两人姗姗来迟，集合地的气氛在他俩出现之后有一秒钟的凝固。

任致余此刻脸色有点白，他出什么事了？一向大气淡然的班长大人张深谙此刻居然跟个犯错的小媳妇似的闷闷不乐……这短短半小时两人究竟发生了什么？

“天哪，致余你怎么了？哪里不舒服吗？”金远怡慌忙跑过来。

还是乔展新眼疾手快有经验，马上接扶过任致余，让张深谙腾出手来，叮嘱道：“班长，带大家跟上陆老师的步伐继续往山顶走，你们班已经迟了，这里我来处理。”

张深谙看了一眼任致余，他的眼神让她安心。他说：“我没事，大家先走。”

她环顾四周一圈等着的同学，拿过任致余刚才受着伤还帮她从溪涧边采下的草药。

就是这株让任致余受伤的草药！张深谙一边迁怒想着，一边说："走吧，同学们跟上陆老师的步伐，不能误了时间，大家的小组作业要保质保量地完成。任致余没大碍，乔学长有经验会处理好，我们大家先走！"

张深谙一如既往地在大是大非面前不拖泥带水使小性子坏事，比如非要留下来，也帮不上什么忙。当然，她也没有逞英雄主动承认是因为她而让任致余受伤了。不然从现在开始，夸张点来说，她觉得她就要在这个学校待不下去了，她无法预料将要承受的非议和无休止的揣测……看金远怡那一脸虎视眈眈的样子就可想而知坦白的后果了。

任致余的眼神也是这个意思吧，不需要挑明，很多事情不需要解释给别人听，他都因救她而受伤了，他那么聪明，肯定预料得到会受伤，可他还是义无反顾地来救她了，所以他不会加害她，无声平息才是上策。

他好像一直在帮她。张深谙内心有点不是滋味，是那种一直在欠债的不安。任致余怎么说的，哦，甜蜜的负担，真怕她还不起，而且她还真做不来去主动靠近他人还人情之类的事情。

任致余那一撞不仅撞出了张深谙内心深藏已久的少女心和别样的情愫，让她的所思所想一下就不像是自己的风格了，而且让她看到了他的另一面——不骄矜、绅士、无私无畏、善解人意，还照顾人。

夏百合挽过张深谙的手，小声附耳上来："怎么了？你们班任少爷这是咋了，光荣负伤吗？"

“我的问题。我没有照顾好每一个同学。”

“别揽责了。谙谙，任少爷刚才明显没打算说啥啊，何况山林区磕碰很正常。”

齐珊珊和鲁溪也凑过来问：“深谙，任大神怎么了？”

“没事，他采药的时候不小心磕伤了，乔学长带他去山下医疗站处理一下就好。”

“哦，不严重吧……”

张深谙回想那并不算不严重的背，违心地点了点头。

有时候，我们都得学会知情不报，大事化小，小事化了。如果不涉及关键，多一事不如少一事。说我们软弱也好，私利也罢，如果得到了对方的应允，或许可以这样任性一遭的，善意的谎言该被原谅的，不是吗？

舆论毕竟最难控，古往今来，被舆论毁掉的无辜人还少吗？

俗话说，祸不单行，都是有根据的。

这第一次野外考察实验课程很顺利，同学们都很满意，第一次接触真实的药材草药，新鲜感掩去了任致余受伤事件的关注度。而且任致余除了在半山腰的坪地药材园时脸色微白之外，待大家从山顶满载而归，汲取天地之灵气下山后，他已经像没事儿人一样和乔展新坐在大巴车里等大家返程了。

张深谙照旧在他身旁落座。大家都很累，很多同学都睡着休息了，她压低了嗓音小声问：“你伤口处理得怎么样？这远郊医疗站技术好吗？回到市区要不要去大医院仔细检查一下，留下疤就不好了。”

“你担心？”

当然担心，担心一路了好吗？都没怎么仔细听陆老师介绍药材，更没心思欣赏这药林区的欣欣向荣。你可是金贵的任大神啊！要有什么闪失，我真担不起这责任！

然而，她出口的话变成：“毕竟是我的责任，我有义务确保你及时就医尽早复原。而且我是班长，自己却那么不小心，对不起，我没有以身作则，我可能根本就做不来这些事情，你看，这糟糕的结果。”

其实你只要说“是”就好了，任致余想。

“不用去大医院，处理得很好，这情况这儿经常发生。如果想尽快恢复，医生说要我趴着睡。”

“啊……那多不舒服……”

“嗯？”

“呃……我是说……”

任致余看到她结巴的样子决定不逗她了。

“其实你做得很好了，这次野外实验课大家都很满意，就是因为你的面面俱到，所有的安排和提前的通知。但是下次你对自己上心一点，再怎么喜欢这些集聚千年灵气的生物，也要确保安全，否则——”我不一定每次都能出现，如果受伤的是你，那么我会心疼。

任致余顿了一下：“否则陆老师知道了，你真的会被说教。”

岂止是说教……批评都是轻的。

张深谙看着任致余，想着，任致余好像真的对我有一点好……他是怎么就冲过来成为我的人肉靠垫的？这撞得不好可是不得了的事情……是……爱的力量促使他这样做的？我就不相信他对别人也会这样，我不能自欺欺人，这不是我的错觉吧！

张深谙好久没有体会到如此疲惫，比军训时期紧凑的训练和暴烈的骄阳还要让人乏累。虽然总的来说这次课程算是圆满结束了，任致余受伤的情况也得到了及时救治，但人就是这样，越对你好的人还因为你受伤这样的事本来就让人很在意的，所以在回程的路途中张深谙根本没怎么睡着。

一回到寝室，张深谙就把自己扔进床里，连鞋子都没脱，她睡得迷迷糊糊。当她被生理上的一阵窒息感憋醒的时候，天刚刚暗下来，她挣扎着起身，一边去摸手机，一边环顾了一圈寝室。室友们看来都很疲惫没出寝室，鲁溪和金远怡是上铺，此刻正坐在书桌前，齐珊珊也躺在对面床上刷手机。

“珊珊，我有点难受，你……帮我倒杯水吧……”张深谙艰难地开口。

“难受？你怎么了？等下啊！”齐珊珊慌忙去饮水机旁接水。

然而，还没等她走回张深谙的床边，张深谙就毫无预兆地吐了。

突然袭来的无力感让张深谙忘却了尴尬，窒息感像一张黑色的大网缠住了她的脖颈，她张着嘴却怎么也攫取不了一丝新鲜的空气。那一瞬她以为自己要死了，身体从来没有过这样的感觉，就像一片羽毛从天空急速坠落，而万尺高空下却没有任何人接住她……

“啊！”金远怡的尖叫传来，“张深谙你有病啊，吐你自己地方啊，好恶心啊！”

“金远怡你才有病，你家死人啦叫个屁！”这段时间和张深谙待在一起齐珊珊外强中干的胆子都被锻炼得底气稍足了一些，此刻下嘴毫不手软。

金远怡竟然被齐珊珊吓人的气势给唬住了。

紧接着，齐珊珊一边招呼鲁溪一起简单处理下，一边打电话给辅导员陆老师……

“对不起，您拨打的电话暂时无法接通……”

又打给乔展新，也是没人接。

“怎么样？”鲁溪问，她一边给张深谙喂水，一边拿纸巾。

“都没人接电话。”齐珊珊焦急说，“深谙，你很难受吗？”

张深谙点点头：“扶我一下，我……去医院……我……呼吸不过来了……”

“开什么玩笑，你这样子怎么去？而且吐脏的地怎么办啊？”金远怡不满。

“你闭嘴，要拖自己拖，不拖你就让地脏着！”齐珊珊扶起张深谙，最后一搏，给任致余去了电话。

还好，电话接通了。

“任大神马上来了，天暗了等下晚上冷，鲁溪给深谙带件外套，我们先下楼。”

女寝在28幢，男寝在32幢，倒也近。就在齐珊珊和鲁溪扶着张深谙下到二楼的时候，任致余和罗旭就赶到了。此刻，张深谙已经浑身软绵绵的，脸上没有丝毫血色，她觉得自己像即将溺毙的鱼儿，求生的意愿在这一刻倒是格外强烈。然后，她从自己重得快阖上的眼皮底下看到了任致余，他就像一束光，照亮了她的整片池塘。

任致余跑得满脸通红，看见了无生气的张深谙他都快疯了，刚刚还活蹦乱跳的人，怎么转眼就这样了？他完全顾不上自己刚让罗旭上完药的背，二话不说背过张深谙，焦急地向校医院跑去："罗旭，打120。"

风中只留下了任致余这样一句焦急的话。

赶到校医院，张深谙被紧急戴上了氧气罩，她想这是她记事起第一次用上这玩意儿。她透过耷拉下来的眼皮缝隙看到任致余忙碌的身影追随着医生走来走去，她感觉到医生在她腹部、胸腔处按压询问，然后她终于渐渐从被闷死的边缘恢复了过来。她觉得那个呼吸机起点作用了，她终于有点舒服了，她的支气管终于呼吸到新鲜的氧气了，她的喉咙终于脱离了那张黑色的大网，一阵清冷的风从医务室窗户吹拂到她脸上，凉丝丝的……

"怎么回事儿，深谙没事吧……"

"应该没大碍，疲劳紧张过度，可能吃坏了什么……呕吐引起的气道高反应……"

"救护车来了……"是罗旭的声音。

陆老师、乔展新，还有好几个班委好像都出现在了她的病床前，她想她没听错大家焦急的对话。

"深谙你舒服点了吗？我们去市医院。"齐珊珊俯下身子。

张深谙清醒了些许，点点头，摘了氧气罩，被扶起来。

"能走吗？"陆老师问。

她还没来得及回答，就被任致余打横抱起，惊得她一下子环住了他的脖子。

张深谙感觉自己刚从死神手里捡回一条命，所以此刻虽然脑子有点混沌，但是他抱着自己，还是公主抱的姿势，又离得那么近，近到自己能感觉到他的呼吸急促地滑过她的睫毛，所以他冷冽好看的侧颜，以及愠怒的模样还是被她尽收眼底。

所以，他在生气吗？

已经 11 月初，任致余换掉了那件划破的衬衫，穿着一件薄套衫，所以张深谙明显感受到他的身体是热的，他的胸膛起起伏伏，他一路都在跑吗？刚才从寝室楼梯接过她的时候，还背着跑，他的背怎么办？

救护车鸣笛的声音呼啸而过，道上的人车纷纷让路，张深谙倚在齐珊珊身上想：人活着真是什么事儿都能碰上，自己居然还有被救护车拉走的一天……

严重“水逆”啊！真实又尴尬又惨！对面坐着的乔展新、任致余兄弟和辅导员陆老师的愁容真的是让她毕生难忘……

路途不长，救护车畅通无阻，二十分钟，就飙到了市医院，此时已经七点多了，陆老师马上挂了急诊，乔展新拿了单子就先带张深谙去深入检查了。

“乔学长，我好多了，任致余刚才背我跑得急，他的背估计裂开了，你帮我跟他说一声来医院了也看一下吧。”

“知道了，你进去检查吧，我去叫齐珊珊来陪你。”

张深谙做完几项针对性检查到病房挂水的时候，任致余已经在病房里另外一张病床上躺下了。

“你怎么……”这么严重，也需要挂水啊？返程的时候一点没显山露水，还说医疗站已经完全看好了，果然是骗人的……

终于看到张深谙恢复了一点气色，任致余担忧的郁色便也消了一些，他笑着问她：“我听话吗？”

“什么？”

“你不是叫我哥务必让我来一轮检查吗？所以你看，”任致余手指了指头顶的塑料输液袋，“消炎的，背也重新包扎上过药了，不用担心了。”

呃……齐珊珊怎么觉得自己跟 120 瓦灯泡一样闪闪发亮呢。

她匆匆把张深谙的输液袋挂到墙壁挂钩上，然后脚底抹油，道：“我去给你俩倒水，顺便和陆老师他们说一声情况。”说完一溜烟离开了病房。

张深谙静默了一瞬，转向任致余，轻声说：“谢谢你，任致余。”

除了道谢，她也想不出别的。道歉也太矫情，今日被他看到这么虚弱憔悴的一面，委实不是她想要的局面，现在这样两个病号并排躺着，这画面感让人又别扭又无奈。

今天是糟透了的一天，张深谙想，为什么等到此刻一切尘埃落定，漫长的一天终于有了个不算坏的结尾，她反而产生了那么深的无助感？任致余当然知道她打了一堆腹稿最终却只有一声无力的感谢，此刻的她真的像蔫了的小白菜，无精打采，那个光鲜亮丽的张深谙不见了，他很难得见到了这个不锋利的张深谙，她的光芒像暂时黯下去了一般，虽然不尖锐了，但是也并没有到达柔软的程度。

任致余觉得，一个小时前，他真的要被吓出心脏病了。在楼梯口见到奄奄一息的张深谙的时候，他听到自己心里的那根弦生生绷断了，可饶是在生命这么危急的时刻，她都不曾表现出一丝柔软，只是，沉默以对，对，她变得好沉默。

“深谙，你想吃糖吗？”

“嗯？”

任致余从裤兜里掏出一颗大白兔奶糖，还是出寝室前罗旭给他的，说什么要是班长喝药苦的话，这可是救命神器。

的确是神器，喝药压根儿都还轮不上，任致余觉得光让张深谙说话就够苦了，她的周身此刻都散发着一股凄凉感，所以他递给了她，他或许只是想打破这该死的沉郁氛围。

“谢谢。”张深谙接过后将糖放在了两人中间的床头柜上……

“深谙，你身体不好吗？”任致余只能开启这个并不美妙的话题。

“没有。”但是经此一事，大家应该都会这么觉得了，真是糟透了！她最恨被别人看成弱者的感觉，无论在哪一方面，现在居然还在任致余面前露出了这么凄凉的一面，她的确快受不了了，想找个地缝钻进去。

除了深深的无助感之外，她突然意识到，为什么自己那么强调“任致余面前”？好像天使张深谙暂时胜过了腹黑张深谙，不断点醒她：你好像真的要陷进去了，所以你才会对在在乎的人面前暴露脆弱这事儿感到苦恼与忧伤。你希望在他面前永远是璀璨耀眼而美好的，无坚不摧的，然而现实却南辕北辙。

才不是！我不会陷进去的，我也不能陷进去，我只是觉得我自己好可怜罢了！而且现下被任致余看到了我这么好死不死的状态真的是想死的心都有了！

还喜欢个锤子呀！谁会喜欢病秧子啊！腹黑张深谙叫嚣着反驳，她无法接纳这样的自己。

但是，事实胜于雄辩啊！天使张深谙无辜地说。

有时候你最不想发生的事情往往会发生，这就是墨菲定律。

张深谙的正反两方灵魂还在天人交战自暴自弃生无可恋的时候，大家伙都进来了。

“怎么样，身体舒服了吧？”陆老师问。

“嗯，好多了，让你们担心了，也不是什么大病，应该是这阵子忙累了，然后今天吃饭也吃得急，一下子集中爆发了。还是我自己没注意身体，不过检查出来应该都没什么问题，还出动了救护车，真的是给大家添麻烦了。”张深谙缓缓解释。

“说什么呢！深谙，你当时站都站不稳，都无法呼吸了，这还不叫紧急情况？你不知道任大神都急疯了，赶紧让我们打 120！”齐珊珊安慰。

“是啊！好好养身体最重要，其他的不用管，回学校再说。你们这班长副班长双双倒下了，可是我辅导员的责任啊，所以啊快点恢复好，老师的左膀右臂缺一不可！”陆老师转身对门口的乔展新说，“展新，你先送珊珊回去休息吧。今天大家也都累了一天了，他们俩挂水应该还要一两个小时，我管着就行了。”

很快，乔展新和齐珊珊回学校了，陆老师则去给他俩买粥当消夜垫肚子，病房里一下子又安静了下来，只剩下两个倒霉的病号面面相觑。

已经八点多了，除了病房里钟表的嘀嗒声，电视机里播放的电视剧声音，还有药液点滴的无声运动外，静谧笼罩着这间不大不小的病房。

“任致余，你是不是没住过这么普通的病房，你应该都住高级 VIP 病房吧，委屈你了，陪我住在这满是消毒水味的小病房里，空气也不流通……”

张深谙还想自顾自地说些什么，尽量缓和下这不咸不淡的气氛，让自己和任致余都舒服一点，却被他突然打断了。

在那一瞬间，任致余好像突然就读懂了张深谙周身所包裹着的凄凉和沉默是什么。就像现在她在强迫自己变成那个无所谓，无关痛痒的乐观坚强幽默的张深谙，但那不是真正的她啊！

她这么要强，这么倔强的话，真的很难的，他突然很心疼她。

嗯，就像下午山林区野外实验课上张深谙看到他受伤后的心疼一般。

他好奇过她，探究过她，帮助过她，也佩服过她，但是心疼她是第一次出现，真想拔了针头冲过去抱着她，有时候拥抱会有安定人心的力量。不过那么做肯定会吓到她的，她一定会把他视为爱心泛滥的富二代……搞不好会适得其反。

现在他似乎有点看懂了第一次见她时被她淡漠疏离与周遭格格不入的眼神吸引的原因了。

“下午你要采的那草药是什么？”

“哦，那个，据说那是最甜的一味药，你猜是什么？”张深谙为了调节气氛卖了个关子。

“是你。”任致余脱口而出。

张深谙一愣，转头去看任致余。

任致余的眼睛在普通病房并不亮堂的白炽灯光掩映下依然熠熠生辉，好像今日一整天的疲累、受伤，送她就医的奔波都不存在似的，他为什么永远能够保持这么充沛的状态？

这一次，他的眼神依旧没有躲闪，四目相对，张深谙仿佛读出了任致余眼睛里的话：你不用那么奋力奔跑的，不用那么独立的，不用什么事情都做好的，真的，有我在，以后我都会在你身边，为你遮挡所有的风霜雨雪。

可是不该是这样的。张深谙垂眸，绞动着手指。

“任致余，别开玩笑了。”她苦涩得像在说给自己听，她觉得自己此刻就像一团破碎的棉絮，估计头上就差顶着“我太惨了求安慰”的牌子了。

呵！被任致余同情的感觉真是比哑巴吃黄连还苦呢！

“我想我从来没有像这一刻这么认真过。”他在说给她听。

那个或许掺杂着苦味的少女，我想让你的生命里从此只有甜味啊！

而且我感觉得到曾经的你肯定是个优秀可爱甜美的女孩！

我想从现在开始不再是我的心冲动后做出的任何行为了，而是我大脑里的意念也是这么希望的，它们带着我的爱一起让我说给你听。虽然我不知道此刻你的小脑袋瓜里在想什么，不过没关系，以后一切都有我在。

我跨越山河湖海，冰峰高原，荒漠绿洲，终于遇见了我的女孩儿。

那个可能是脆弱的你，装坚强的你，内向孤独的你，乐观的你，顽皮的你，腹黑的你，淡漠的你，可爱的你，美好的你……因为是你，所以我都愿意。

张深谙再次抬眸望向任致余，他到底什么意思？总是这样把气氛搞暧昧，说出让她误会的话，他难道真的喜欢自己？再这样下去她心里那棵爱情的幼苗真的会发芽的……

虽然她太清楚任致余可不是随意能幻想的男人，更是清楚任致余怎么会喜欢她这样的普通女孩子。可是，做下梦还不行吗？明明是任致余乱撩她的！她也不蠢又不可能会错意……反正她会及时止损刹车的，所以当控制不了的时候就让幼苗破土而出长大吧，反正不开花就无所谓啊！

正愁不知道怎么开口回应之际，张深谙瞥到他的点滴刚好挂完了，于是慌忙转移话题："那个，你点滴挂完了，你按下旁边的铃叫……""护士"两个字还没出口，只见任致余一把拔掉针头，从床上一跃而下，然后一步就跨到她的病床边，一手抓住她的右肩，一手撑着床后的墙面，把她箍在了他身前。

任致余管不了会把她吓到，或者被她嫌弃自己的这突发举动，抑或被她误会自己的爱心泛滥才对她好的任何情况了，她那可怜兮兮又无助滴溜转的大眼睛在刺激着自己的一切感官。她抿起来的嘴唇性感又让人心疼，都有几丝干纹了，一定是脱水太久的缘故。他或许只是想阻止她的胡思乱想，又或者只是想无限靠近她，总之此刻她轻轻凝视着自己的样子太让人心软和心动了，所以他二话不说就那么做了。

不计后果！

追女孩儿自然要不计后果，一往无前啊！这不是冲动，如果她不喜欢你，就放飞她，让她幸福……但任致余有信心自己不会有放手的一天。

倒是第一次在生命中用到"不计后果"这个形容词，任致余你以前过的真的是什么让人望而却步的训练和日子啊？他在内心自嘲地哂笑。

如果没有张深谙的出现，你的淡漠冷酷严控还要持续支配多久？不过现在都不重要了，因为你的不理智不自觉不严肃不冷酷已经出现了。

张深谙咽了咽口水，小鹿眼睁得硕大，眨巴了两下，脑袋“轰”一下就一片空白了……

上帝哪！您能不能让我的心脏不要狂跳了，再跳，真的要跳出来了！这突然的反胃窒息感已经让我差点死过一次了，我还想长命百岁呢，真经不起这三番五次的折腾啊！张深谙的耳朵和脸颊已经不由自主地爬上了红晕。

任致余精准捕捉着张深谙的一切小表情，这个口是心非的“小骗子”！

果然自己的不计后果初见成效！

满意于她的状态和自己前一秒随心的当机立断，肃穆的任致余转瞬就笑开了。他一笑真的帅得没边了，张深谙自认那么深厚的文化底蕴都无法挑出词来吟诵他，造物主在创造任致余的时候是倾尽了所有的美好吗？

一米八七的身高，矫健的大长腿，宽肩窄腰，穿衣显瘦脱衣有肉的完美身材，关键IQ、EQ、AQ尽数爆表……张深谙被他圈在病床一角，以至于他和她之间的距离甚至比第一次在校园超市时还要近上几分，她现在彻底承认任致余对她而言的确独一无二，他的魅力会让你压根儿出不了门。

暂时失神之下，端详他，张深谙发现他的眉骨长得极好，眸子闪闪发光，鼻子也很挺，睫毛的长度也是恰到好处，仍旧是那个几近素颜却皮肤好到爆的任致余，他的刘海好像都在随着这安静的空气盈盈流动了一瞬，紧接着她就看到他宠溺地点了一下自己的鼻头，温柔地说：“小傻瓜，以后不准生病！接下来的时间监督你体能训练，一周三次夜跑。”

“什么？三次？”张深谙一下子回神惊呼，咽了下口水，用眼神表示您能饶了我吗？

“你们期末考不是要跑十二分钟，你及得了格吗？”任致余忽视她的求饶信号。

“当然，珊珊说这个及格率比 800 米高了不知道多少。”

“是吗？”

“任致余，我现在就是虚弱了点，脑子还没坏，别瞧不起我！”

“现在中气挺足的！依旧是不甘拜下风啊！不过看着我，估计你也的确是跑不动。”任致余继续怼她。

“我不是花痴。谢谢！而且我看人看的是脸吗？明明是看才华和魅力！”张深谙反怼。

“放狗在后面追你就跑得动了！傲娇。”任致余对这战斗力爆表的小可爱有些无奈，忍不住捏了一下她肉肉的脸颊。

“任致余！”别动手动脚地调戏我成吗？别以为你帅我就不敢咬你！

不过张深谙是感谢任致余及时转移话题救场的，她在这个暗流涌动的病房里的确无法回答他，但他那到底算什么，告白吗？不带这样三番五次跑到人家心里画爱心的！

任致余则是因为懊恼了自己的冲动，想好了要慢慢来的，为什么每次面对张深谙都这么控制不住呢？所以他也是在给自己台阶下。

虽然觉得渐渐看清了她的想法，但她可是百变张深谙啊，所以还是不能掉以轻心，推进得太快，太危险，毕竟她是只缩头乌龟啊！

既然已经决定了要呵护她一辈子，宠她一辈子，爱她一辈子，那么，先从完全了解她开始吧。至于告白？是不能那么草率的。

他等得到她把头从龟壳里探出来的那一天，他会等到她愿意和他并肩战斗，手牵手一起去看这个世界的那一天。

齐珊珊打来电话的时机也是微妙得很。她说："我到寝室了，你们大概什么时候回来？"

"不确定，估计还要半个多小时。"

"哦。寝室收拾过啦，放心，金远怡没惹什么幺蛾子！"

"知道了。谢谢你啊，珊珊，今天真是辛苦你了。"

"谢啥，不过你和任大神……嘿嘿……"

"珊珊，没有的事。"

"哟，果然是学霸啊聪明，知道我想说什么。不过你们俩同病相怜的，怎么着，互相治愈一下得了。你们今天都收了什么草药啊，我看任大神是那会儿受伤的吧，我是不是一猜一个准？不过放心，我不会乱说的。"

"您该歇息了……"张深谙觉得她真的熬不住任致余看着自己的眼神了，上帝哪，这通电话什么时候可以挂掉……

"欸，还不好意思了。任大神多担心你啊，那男友力 max 的一把公主抱啊，请问你们想解锁 100 种拥抱方……"

"啊，我点滴挂完了，挂了啊。"

张深谙迅速挂断电话，真是耳朵又要烧起来了。齐珊珊的确是一号八卦种子选手，让人吃不消，这鬼灵精话痨，以后估计时不时要被拿出来调侃了……

回国的决定就算不全对，也绝对不是错的，只有这里有黄皮肤的开心果，有温暖的中国话，有亲切的喜怒哀乐，人生百味，可以放声哭表达难过，可以开怀笑展露愉悦，而且她的愿望实现了点呢。她的确遇到很好的朋友了，不论是齐珊珊还是……任致余。所以离她回归原来那个可爱温暖的自己应该只是时间问题了吧，所以想要过上的日子终有一天会到来的吧！

张深谙机械地转头，尴尬地一笑："珊珊的慰问电话，嘻……"顺便晃了晃手机。

"仅此而已？"

"对啊，不然还有什么？"

"那你脸红什么？"

"我哪有？太热了嘛……"

明明接近深秋了，热？不存在。

"那点滴挂完了？"

"……"

张深谙一抬头，呃，还剩四分之一呢！

任致余 KO 张深谙，张深谙完败，借口都蹩脚得不行，她无奈望向天花板。

张深谙觉得自己真的变了，而且转变的速率快到她理智的脑袋都快跟不上的地步。为什么每次碰到任致余，他的一举一动都能让自己变得那么反常？以前那个理智冷静的自己会莫名消失，总是会轻易就被勾去全部的魂儿，会经常因为他的言语或行动内心小鹿乱撞。拒绝追求者的撒手锏居然一个都使不出来，拒人于千里之外的那个冰冷的自己为什么也不见好久了？难道自己也……喜欢上他了？

如果真的是这样，那你就把这份喜欢深埋在心底吧！永远不要浮现出来。他是你没能力喜欢的人啊，你们的三观怕都不是一个维度的。张深谙跟自己说。或者，任致余呀，你可以等到我有能力强大到可以和你比肩的那一天再来给你答案吗？那时候我们或许还有一个可以书写的结局。

五、她的红色高跟鞋

第二天，夏百合就火急火燎地跑来了长丰医大。昨天她半路就下车回自己学校了，所以没赶上张深谙差点丢小命的惊心动魄。得知消息的她真以百米冲刺的速率冲破了 403 寝室的门，差点把门把手都给掰断了。

张深谙请了一天假没去上课，此刻正趴在床上休息，看到出现在眼前的夏百合那齐耳短发都快飞起来了才想起自己忘记告诉她自己已经没有大碍了。

“吓死我了，谙谙宝贝你没事吧！”夏百合一屁股坐在了她的床边，捏捏她的脸，全身上下一顿检查。

张深谙一骨碌坐了起来：“嗯，没事了，您别捣鼓我了，我又不是个容器。”

“皮死你算了！”夏百合拍掉张深谙的手，“不过我真被你吓死了。什么半夜救护车拉去急诊……不早知会我！小心我告诉慈姨！”

“你敢！”

“是，不敢不敢，知道你孝顺！连我都不说的。”

“事态紧急，我只是忘记通知你来服侍我了……”

“哎，你还真是会顺竿往上爬，给点颜色就开染坊是吧！”

“嗯。”

“好好好，姐们儿我生气了，走了！”

作势起身，她的手却被张深谙拉住了：“要不请你吃饭？嘻嘻…”

她们到达如风食堂美食坊的时间真是绝佳，上午最后一节课结束前五分钟，不用排队。盖浇饭、炒饭、煲仔饭、炒面、意面、麻辣烫、水饺、馄饨……都在冒着热气跟她们这两个饿狼打招呼，整个美食坊飘着的食物香气都快把她俩迷倒了！

两人各点了一大份麻辣烫，张深谙还往麻辣烫里加了不少辣酱，夏百合还点了一大盘香辣鸡翅。

“真的超饿，你知道我从昨晚开始就没进过食了吗？昨晚九点多我就喝了一碗清粥，早就消化了！”张深谙急忙戳起一个肉丸往嘴里送。

“敢情你自己想吃呢！呵，我还以为真是给我赔礼道歉的。”夏百合翻了个白眼，“不过张小姐，你最近很拮据吗？就请吃食堂啊，真的是，要不要姐们儿资助你？”

“哎，你有偏见啊！食堂怎么了？又实惠又美味，真的是，败家！你快尝尝，我们学校这麻辣烫可好吃了，保证你成为回头客，到时候别来找姐姐要饭卡啊！”

“啧，不过你怎么吃辣了？而且你的身体刚恢复，吃这么辣没事吗？”

“没事，这你别看着辣，其实一点不辣，不知道食堂买的哪种辣椒，微辣刚好吃，不然没劲道。”

然而在张深谙还没戳第四筷的时候，食堂就嘈杂热闹起来了：“得，下课了，高峰期。哇，有点辣，好像下手重了……”

“呃，这阵仗好隆重啊！”

“啊？”张深谙边往嘴里送辣面条边抬头的时候，就看到了任致余正好整以暇地看着她。

“啪嗒”一声，张深谙惊得筷子就这么掉到了桌上，任致余怎么会出现在这里？

现在什么情况？任致余后面跟着罗旭、齐珊珊和鲁溪，而金远怡则在遥远的一旁观望。自从张深谙昨天那场急病之后，金远怡似乎收敛了很多，不过大家和她的关系则是基本上处于互不打扰的状态了。

我做不到以德报怨，我的忍耐也就这样了，以后井水不犯河水。这是张深谙的原话。

食堂已经骚动了，张深谙明显感觉到周围瞩目的眼光朝她们这一桌汇聚过来，窃窃私语声，还有各款手机悄悄伸过头顶的心照不宣。

“嗨！”张深谙终于咽下了那口面，打了个招呼，得，差点被噎死，她朝齐珊珊挤挤眼，什么情况？

齐珊珊摇了摇手机，道：“哈，刚不是问你想吃什么给你打包回寝室吗？结果你说你已经在如风吃着了，然后任大神就说入学都两个月了还没使用过他的饭卡，所以宠幸一下。”

宠幸饭卡？好吧，可是谁能来告诉她学校三个食堂，今天他们班上午最后一节英语课离如风食堂最远，他们为什么会来这里？

“好吃吗？”任致余轻轻地问，听不出语气。

“呃，还不错吧。不过任致余你也来食堂吃饭吗？你来这儿不合适吧？”张深谙示意了一眼这周遭火热的氛围，你看这普通食堂因为你的出现在短短几分钟之内就蓬荜生辉的，而且真的快挤爆了，你1.5的视力是视而不见吗？

“嗯，不太合适。”

那你撤呗！让在下好好吃饭，嗯？

“所以你是鱼的记忆吗？”任致余接着问。

“什么？”

“你忘了昨天怎么答应我的？”

“啊——”我答应啥了？张深谙黑人问号脸。

任致余无奈：“我们今天都不该出现在这里。”

嗯？

任致余眼见着要走了，那这话的意思是也要她跟着走？

呜呜，她的麻辣烫，她的香辣鸡翅啊！话说她昨天答应他啥了？除了跑步，没别的呀！

夏百合那厮正顶着一脸探究的审问表情看得张深谙发怵，而另外三个则是看热闹不嫌事儿大地胳膊肘往外拐就要把她推出去。

“快跟上啊深谙，愣着干啥啊！听不懂任大神意思啊？你吃这么油腻辛辣的东西能行吗！昨天就差没把人吓死，还吐了一地呢！好好养胃啊！”齐珊珊不由分说地拉起了她。

我……竟无言反驳，张深谙无奈。

美味和健康总是背道而驰。

张深谙亦步亦趋地跟着任致余出了如风食堂。

“那个，任致余，你……”

“走吧，带你去吃饭。”

“啊！”

任致余偏头看她，今天她穿了一件水蓝的卫衣搭配米白的A字裙，笔直纤细修长的美腿下是一双浅蓝的小皮鞋，马尾在斑驳的阳光下摇晃得格外欢快，未施粉黛却自然美丽的小圆脸上一双大眼睛疑惑地瞧着他。

“昨天都那样了，还不好好养身体，吃那些东西？”

“我……”

“有个朋友的素菜馆今天开业，邀我去，免费的。”

“呃……”还有这等美事，但你会不会太照顾我了？

“不想去？”

“没，那谢谢了！”

任致余转身迈步往前走，张深谙怎么觉得他的脚步都轻快了，哎，不管了，填饱肚子可是人生大事，矫情拒绝这种事情还是别那么没品地去做了。

张深谙上了任致余的车，在车里还是有种飘飘然的感觉，蛮不真实的，她居然坐在任致余的车里，乘车感受很好，全程行云流水毫无震感。

张深谙偏脸看向他，他的存在感那么强，她真的想控制都经常有点力不从心，仿佛只要和他单独在一个空间里自己的全部注意力就会被他夺走。任致余如能工巧匠勾勒出的绝佳比例的侧颜，流畅精致的下颌线，还有恰如其分完美弧度的唇形……她就随意看了一眼便移不开了，然后，她就和他对视了！

张深谙慌忙转过头，清了清嗓子，掩饰自己差点又沦陷的尴尬，道："任致余，那个，昨天还是谢谢你，昨天我突发情况招架不住，或许连道谢都没有好好做到，你的背好点了吗？"

"嗯，我很好，反而你要照顾好自己。"张深谙没有看到她慌乱转过去之后任致余眼底漾开的如沐春风一般的笑意。

素菜馆离高教园区还挺近，就十几分钟车程，他们下车的时候还碰到了乔展新。

"乔学长！"张深谙只能打招呼，觉得自己的到场有一丝尴尬。

"哎，张深谙，是你来呀，我还在想这小子喊谁来呢！你来敢情好！大班长回去给咱班同学、你们社团认识的人大力推荐啊，我们朋友开的馆子，以后来报我们俩名儿都有优惠。"

"哦，好。"乔展新大方，张深谙倒也不觉得有什么了。

"那致余，你们跟老纪他们一桌吗？"

"不了，我先带她吃个午饭，结束再来找你们，帮我跟老纪说一声。"

"得。"乔展新笑着就进去了。

任致余和张深谙也后脚进了一间包厢。这家素菜馆特别雅致，还都是包厢风格，就特别清静。张深谙觉得蛮不错的，任致余和乔展新是表兄弟，他们朋友的风格，某种程度上也体现着他们的品位，低调谦逊，知行合一。

任致余给张深谙倒了荞麦茶，问："想吃什么？都可以点。"

"好。"

虽然开业第一天，优惠力度大，食客爆满，但是上菜速度非常快，菜品也繁多，鲜香四溢，味道也十分爽口，张深谙吃得很满足。

"下次班级聚会，社团活动啥的都可以来这儿，是不错，你朋友果然靠谱。"

"第一天造声势都拣最新鲜最好的菜色出来。"

"任致余，你夸夸人家不行吗？眼光太高。"

任致余失笑："好吃多吃点。"

"不吃了，再吃撑着了。"

"那吃点水果吧。"

张深谙放下筷子，靠向椅背："任致余，真的谢谢你，无功不受禄，说实话，我现在很惭愧。其实，我不是那么麻烦别人的人，却让你这么照顾我这个病号，以后有什么我能帮上忙的你尽管提，我能办到一定赴汤蹈火，在所不辞！"

"这么坚决，大义凛然？"

"嗯！不过估计也轮不上我帮你，多少人排队跟你沾亲带故呢！"

"你看得还挺透。"

"我不是傻白甜。"

"你确定吗？"

"哎，任致余，能不怼一个病号吗？请对病号献出爱心。"

"那我也勉强算个病号，献爱心有点困难，不过献爱倒是可以考虑。”

什么？

张深谙手一抖，正咬了一口的饭后水果就那么径直摔到了地上。

她抬眸看向任致余，他清澈如水的目光，没有戏谑，没有揶揄，只有真诚。

这往她心湖里抛深水炸弹呢！一次一颗，啥时候是个头！挡不住了啊！

果然是一场鸿门宴！张深谙想三十六计，要不跑为上计？以后真的不能和任致余靠近了，真是不长记性！美色亡国！

她真的感觉每次任致余这样耍赖的时候她都会败下阵来，道行还是太浅！

就在张深谙又做了一番思想斗争不知道怎么接话时，任致余的电话拯救了她，她看到他一接电话就皱起了眉，深沉地说："知道了，我马上过去。"

待任致余挂断电话，张深谙率先起身："那你去忙吧，我自己回去就成，很近的。"

"嗯，那你注意身体，到学校告诉我一声。"

"好。"

直到张深谙坐在回学校的公交车上才后知后觉地反应过来，任致余为什么要她回学校还要告诉他呀？他又不是她什么人，奇了怪了，自己刚答应得还挺麻溜，真的是！那对话跟两人是男女朋友似的太诡异了，不行了，绝对不能再被任致余牵着鼻子走了，远离任致余，保持高智商和清醒的认识，她不断地催眠自己。

这厢，任致余进了乔展新和老纪所在的包间，围坐在人群中间那个显眼的女人，齐腰栗色长波浪卷，性感轻熟，得体周到，正在和他的一圈朋友敬酒寒暄。

“欸，阿余，终于来了，招呼哪个大牌啊，姗姗来迟的，不给老纪面子啊，自罚一杯！”有朋友说。

任致余端起旁边哥们儿给倒的酒，一饮而尽。

“哎，别别别，没必要，坐下吃饭，今儿个致余能过来就够给我面儿了！”老纪说。

全程任致余都没有看对面那个快把他脸盯出一个洞来的女人一眼。

饭局散场，任致余前脚去地下车库开车，结果那个女人后脚就坐上了他的副驾。任致余握方向盘的手一紧，沉声道：“周宪妮，两个月前我就说过，别白费心思在我身上了，所以现在，下车。”

“可是怎么办，任致余我已经爱上你了，有哪个女人会不爱上你呢？何况我还是任伯伯钦点的儿媳妇人选，所以，我们都没得挑，不是吗？”周宪妮连声音都带着媚骨与酥软。

“没有人能主宰我的人生，下车。”

周宪妮似乎早就习惯了任致余的态度，只要能见到他，只要逮着机会在他眼前晃，她就不信拿不下他。以她的条件，任致余是顶天的最好选择，她就算是机关算尽也要势在必得，所以她没有丝毫愠怒反而愉悦地下了车，然而这一幕却被刚好开车进入地下车库的夏百合给撞见了。

任致余最近就像人间蒸发了一样，明明前一阵子解决了顶级流量瞩目问题后开始正常上课了，在食堂把张深谙带走还引起了一小拨轰动，但是最近他又神隐消失了，已经连翘一礼拜课了。关键张深谙带着全班女生的期望去问陆老师的时候，陆老师居然和所有任课老师一样熟视无睹，统一口径：任致余个人有些别的安排，请过假了，放心吧。

这不等于没说。

哎，不过他没在也有好处，相信大部分女生都能专心听讲了。

嗯，不包括她，任致余在与不在她都一个样，生活不易，全靠演技。

这天药理学专业导论课，张深谙收到夏百合的微信：晚上药理学专业导论课我来找你，一起去上课。

张深谙抬头看了一眼秃了一半顶的谢教授正唾沫横飞地板书中，淡定回复：你不用来了，这门课现在正在上。

夏百合：为什么没人提醒我换课了？唉，不过通知了也过不去，现在我在上最重要的工商管理导论，还是我们辅导员在讲。如果我不在，回家肯定被老夏毒打一顿，每天活得战战兢兢，可怜，求安慰。

张深谙：乖！姐姐给你拉进咱班群里啊，把你给忘了！

夏百合：没有人性！

张深谙：知道姐姐每天多忙吗？你来我们学校不就是来找乔学长玩的吗？

夏百合：呵呵。

本来以为今晚无事滋扰，夏百合应该也是想一出是一出，张深谙就没把她的话放心上，正打算去图书馆查点中医证候动物模型相关研究的资料。毕竟她和学长学姐们组队的学校创新立项课题已经开始了，她虽然是资历最浅的，但是也不能吊车尾，还是要做出一番贡献，这都是为她的职业前景在打拼的每一步基石，走得稳，才能走得远。

临出门前，她收到了两条微信，硬生生拦住了她求学的步伐。

第一条是来自夏百合：我到你们学校了，快来接驾！月黑风高的！真让人害怕。

张深谙无奈地叹了口气，接着点开了第二条，是任致余发来的：在哪儿？身体应该都恢复得差不多了，那今天夜跑计划开始实施，我在你们寝室楼下等你。

什么？

张深谙冲向阳台，然后在暗下来的天幕中，在渐次开启的学校昏黄的路灯下，在寝室楼前茂密的大树下，好像真的看到了任致余的车停在那里……

任致余这消失一个星期不来上课，一回学校就是逮她去夜跑？这么信守诺言真的好吗？

她飞快地回道：稍等，我换个衣服。

跑步可不能穿着裙子。

在她下楼的过程中，夏百合的电话就进来了，她慌忙接起来：“喂，我去操场，你去操场等我吧。”

操场？这万年懒人要跑步吗？真是破天荒头一遭的新闻！夏百合有些不敢相信。

要说张深谙有什么缺点？别的缺点或许可以转化成优点，但体育这一项真是她的劣势。除了本身体质也不是很好之外，她从小到大的体育课成绩都是擦着及格线过的，所以她对体育、运动、操场有着天然的抗体！今儿是大水冲了龙王庙，刮了什么东西南北风，太阳打西边出来了？

很快，夏百合就觉得事情发展并不简单，当她看着对面的那对璧人走来的时候，啊呸！什么璧人？她迅速否定了自己的无脑乱形容，三步并作两步跑上前抓过张深谙的手，拉离了任致余的身旁。

任致余隐隐觉得哪里不对了。

"怎么着，原来和任大少爷有约啊！"夏百合戏谑道。

"没，你先约的我。"

"她什么时候约的？"任致余问。

"呃，下午的时候就约了，你是晚上才……"

"那我是什么时候？"任致余接着问。

"啊——"张深谙卡壳，要这么算，任致余是一星期前病床上约的呀！

"呵呵……"张深谙打着马虎眼，她怎么觉得今天夏百合和任致余有点不对付啊，两人态度都怪怪的，"我们跑步呗，大家都是来运动的嘛！多多益善啊！"

张深谙保证这真的是军训之后她第一次有这么大的运动量了，毕竟她体育课选的跆拳道，也就是在室内体育馆垫子上踢几下，运动量其实不算大。那又是她一直想接触却没有学习过的运动，所以大概因为喜欢，就没觉得辛苦或者累。但长跑是她从小到大的坎儿，原以为大学没有体育课了，结果不仅有，还变着法儿，又要自由选课，期末考还得加考十二分钟长跑，所以每天晚上操场这么多人不是没道理的，一来为了强身健体，二来的确是为了大学体测啊！

谨遵任致余的几个跑步要点：有节奏跑，不要用嘴呼吸等。艰难地跑完两圈之后，张深谙发觉自己体内沉睡好久的新鲜细胞渐渐苏醒了。

虽然还是很累，张深谙接过任致余递过来的一瓶水，仰头咕咚了几口，轻轻喘着气说：“任致余你不方便来这人多的地方，虽然现下天黑了人也多，大家注意力也没那么集中会来关注你，但是真的不用麻烦你了，我保证会好好锻炼身体，你相信我。”

“好。”任致余宠溺地摸了摸她的发顶。因为专业的问题他已经连轴转了一礼拜了，没有见她，真是觉得一日不见如隔三秋都不夸张了。相思难耐，想着她身体应该是恢复得差不多了，便来找她，得亏还能扯这么个夜跑的理由。张深谙这冷漠的女人真是连个信儿都没有，丝毫都没跟他联系，光想着下一秒就捉弄她把毛巾整个罩到了她的脸上。

“哎呀！”张深谙扯下毛巾，倒也不恼，反而狡黠一笑，“任致余，你这消失一个星期去哪儿了？大家都挺挂念你的！你不在，班级里来上课的人都少了，班委讨论事情也没法征求你意见，你点子又多又好的……”

张深谙发誓，她只是想套出像任致余这样的大神会在干什么大事业，她只是想知道人与人的差距究竟在哪里，她只是想有一个奋斗的目标，她只是想努力追上他的脚步，她只是带着全班女生的疑问，没有一丝徇私舞弊的嫌疑。

“这么想知道？”还不赖，还知道问他，说明还有点良心。

“关心同学嘛！毕竟我是班长，班里每个同学的情况我都要及时掌握汇报给陆老师的。”

“所以陆老师没透露给你我在干吗？”

“哎！”堵我话！哼！张深谙知道自己又被套路了，只能跳起来把毛巾罩到任致余脸上，然后一溜烟跑掉。

以其人之道还治其人之身。

一旁跑步的夏百合停了下来看正追逐打闹着的两人，五味杂陈，张深谙你知道自己在做什么吗？

任致余把张深谙送回寝室，打算回一趟寝室收拾点东西明天一早方便出差。然后在拐角处，就看到了夏百合，看来她等他一会儿了。

“任大少爷，任慕年的儿子？上次一起上野外实验课没好好做自我介绍，你后来受了点伤，就不方便打扰，我是夏百合，谙谙的发小。”

“有事吗？”

“当然有，我们家企业和你们任氏集团有合作，我一来是想……”夏百合斟酌着。

“我目前不插手集团事务，抱歉。”

“好吧，那我们只剩下一个话题了——张深谙。”

任致余挑眉，注视她。他总算是知道她今天让自己感觉隐隐不对劲儿的原因了。

“你喜欢谙谙？”

“是。”

“任大少爷倒是回答爽快。”

“是笃定。”

“可谙谙不会选择你。”

“你不用说得那么绝对，我从来不做没把握的事情。”

“我对你没意见，任慕年先生可是全球富豪榜排名前列的大人物，而你这个大家一直讨论的神秘富二代贵公子也早就已经蜚声中外。如今你露出真容，生活在我们周围，必然会引起不小的轰动。你这么优秀，如果和谙谙在一起，我当然喜闻乐见。不过我提醒你，你如果想和谙谙在一起请先处理掉你身边的莺莺燕燕，而且你要保证不让她被你们家族，被你个人的热度所惊扰。谙谙不是你以前认识的任何女生，所以你不是真心的，就别招惹她！”

“我以前什么样儿？夏小姐，你为深谙好，我很感谢，不过请你记住要为自己说过的话负责。”

“当然，我可不是小白兔，谙谙也不是。你如果喜欢她就不该靠近她，那才是你应该保护她的方式。”

“看来你很有自以为是的自信。”

“什么意思？”

“我不需要选择放弃我的感情或者藏在心底这样无能的方式去保护我喜欢的人，还是你觉得，我没有能力去同时保护我的感情和我爱的人？”

“我希望你有能力。但是，你怎么会来这儿念书呢？你只是来体验生活的，或者你有什么必须妥协的东西。但谙谙是来回归这样的生活的，她很喜欢现在的生活，全新的环境，全新的朋友，喜欢的专业，光明的未来，所以这就是你们俩本质的不同。所谓道不同不相为谋，我相信不用我再说什么了吧！”

“所以你不希望我和她在一起？”

“我说不好，但我希望你可以放过谙谙不要再那么关注她了，否则你带给她的不知道会是些什么，她不是你可以玩弄于股掌的女人。”

“如果我们两情相悦，真心相爱，有光明的未来呢？”

“什么？”

“我说了，我不打没准备的仗，也不赌没把握赢的事情，所以你所有的担心都不会发生；就算发生，天塌了都有我给她顶着。当然，今天你等在这里是要告诉我她的喜好，我会更欢迎；如果你来提前祝我们白头偕老，我想任氏和你们家企业的合作应该不是什么大问题了。”

“你……”

任致余仍旧在无期限地翘课，有次张深谙问乔展新，他也讳莫如深。夜跑那次问任致余，他还迂回地给带过了话题，这就让她更加好奇了。没什么特殊的事情，她也不好找任致余，毕竟下了决心要和他保持距离的，防止被电晕。

张深谙和夏百合说起这事儿，夏百合对任致余的态度也是反反复复，所以她把不准夏百合到底是怎么了，好像夜跑那次之后夏百合对任致余就有无端的抵触情绪，她感觉得出来。但夏百合从来不是无理取闹的人，虽然疾恶如仇。

——可能他忙呗，他是谁啊！人家可是任致余，本来读这学校就跟闹着玩似的，人家肯定志在远方啊！无论他做什么你都别陷进去啊，张深谙我提醒你！

得！最后还被夏百合警告了……

无论他做什么？他能做什么啊！神龙见首不见尾的大神能对我们小老百姓做什么？而且自己这阵子真的有转性，有不对劲，有蠢得那么明显吗？明明自己已经把他归为普通同学行列都没主动联系过。自己要走的路十分明确，他不会是影响自己的因素。

张深谙不以为意。

他们系今天下午有一场大型中医药交流宣讲会，中医药界泰斗方仁光教授和德国贾森教授作为主邀嘉宾将出席。这么盛大的讲座，除了他们中医药系，很多对医药学感兴趣的同学都来旁听了。张深谙严重怀疑连外校的学生都过来了。长丰医大这次大手笔，这两位教授之前只在首都医大做过讲座啊，所以学校这次也是动用了最大的阶梯报告厅，布置得特别高大上。

张深谙几乎通知到了全班每个人，就差任致余了。鉴于他已经快成为失踪人口了，张深谙都不打算管他了。离讲座开始还剩十五分钟，她急匆匆地从图书馆跑向报告厅。

“这儿，深谙。”齐珊珊招呼她。

“夏百合还没到？”张深谙坐下的时候偌大的阶梯报告厅都快坐满人了。

“没呢，你问问呗。”

张深谙：到哪儿了？快开始了！你的小新新已经在第一排就位了。

夏百合：快了快了，在停车，你们学校停车位太少了！

好吧，那几乎是确定了，肯定有外校学生来一睹两位教授的风采了！

张深谙手速飞舞：别急，给你占座了，门口中间第二排靠过道，视野绝佳。

“可惜了，任大神不在，你们说任大神都消失多久了，我都快忘记任大神那张神颜了！”齐珊珊一脸可惜。

“你不是一个合格的粉头。”鲁溪说。

“噗——”张深谙差点笑喷。

“阿溪你现在也越来越毒舌了，都被深谙带坏了。”

张深谙表示躺枪，她私信任致余：今天我们系有个大型中医药交流讲座，快开始了，你来吗？

她真的是抱着班长心态通知的，虽然在班级群早就发过通知了，但就他没回。不过鉴于老师们都默认他的消失状态，她也一直没理由找他，现下可能是齐珊珊的感叹，也可能是自己的小心思在作祟，自从夜跑那天让他不用来监督自己后的确是再也没见过他了，眼见着又一周多时间过去了。

有时候，真的还觉得挺不真实的，仿佛任致余真的不曾存在过她的生命中一样。那曾经的小悸动好像是她的错觉一般，只有班级通信录上那白纸黑字印刻着任致余的名字才让她有一丝真实感。

手机“叮”一声，收到了任致余的微信：来。

张深谙不晓得自己是惊是喜，看到这条秒回信息一下子抓住了座椅的扶手。

“咋了？”

“任致余来。”张深谙把手机微信页面给齐珊珊和鲁溪看。

齐珊珊一拍大腿惊呼一声，引得前排和周边同学纷纷瞩目。

“不好意思，不好意思……”张深谙替齐珊珊招呼歉意。

“真的假的啊？这就剩五分钟了怎么还没出现啊？大神一定要最后一个到惊艳全场受注目礼吗？”齐珊珊一脸激动。

“谁啊？惊艳全场受注目礼？我吗？”夏百合气喘吁吁地坐下问。

“美得你！任致余终于要出山了。”张深谙说。

“嗯？是吗？”

“百合，你老实跟我说，你怎么跟任致余结仇的啊？你不是……”

“嘘，开始了，开始了。”齐珊珊提醒。

随着主持人的介绍方仁光和贾森教授依次上台就座，台下掌声四起。

“天哪，这都开始了，任大神还不来，我的心在哭泣，原来是骗人的，果然最爱的人伤我最深……”

“戏精珊，安静点。”鲁溪出声阻止。

“妈呀，班长救命，鲁溪同志不仅毒舌还越来越粗暴了，快点，代表月亮消灭她。”齐珊珊道。

“你的这些室友还蛮可爱的。”夏百合评价道。像任致余这种商人之后骗人算什么，简直是小菜一碟了。同样是大一学生，他的城府可是连让我们想都想不到的深沉呢，她想。

“同学们，接下来还有一位翻译人员。我要特别介绍一下，贾森教授是德国人，而我们学校没有德语系，所以我们请了药学系一年级的任致余同学，来担任本场讲座的中德翻译，大家欢迎。”

在张深谙她们还没反应过来主持人的话的时候，台下已然爆发出了雷鸣般的掌声还有惊呼声，任致余就在全场的关注下从后台从容地走了出来，小半月不见的人，再次出现还是以译员的身份，这是什么神仙转换剧情啊！

他穿着白衬衫，一套考究的黑色立领西装映衬得专业干练，刘海梳了起来成就了“狼奔头”，往那儿一站，自成一派的贵族气质就溢满了整个台子。在舞台白亮灯光的辉映下，他简直就是偶像剧里禁欲系男主的模样。台下观众瞬间就被点燃了，今天来参加这个讲座简直赚大发了好吗，不仅能学到知识还能看任大神的魅力，真的是运气爆棚了！

现在张深谙终于能够理解门口和讲台边为何有那么多安保人员了，敢情是为了保护任致余呢！

原来他的“来”指的是这意思，直接从台下观众摇身一变成台上翻译。

张深谙没想到，任致余的德语那么好，那么多专业的医药学术语，他都能讲得这么流利自然，可见他的德语功底之深厚，几乎是专业翻译的水平了。他的德语发音很正宗，他又是什么时候学的德语呢？

自己在比利时的三年时间学习了德语作为日常交流语言，顺便提升了英语水平，这样都已经花光了所有的精力和时间。

所以此刻看着台上优秀到光芒四射的任致余，真的像现实中不存在的人。

张深谙小心地收起了自己的崇拜和欢喜，偏偏这时，任致余的眼神却看向了她，他看着她说：“接下来是贾森教授的提问，他想知道中国的医学生为何要钻研这门冗长枯燥还吃力不讨好的学科？尤其是女生，那么第二排那个穿黄衣服的女生来回答一下吧。”

啊！张深谙就这么毫无准备地被点名了。

话筒被递了过来，她还有一丝茫然，不过下一秒便收拾心情，恢复了专业的学霸模样，沉着回答：“教授好，我是药学系大一新生。说来惭愧，我读医药学才两个月，才疏学浅。我曾经以为，读医学是为了治病救人，但是我现在有点知道，它是让我们先去解救自己，再去拯救世界。中医药学的研究方式如今也突破了以往的以经典文献和临床诊治观察为主的传统方法，国内学者正力图运用现代科学的研究方法来揭示中医药的奥秘。这个世界太大，而我们每个人都太渺小，所以我觉得选择这个冗长枯燥专业的人都很有清醒的认识，庞大的医疗进步和学术研讨我们现在还接触不到，但是至少我认为我们可以对小病小痛有起码的认知和自我意识。最俗气的话也是老生常谈的话，健康是最重要的事情，没有什么能比健康更加让人上心，所以如果你有良好的教育背景，你在外面无论多么光鲜，可是最长久的生活是自己的，是私下的。如果你不会烧饭，你生病了不知道吃什么药，没有人会陪你一辈子，你的家人父母、你的爱人、你的朋友，我们决定不了谁会陪我们走到最后，所以我们如果一个人可以在这个世上活下去，那我们就需要医药学知识。首先拯救自己，回到了目的，然后当我们有所成就，再去治病救人，那是个美好的志愿，希望每个热爱医药学的人都能进入这一层境界。最后，这还是一个很苦的方向，所以希望大家都能够吃得苦中苦，方为人上人。”

张深谙倒是没想到自己说完后台下有一小部分同学竟然鼓起掌来。任致余准确无误地翻译给贾森教授听，贾森教授好像很满意，频频点头，接着还针对讲座主题由四诊合参到中医精准辨证论治提出了中医“证候”的发问。

就在任致余刚打算翻译的时候，张深谙惯性使然用德语应答：“充分利用生命科学技术深化对中医‘证候’的认识，一方面加大‘微观辨证’和‘辨证微观化’的研究力度；另一方面在中医思维指导下，将现代医学检查和检验结果赋予中医‘辨证要素’的意义。根据‘三分法’将已有的中医临床辨证论治证据分为不自觉领先于现代医学的部分、已和现代医学形成共识的部分、需要重新认识或加以摒弃的部分等。”

贾森教授和任致余都投来惊喜又赞赏的目光。台下的同学们开始窃窃私语，贾森教授似是来了兴趣，和张深谙一来一回又探讨了几个观点，全程德语对答，没有任致余的翻译。

等到贾森教授满意地请张深谙落座开始下个环节，齐珊珊竖起大拇指佩服：“果然高才生牛啊，给我们系长脸！”

“大道理罢了，我们这才入门呢！哪儿跟哪儿啊……”

“我指的是你会德语啊，全程听不懂，神仙打架，但是感觉贼溜啊！”

“是啊，而且深谙你可是已经在做创新项目了都还叫入门，那我们这些门外汉……不说了，伤心！果然山外有山，人外有人……”

讲座圆满结束，张深谙和室友们看到台上的任致余被围得水泄不通合影解答问题，也就没再去给他添堵了，保安都在，应该没问题。

出了阶梯报告厅，齐珊珊惊叹：“任大神真是惊为天人，居然还会德语！他还有多少技能没有发挥出来？果然是广大迷妹的梦中情人！”

“这没什么，不包括中文，他能讲五国语言，以后你们更加深入了解就会知道了。”乔展新不知什么时候也出现在她们四个身后，幽幽地来了一句。

哇！

大家的确是少了惊讶却更多的是钦佩，这种现实中的王子在你眼前的感觉真的是不知道怎么形容了，优秀都说腻了！词穷啊！

不过，海市蜃楼似的，看得到美妙绝伦却是让人触不到的虚幻，张深谙想。

“我们深谙才厉害吧！是不是宝藏女孩！”夏百合一脸自豪。

“那简直是大开眼界！”齐珊珊再次竖大拇指点赞。

“都是隐藏的牛人。成，我先走了！”乔展新说。

“嗯，学长拜拜。”

夏百合和乔展新对视一眼，招手挥别：“我也回去了，改天来找你玩。”

齐珊珊顺势接上：“欸，深谙，我社团有点事情，也先走一步了啊！”

“欸，都急什么。阿溪，咱去吃晚饭吧！”

“我还不饿，先回寝室了，深谙你自己多吃点哦！”

连鲁溪都撤了，什么情况？这一个个的，今天是怎么了？这时候，张深谙的手机铃声响了起来，她慌忙从包里掏出手机。

“喂，妈。”

“深深，怎么样？学校生活都适应得差不多了吧？”

“嗯，挺好的。”

“自己注意身体健康。”

“知道了，你也是，和埃里克尔好好的。”

“妈妈你就不用担心了。对了，明天就是你十九岁生日了，妈妈提前祝你生日快乐，埃里克尔给你发了红包，记得查收。”

“嗯，那我先不说了妈，有个创新立项课题要做，我得去图书馆熬进度了。”

一个人吃饭也无聊，张深谙在小吃街买了个鸡蛋灌饼，就去图书馆查医药资料了。

而同一时间，学校C楼一层东边的大教室，任致余、乔展新、齐珊珊、夏百合等张深谙认识的一众好友会合了，正紧锣密鼓商讨着最后的细节。

讨论完，已经七点多。长丰医大附近的咖啡吧里，夏百合约乔展新聊生日会后续事宜。

“晚饭都没顾上吃吧，想吃点什么？”乔展新问。

“慕斯蛋糕就行，一杯拿铁。”

饮料和小吃很快上来，夏百合还是一脸愁容。

“别担心，致余做事，你放心。”

“就是他做事，我才不放心。我强调过谙谙不喜欢过生日，你们一个个都要说服我，任少爷拿主意，你们都听他的，我也没有话语权，给我个参与权我还得感恩戴德不成？”

“消消气，都是为了深谙。”

“乔学长，任大少爷的表哥，你能透多少底给我？任致余喜欢谙谙这事儿，你知道吗？”

“看得出来，致余第一次喜欢人，可能不知道怎么做比较合适，他也在探索，而且深谙是个独特优秀的女孩子，就更不容易。”

“任致余第一次喜欢人？”夏百合一副“你骗鬼呢”的表情。

“都觉得这么不可思议吗？其实我们经常被误会，但是相信的人自然会相信。不过致余太聪明，所以就算是第一次也不会显得多么笨拙，他如果认定了，那对方真的会很享福。其实你真的不用那么担心，深谙可是我们系的重点保护对象，学霸又机敏，不出意外应该会保研，发展前景不容小觑。作为他们班的党员辅导员，每个同学的生活感情我都会把关，不是因为致余是我亲戚，我有偏帮，如果是不好的男孩子，我照样阻止。”

夏百合相信乔展新的为人，毕竟他也是那么优秀的人，是她一眼相中的男神啊！只是每每想到那天从任致余车里走出来的那个身姿娉婷喜笑颜开的女人总是莫名不舒服，心里硌硬得慌！不然她也不会一直对任致余耿耿于怀针对他了，但是她也实在不好意思问出口，今天知道任致余第一次喜欢人这事儿已经够劲爆了。

“那要是明天这事儿黄了，乔学长你可要负责！”

“好，我做担保，到时候听凭你们发落！”

张深谙第二天早上睡到近十点才醒，一睁眼看着微信红包的数目“6888”元，还是很开心的。

“珊珊，阿溪，你们今儿个什么安排呀？珊珊……”

寝室静悄悄的，这大周末的，怎么一个人都没了？自己睡得还真熟，居然没有一丝察觉。

她爬起来，简单收拾了一下，眺望楼外的景象。初冬的色彩已经铺满了校园，金黄的树叶纷纷凋零，阳光的温度也不再炙热，而是多了一份和煦与暖意。一学期已经过了大半了，而今天，是她的生日。

莉莉阿姨一家的祝福每年如期而至，让她暖心了不少。她不喜欢过生日，是因为以前没有过操办的经历和经济基础，最多就是买个小蛋糕或者煮个长寿面，有时候父母还会遗忘，所以她已经习惯了。爸爸走了之后，她便连蛋糕都不买了，小时候的她羡慕过别人的一大堆生日礼物和热闹盛大的生日主题派对，但是有些东西你失去了，是补不回来的，无论是记忆还是感受。

妈妈是在她初三那年去山上给爸爸上坟和刚巧回乡祭祖的埃里克尔认识的，再婚定居比利时。虽然生活水平直线上升，但张深谙依然对生日没什么特别热情，她觉得自己的成长速度跟不上妈妈老去的速度，妈妈一个人养大自己活得那么辛苦，这让她觉得无所适从又充满危机感和不安定感。如此一来她便觉得没什么可庆祝的，出生日其实是妈妈的受难日，至少到目前为止还找不到能让人欣喜庆祝诞生的理由。

她背起电脑，打算去图书馆泡一天。毕竟第一期创新立项的论文要上交了，她那一块从宏观角度分析抑郁症动物模型的建立内容也已经基本写完，修改下就可以做一个很好的收尾了。

张深谙刚敲完最后一个字就接到了鲁溪的电话约她去宝金商场K 歌。

宝金商场离长丰医大就十分钟的步行距离，是整个高教园区的娱乐休闲中心。张深谙到的时候前台小姐居然告知没有包厢了。

还来不及想对策，齐珊珊已经拉过她的手撺掇说：“要不我们去隔壁？”

“隔壁？”

“空中 KTV。”鲁溪说。

“那儿不是更紧俏？”

“一学期都快结束了，我还没光顾过那长丰空中花园呢！走走走，长见识去！”

张深谙就这么莫名其妙地被齐珊珊和鲁溪带走了，事后张深谙想她们这俩活宝的演技真是太差了。

空中 KTV，作为长丰市的一大娱乐特色产业，不仅因为坐落在高教园区吸引了年轻人的视线，它还以精致的装修、独特的设计和昂贵的消费水准让其成了长丰市的一大文化地标式建筑物，许多人都慕名而来为了纵深式体验一把。也因为消费水平高，一般学生只有大四毕业可能才会下血本来体验一回。毕竟都在长丰念大学了，却没去过空中 KTV 的确会让人倍感遗憾。

“怎么，我们是去逛博物馆吗？”只观瞻不消费？张深谙站在空中 KTV 门口调侃。

此刻华灯初上，夜幕降临，空中 KTV 的五角霓虹灯已经把整座镂空大厦渲染得迷人耀眼。这座建筑除了中间椭圆部分是实心体之外，四周都是镂空的包厢，旋转电扶梯包裹在玻璃幕墙之内，它最让人惊喜的是十九层高楼之上隐蔽的露天阳台，号称情侣露台，总共有十八个，的确是小情侣幽会的绝佳胜地。

尤其盛夏时节数不清的多金贵公子都在这阳台上和女朋友约会，这儿既可以观赏夜晚的星空，又可以吹着徐徐的海风，所以就算它消费层次高档，仍旧是座无虚席，天天爆满，生意好得不行。

简言之，你永远不知道这个世界上有钱的人到底有多少。

“哎，别想那么多了！”齐珊珊一把拽过张深谙就进入了玻璃旋转门。

“我们不用去前台登记？”张深谙继续调侃。

“任大神请客。”鲁溪说。

原来如此，不然我们仨也消费不起，张深谙想。

电梯直线上升，稳稳停在了十九楼。

“1916，1916……”齐珊珊念念叨叨。

临到门口，齐珊珊深吸了一口气，问：“准备好了吗？”

“亲爱的，你能呼气完再说话吗？我怕你闷死。”而且小可爱你真是比我还紧张啊！

“呼……”

“你们谁要蒙住我的眼睛吗？”其实早在鲁溪说任大神请客的时候，张深谙已经猜到了九成，她说不好自己此刻的心情，不过似乎没那么排斥，难道是因为这是他的心意？

“老班你啥时候能笨一点呢？电视剧的女主人公不都是傻白甜吗？”齐珊珊吐槽。

“多谢谬赞啊，所以今天我有福当女主人公？”

“当当当……”随着齐珊珊边人工配乐推开了1916的包厢门，一道清脆的彩条球炸开的“砰砰”声就落入了张深谙的耳中。接着，她的身上就挂满了五彩斑斓的彩带，与此同时《生日快乐歌》也响了起来，配合着KTV的伴奏乐。

“祝你生日快乐，深谙生日快乐，永远幸福快乐，祝你生日快乐……”

张深谙终于看清了，包厢里好多人，她们寝室的、夏百合、任致余寝室的，还有班上其他几个班委；乔展新学长、辩论社江难社长和他女朋友杨晓曦学姐，还有她创新立项团队的其他几个学长学姐都在，有小二十人。

包厢很大，十九楼的包厢都是最豪华规档次的，霓虹彩灯设置得很漂亮，桌上堆满了吃的、喝的，棕皮沙发上全堆满了五颜六色的礼物盒子和大大小小的玩偶，最大的一个布朗熊还被穿了红色的小西服，头上戴了发箍写着——张深谙十九岁生日快乐（爱心）。

最让张深谙惊喜的是面前这个超大的金字塔蛋糕，插满了蜡烛，而蛋糕的对面，站着任致余。他笑得好开心，他仿佛像甜心酒巧克力蜜糖的唇色让张深谙有片刻失神。他穿着宝蓝色的休闲西服内搭米黄色真丝衬衫，整个人慵懒而贵气。

生日快乐歌一曲终了，她听到任致余说："深谙，生日快乐，祝你以后的每一天都没有忧愁，健康幸福。"

"哇哦……"鼓掌声和欢闹声响彻在包厢内。

夏百合说："许愿吧，吹蜡烛。"

张深谙形容不出来此刻的感觉，哽咽也不是，她好久都没这么感动过了。她环顾了一圈每个人透亮可爱的脸庞，双手合十，轻轻说道："第一个愿望，希望我的家人朋友都能够健康平安；第二个愿望，希望我们十年后还能笑着相聚；第三个愿望……"张深谙稍一停顿，闭上眼睛，在心中说：谢谢你任致余，让我遇见你的世界，祝你永远幸福。

然后她睁开眼睛，一口气吹灭了蜡烛。

"哇哦……"又是一阵欢呼。

接着不知谁说了一声："切蛋糕啦！"

张深谙拿过罗旭递来的刀，下一秒，手就被任致余握住了。她偏头看他，盈盈水目浸透着激动，他说："小心刀，蛋糕太大，一起来。"

张深谙已经忘记了害羞，忘记了逃离任致余身边，人群中已然沸腾着一阵阵惊呼哄闹声，她也顾不得旁人的眼光，乖乖地被他大掌覆着她的小手切开了那个巨大的金字塔蛋糕。她知道她的理智此刻已经飞到九霄云外了，她也知道就今晚几个小时让爱情的幼苗继续疯长吧！

生日她最大，可以任性一下的。

蛋糕还没切完，齐珊珊就调皮地往她脸上抹了奶油："大家快来玩寿星啊！"

这倒霉孩子！

就像触动了机关，众人瞬间闹作一团，当然，无一幸免。最后，寿星张深谙还在任致余脸上涂了一撮奶油，整个包厢瞬间溢满了奶香味。

“好啦好啦，寿星拆礼物啦！”随着齐珊珊的一声大喊，闹作一团的人一下子围了过来。

张深谙突然有点难以适从，看着沙发上堆得像小山一样的礼物，心想这些家伙都是什么时候准备的，连丁点蛛丝马迹都没有显露出来啊。

连齐珊珊那傻妹子都是傍晚才露出马脚，果然是藏得很辛苦啊！

礼物一一被揭晓，有水晶台灯、香水、化妆品套装、木雕工艺品、围巾手套、钢笔、卫衣……五花八门，最后张深谙拿起了一个红色的包装盒。

“这是任大神送的吧，我们的可全拆完了。”齐珊珊一脸兴奋。

任致余笑了笑，不置可否。

在众人的好奇与欢呼声中，张深谙打开了红色的包装盒盖子，一股檀木香扑鼻而来，冲淡了密闭包厢空气中的甜腻香味，一双设计精美的红色水晶高跟鞋就这么出人意料地呈现在了众人的眼前。

“哇，红色水晶高跟鞋！”齐珊珊惊呼。

“有钱任性啊！”杨晓曦说。

“哎，这什么牌子啊！”齐珊珊伸手去摸。

罗旭一下子打掉了她的手：“别乱碰！这可是我们任大神从意大利空运来的高定，全球只此一双。看到没，这鞋后跟的字母 S.A，就是班长名字首字母的缩写啊！”

早在一个月前某天罗旭午觉睡得迷迷糊糊的时候，就听任致余打电话说什么，36码、11月初寄到、空运之类的，今天看到这双鞋，一下子全推测出来了！

“啊！怪不得，之前外出实验课那天任大神问我深谙鞋码多少来着！”

齐珊珊这一说大家都明白了！真好呀！实验课，那是一个月前啊！天哪，任致余早就在策划这场生日会了吗？

他这么早就看上张深谙了啊！

大家伙都看着两人，几乎是用一种非得看出他俩有什么奸情的眼神，一个个眉飞色舞的，比两个当事人还激动。

“深谙，喜欢吗？”任致余试图缓解她的尴尬。

“谢谢，可是太贵重了……我……”

“收着吧，学弟的一片心意呀！”某学姐说道。

张深谙看着任致余期望的眼神就不忍心了，他还会露出这样的眼神呢，整个人就像一个听从发落的小兵，透着一丝楚楚可怜。

“好吧！我收下，但是任致余你以后不准送这么贵的了！”

咦，这话这语气怎么听着像撒娇呢？

一定是今晚的氛围太让人沉醉。

“只要你穿着它跑向我，以后什么都听你的。”

哇哦！任致余这一拨如此明确的暗示把庆生会气氛推向了高潮……

大家纷纷向张深谙送上祝福并且揶揄套路她和任致余的关系，她也一一道谢并且三缄其口打太极，虽然很久没有这么热烈的人情交涉，但是好像感觉还不赖。

很快，罗旭开了啤酒，男生们都凑到一起掷骰子玩开了，有些女生也加入其中，不亦乐乎，其中数齐珊珊和罗旭最闹腾，掷骰子拼酒的气势最盛。张深谙看着他们，正担心齐珊珊会喝醉，便看到罗旭接过了齐珊珊面前的酒杯一饮而尽，而齐珊珊难得恢复小女人的娇羞态拍掌叫好。张深谙和夏百合、鲁溪对视一眼，仿佛看透了什么。不会玩的女生则是开始霸占麦克风，高档的地儿连麦克风都是一整箱，完全不用担心不够用。

张深谙坐回包厢内小吧台前的高脚凳，一边继续擦着奶油，一边被夏百合喂着蛋糕，问：“你也学会先斩后奏了？”

“我错了，我一直反对的，你不喜欢过生日，别人不知道，我能不知道？”

“又欠人情了。”张深谙看了一眼正在玩骰子的任致余轻声说。

“嗯？”

“你看大家玩得这么开心也是难得，还有什么机会来这寸土寸金的地儿呢？”

“谙谙，你别转移话题，你是不是真生气了？”

“我？”张深谙把擦完的纸巾扔到纸篓里，微一偏头又瞟向任致余，结果明明前一秒还在与民同乐玩骰子玩得不亦乐乎的任致余就像有心灵感应般对上了她的视线，“还好。”

她看着任致余的眼睛说，这一次没有闪躲，没有慌张，内心更没有小鹿乱撞。

不过这两个字刚好被齐珊珊转战歌曲大战那麦霸的一声“死了都要爱”给淹没在歌声的洪流中。

“什么？”夏百合问，顺着她目光的方向看去，任致余正在笑。

张深谙转头对夏百合浅浅一笑，刚打算起身，包厢门却突然被推开了。所有人齐刷刷看向门口，金远怡就那么满脸尴尬地站在门口，手里拎着一个绿色包装的盒子。

然后她绕过门口玩骰子的一圈人，走到最里面点歌吧台边坐着的张深谙面前，把礼物递给张深谙。这时候包厢内的歌不知不觉就停了，金远怡的声音在安静的包厢内分外清楚："张深谙，对不起，我为我之前对你做过的事道歉，我欠你一个道歉，还有，祝你生日快乐，虽然不请自来，但希望你收下这份礼物。"

"谁告诉她的我们在这儿？"齐珊珊小声嘀咕。

虽然看得出来道歉的诚意的确是有了，但还是不确定她会不会故伎重演。金远怡来这一出，好好的生日宴本来还相安无事，这下不知道算是成功还是失败了。

"我……我不知道你们没让金远怡来啊……"罗旭可怜地挠了挠头，下一秒他就感觉在这热火朝天的 KTV 包厢内，他要被任致余和夏百合看过来的眼神冻伤了。

齐珊珊、鲁溪也露出了像在看二百五智障的眼神，仿佛无声在控诉：罗旭，你真是缺心眼啊，怎么能告诉金远怡呢？

罗旭表示他受到了一万点伤害。

夏百合看向乔展新，仿佛在警告：你看玩砸了吧？我怎么说来着，不要搞生日会，不要相信任致余。你看现在怎么收场？

就在大家以为张深谙要么会破门而出，要么会把金远怡的礼物摔到地上冷言嘲讽的时候，接收到夏百合怒焰眼神的乔展新正打算去打圆场，结果下一秒，张深谙仰头一口闷了面前的一杯白葡萄酒，然后用清冽微甜的银铃般的声音娓娓道来："来了就坐下玩吧，礼物收回去，我们不是朋友，不能让同学破费。”

这是原谅，还是不原谅？

张深谙只是觉得：我不是圣人，原谅一个人也需要时间，可你挑了这么一个大庭广众的时间来把自己放在一个无助的愧疚者位置来求得谅解，则是又心机了一把。那我就干脆模棱两可，反正不虚伪一直都是我一贯的行事作风。

接着她跳下高脚凳，对身侧的夏百合说：“我去趟厕所，”快到包厢门口时突然转身，看着宁谧的包厢说，“今天不醉一个都不准走。”

“哇哦……”因为张深谙的一句话再次点燃了大家的心情，于是都继续刚才的吃喝玩乐了。寿星都发话了，也就不让什么小插曲影响心情了。

成长的领悟或许是你不说，我不问，及时行乐，莫言难堪。如果我们是来制造快乐的甲乙丙丁，那么我们就要成为合格的缄默者。

真正适合安慰者身份的朋友，譬如夏百合和任致余，看得到她眼底一闪而逝的荒凉，也读得懂她的心声。

热闹是你们的，而我什么也没有。

凉风吹散燥热的郁结，张深谙终于有了一丝喘息的轻松。贵有贵的道理，这露天阳台真是太赞了，她拉过镂空藤椅，坐了进去，瞬间整个人都被包裹了。她眯了会儿眼睛，感觉一下子就能睡着了，这儿的私人露台太惬意了。

就在她觉得心情平复得差不多了的时候，一条薄毯覆上了她的身子，她一下子睁开了眼，目之所及，任致余正半跪在地上帮她掖毯子的一角。

“晚上凉，会感冒。”

“你怎么知道我来这儿了？”

“深谙，这地儿我挑的。”所以我很了解，“我跟你发小打了个赌。”

“你赢了？”

“目前赢了一半。”

“任致余。”

“嗯？”

“让你破费了。”

“不用你还。”任致余站了起来，拉过一旁的直角凳坐下了。

张深谙低着头，手指绞动着毯子一角，说：“你以后不要对我这么好了，大家肯定也会觉得奇怪的。”

“深谙……”任致余轻轻唤她，像是呢喃，在这夜凉如水的高楼顶上显得空灵而旷达。

张深谙抬眸看他，他的眼眸和夜空相得益彰，隐翳在忽明忽暗的万家灯火中，竟有些看不透。

“问你个问题，做我女朋友吧。”他的声音夹杂着夜的冰凉和水露的清透，就这样砸在了张深谙的心尖上。

做我女朋友吧！

“这不是个问句吧？”张深谙有点蒙，脱口而出。

任致余有一瞬的错愕，继而浅浅地笑了：“是吗？看你怎么理解了。”

“任致余，你在告白吗？”

“那你是拒绝吗？”

瑟瑟的阴风吹动着张深谙已经长了的乌黑秀发，她拢了拢薄毯，轻蹙着眉，一张小圆脸写满了愁思。任致余转了个方向坐着，替她挡去了从北面袭来的阵阵阴风。

“很抱歉她破坏了你的心情，而且听说你不喜欢过生日？”任致余退一步转移了话题。张深谙知道他指的是金远怡。

“嗯，不喜欢。但今天挺喜欢的，真的。”张深谙跟着换了方向看他，她觉得风小了很多，“我原以为我肯定不喜欢生日派对，不过想来我只是缺失了这一份幸福感而已，其实只要人对了，那么一切都对了。”

“那就值得。”

“任致余，我还不起，而且承受不来，所以……”

“好。”任致余打断了她，“我该慢慢来的，是我心急了。今夜就祝你生日快乐，愿你今后的每个生日都有我陪你过。”

说完，任致余拉起她的小肉手，轻轻摩挲着她的手背给她取暖。

接着，张深谙听到任致余说：“但是深谙，我也是个普通人，”他看向深沉的星空，好像回忆起了很久之前的事情，“在我十二岁的时候，我妈妈就离开了。”

听到这里，张深谙被任致余抓着的手一紧，他继续说：“准确点说，她是失踪了，但可能最终结局也是一样了。那时候的我也不是很理解，我以为她会回来，家里人一开始也瞒着我，说她出国去处理集团的其他业务了。但从那之后，我再也没有见过我妈妈。我爸送我辗转各个国家读书其实最重要的是为了我的安全，让我免于纷扰关注。如今外界对我的印象都是神秘和光彩，某种程度上它可以算我的保护色，但你知道，这也是扭转舆论的一种手段，是这么多年我们家公关团队的杰作，他们不断放大我的优点掩埋了我们家族经历过的悲伤。”

多少人曾爱你青春欢畅的时辰，只有一个人还爱你虔诚的灵魂。

张深谙看着任致余平静地诉说着自己的过去，那刺痛人心的过去，那时候他也是个孩子啊，就失去了妈妈，那个少年是怎么熬过来的？

“在我八岁到十二岁的时候，是我们家族生意真正拓展全球却还没有全方位强大有足够自保能力的时候，所以我永远失去了妈妈。我以为那种事情只有电视剧中才会发生，但的确活生生发生在我身上。那之后我经常做噩梦整宿整宿失眠，这些事除了我家里人没有外人知道，而你，是第一个。”

任致余望着她，仿佛想把自己的所有故事都告诉她，把他的软肋摊开在她面前，他想让她心软，让她也卸下心防，帮助她解开心结，解开的前提是说出来，能够倾诉是一种难得的智慧。

最好的安慰与心灵的契合，不是展望美好的未来和无用的放宽心安慰，而是我用我的伤痛和你交换，或许我比你还惨，那我们是不是可以成为无话不谈分享秘密的好友？

“你为什么愿意告诉我这些？”张深谙听到自己的声音充满了心疼。

“可能我想把你装进心里。”任致余伸手拂过张深谙的眉骨。

张深谙觉得她快要沉沦在任致余的温柔忧伤里了，她承认这一刻她的心得到了久违的熨帖。但是，她了解自己，她是多么狠心又骄傲的一个人啊。

“任致余，我会守护你的秘密，但是对不起……”

我暂时无法答应你，就像我倾尽全力想要拥抱你却抓不住你一样，我依然配不上你，我们连悲伤都那么壁垒分明。

“我知道。”他说完手一用力就把张深谙带了起来，薄毯应声落地，然后他环过她的腰，把自己的脸埋进了她的腰窝处，“不要动，一会儿就好。”

张深谙有一秒的讶异，她低头看着这个在她面前展露脆弱一面的任致余，轻轻摸了摸他的头。她想：也不是无坚不摧的任致余啊，此后余生你会幸福的，不再有忧伤，我许愿了。

你为什么这么懂我呢？你是从什么时候开始这么理解我的？可是我一点儿都回馈不了你怎么办？至少我现在还做不到，所以你可不可以等等我，虽然我知道这个要求很过分。

夏百合在露台衔接门处看到的就是任致余抱着张深谙的画面，她不知怎么形容自己的心情，这丫头难道就这么轻易和大魔王任致余在一起了？这是正确的选择吗？任致余会给深谙一辈子的幸福吗？他们未来又要经受些什么呢？深谙，你不是最讨厌未知的吗？

螳螂捕蝉黄雀在后，夏百合身后的旋转楼梯上金远怡也看到了这一幕，夏百合正转身打算离开，就看到了一脸平静的金远怡。

“你也看到了！不是你的永远不会是你的！”夏百合替好友出气。

“你不用对我有这么大敌意，我想我今天的来意已经表达得很明显了。”说完，金远怡就离开了。

等任致余和张深谙回到包厢的时候，大部分人都醉了，东倒西歪地睡在沙发上和地上。罗旭和齐珊珊居然靠在一起，张深谙被他俩的醉态惊到了。

“怎么办？”她问任致余。

还未等他开口，包厢门就被推开了。

“金远怡先走了，这些人怎么办？”夏百合进门来说。

“十二点多了，学校门禁了，我叫了车，安排了人，今晚都去酒店将就一晚，不能睡这里，醉酒的人不小心照顾会有危险。”

“哦，好。”任致余似乎什么事都能处理得井井有条，跟他在一起你什么都不用担心。

叫来帮忙的人正在抬一个个烂醉如泥的人儿，任致余帮张深谙分开齐珊珊和罗旭，接着扛过罗旭，张深谙则和夏百合架着齐珊珊一起走向车子。

待把两人弄上车，夏百合直接坐进了后座，齐珊珊顺势靠在了她身上。张深谙看着后面的任致余，向他走过去，问：“任致余，今天这些真的都是你一手操办的？”

“罗旭他们准备得开心，我掏了钱。”

“……”

“逗你的都是我的想法，他们都是我雇的免费劳动力。”

“那个布朗熊？”

“我准备的。”

“你觉得它和我配吗？”

“不配，但你喜欢。”

“你怎么知道？”

“我就是知道，可能比水晶鞋还喜欢。”

半夜两点半，张深谙在床上翻来覆去。

夏百合开了床头灯，问：“睡不着？”

“嗯，有点。”

“谙谙，你老实和我说，你是不是喜欢任致余？”

张深谙转过头，看着坐起的夏百合：“这不重要。”

“这怎么不重要？他可是任致余，你要是和他在一起，你想过将会面临什么吗？”

张深谙望向天花板，淡淡地说：“我不可能和他在一起的。”

“你们要是真的在一起我会祝福的。”

张深谙不可思议地看着夏百合，听到她继续说：“可是你们之间隔着崇山峻岭，你也知道的，如果你能移开这些山脉，那当然好，你们可以看见平原一望无垠的美好风光，可是那样你太辛苦了不是吗？”

“百合，你真是越来越像我了，所以这些就是你最近不待见任致余的原因？”

“我对他没意见，但是他太优秀了，不是我们驾驭得了的。我只是提醒你不要被爱情冲昏了头脑，一个姜琮是……是不上心导致的后果，吃一堑长一智，不然你这情路也太坎坷了，咋净招一些不该招惹的人呢？”

“我也没像样地谈过恋爱啊，算不上坎坷吧……”

“你是明白人，我就不说了，早点睡。”

“明儿周末！”

“可明天我要去相亲。”

“嗯？又来？”

夏叔叔给你物色对象的频率真的高得过分了点吧！要不要这么拼！

六、好好吃饭 不要生病

第二天，张深谙也没有睡懒觉，夏百合去相亲后，她去酒店房间叫醒齐珊珊和鲁溪，三人一道回学校。

她的一堆礼物任致余已经派人给她送到寝室了，也是小小壮观了一把。齐珊珊拍了拍那个布朗熊羡慕道：“深谙，你说要是大家知道这一寝室的爱都是任大神策划奉献的，你会不会被生吞活剥了？”

张深谙乜斜了她一眼，给了她一个“请闭嘴”的微笑。

“那你一定第一个被深谙灭口，因为肯定是你泄露的天机。”鲁溪补刀。

“天啦！阿溪你还是开学初那个内向敏感的呆瓜吗？”

“呆瓜？”

“口误，嘿嘿……”齐珊珊马上转移了视线，“深谙你老实交代，你和任大神是不是早明修栈道，暗度陈仓了？”

“齐珊珊，你是不是看上罗旭了？”张深谙反问。

“嗯？”齐珊珊眼睛倏忽瞪大，一下子被噎得说不出话来，“班长，你是神仙吗？”

“你猜？”

“嘿，别转移话题啊！阿溪，你觉得呢？她是不是和任大神早就……”

“我觉得是。”

“欸，你说我还是她？”

“噗——”张深谙笑出声。

鲁溪翻书的手一顿，慢悠悠地说：“本来我说的是深谙，但是你太蠢萌了，我觉得现在我被策反了。”

“嗯？阿溪，你跟着瞎起哄。不带这么玩的啊！同盟倒戈可还行？”

“好了不逗你了，你太明显，我还是更好奇班长。”

就在齐珊珊觉得这句话听着怎么这么别扭的当口，张深谙耸了耸肩，无所谓道：“我们就是纯粹的同学情。”

天哪！莫不是昨天我们剩下的十六双眼睛都瞎了！普通同学提前一个月给你策划生日宴？去意大利定制高跟鞋做生日礼物？提前半个月召集我们商讨在空中 KTV 举办这场生日会的具体事宜，甚至前一天还集合我们敲定最后的细节？你们那生日会现场暗流涌动的喜欢都要溢出屏幕了好吗，小姐姐！

张深谙从齐珊珊和鲁溪的脸上看到“你骗三岁小孩呢”“现在回想起你生病那次任大神紧张得要死的样子啧啧啧”以及“我们没有怀疑你们一见钟情早就好上了就已经很仁慈了”的表情着实有些汗颜，再怎么想按捺的心思终究是藏不住了吗？可还是要死扛到底啊！看来是到了破坏根系的时候了，就算会疼，也要忍着，小不忍则乱大谋，忍一时风平浪静！

“深谙，你实话说你和任大神是不是好了？从班干部竞选那天开始我就觉得有猫腻，大千世界任大神为什么就偏偏选了你？那会儿你们都没怎么说过话吧？”

“珊珊，你酒醒了啊？还能考古到开学初，我怀疑你前期一直在隐藏实力！你其实是警察之后对不对？”

“深谙，你们真的在一起了吗？”鲁溪也横插一句。

“我发誓，那时候我真想把他拉进黑名单，他那会儿那举动不是让我和所有竞选班长的人为敌吗，陷我于不仁不义啊！”

“那现在呢？”鲁溪问。

“呵，你拉黑名单有什么用啊？任大神早就在织网了！想想你那次突发急病他那焦虑的公主抱，还带你去吃饭，陪你夜跑，这次这么隆重给你过生日……他的时间可是以秒计数啊！那可是秒进斗金啊！你说他在你身上投资了多少钱了？你算算，有没有种自己坐在金子堆里的感觉？”齐珊珊顺利跳过了重点盘问跑偏。

鲁溪也不急，难得一脸八卦样。

“又乱用词！齐珊珊你这口才不为辩论队出力都对不起你自己！”

“休想蒙混过关，欲盖弥彰，这次我要听实情！”

“嘿！一个两个小没良心的！你们真成侦探了是吧？追根溯源这么久，织网？我还织毛线呢！”

“你承认吧，你早就是任大神的盘中餐、瓮中鳖了！”

“咳咳……”一直旁观的鲁溪被呛了口水。

“我有这么惨吗？你少开脑洞，珊儿，你好好看看成语词汇大典，这学校是你自己考进来的吗？”

“噗——”鲁溪差点笑喷。

“不管不管，那你现在到底是什么感觉？你们……”齐珊珊终于有一次成功找回重点，挑挑眉一脸嘚瑟的笑让她的嘴角都快咧到耳根了。

“……”我可以拒绝回答这个问题吗？

“齐珊珊你真是个演员！”平时一副傻白甜马大哈没心没肺的小白兔样，关键时刻竟然如此八婆和色女属性！

我看走眼了！

张深谙扶额头疼，感觉百口莫辩。她不知道怎么跟室友解释，夏百合知道她的所有情况不用解释都可以领会，可是这两个新室友……的确，在外人看来，她是海归，是学霸，是美女，那家里应该也是有资本的，和任致余还蛮配的。他们这大半学期来的互动似乎也印证了大家的猜测，可她能说任致余告白完了她拒绝了吗？这简直不是正常人类该做的事情……

她肯定会被嫌弃脑子抽风了的！拒绝任致余？这太不可思议了！

“反正，我们没在一起。”张深谙言简意赅地总结。

校园里的爱情是最美好纯粹的，没有一丝杂质，就是我爱你本身这个永恒的命题，没有进入社会后的谣言与现实，如果能拥有，谁不想呢？

“啊？什么情况？为什么啊？任大神和深谙你们……这么般配的！”齐珊珊还是想一探究竟。

金远怡本来躺在上铺非常安静，就在齐珊珊还想打破砂锅问到底时，她一句话冲下来：“齐珊珊你很闲吗？每天扒人家的事情？张深谙还会说谎不成？期末考不远了，看看你那惨不忍睹的成绩，管好你自己吧！”

“哎！金远怡，我碍着你了！”

张深谙转头看向金远怡，她得承认金远怡堵齐珊珊的这下的确很不错。窗外的冷风掠过，吹开了两人的书桌间摊着的那本金远怡昨晚送她的书的扉页——是一本她在淘宝上淘了很久也在寝室念叨过很多次却断货了好一阵子的《太平圣惠方》。

中午，张深谙去如风食堂吃饭，遥遥地就看见了任致余、罗旭和乔展新三人，罗旭还招呼了她。

张深谙一下子找不到礼貌拒绝的理由，只能硬着头皮挪过去。她压根儿没想过能在食堂碰上任致余，坐在了他对面。

“那个，班长对不住啊，昨天我不是故意透露给金远怡我们举办生日会的地址的，我以为……”罗旭道歉。

“没事，罗旭，昨天我挺开心的，谢谢你们费心筹办。”

“真的吗？那就好，嘿嘿……你不知道我差点被任大神给……”

“吃饭少说话。”张深谙看到任致余夹了一根青菜往罗旭餐盘里放成功堵住了他的控诉，接着她眼看着他把一个鸡腿放到了她的餐盘里，吓得她急忙还回去。

罗旭突然一脸震惊，心想：任大神你这差别对待也太明显了吧！

“呃，我最近在减肥……”张深谙慌不择路地胡说八道。

任致余瞟了一眼她的身材，那么标准的……

“你们怎么会来食堂吃饭？”张深谙打岔转移话题，她虽然只想问他为什么。

“深谙，我说过了我也是普通人。”任致余成功解惑。

是了，他昨晚在露台上是说过。

“所以……”

“所以，以后我会和你一起上课，一起吃饭，一起去图书馆，一起参加社团活动，没有什么不同，尽量让你看到我的身影。”

“呃……”

别呀，任致余你是要动真格的吗？

“深谙，昨天的问题永久有效。”

“嗝！”张深谙一惊打了个嗝，慌忙捂住嘴巴。

“好了好了，吃饭的时候一次不要说那么多话，都噎着了，别吓人家了啊！”乔展新打圆场，什么问题有效啊？瞧把弟妹吓得……

苍天！她还一口饭没吃呢，为什么如坐针毡，为什么感觉已经饱了……

周二有一节课，连张深谙都有点吃不消——系统解剖学。顾名思义：人体系统解剖学是研究人体形态结构及其发生发展的科学，属生物学科中形态学的范畴，其基本任务是探讨和阐明人体器官的形态特征、位置、毗邻、生长发育规律和功能意义等，是医学科学的重要基础学科，它和医学其他各科关系极为密切。

这门课秦老师已经讲完了所有的基础理论知识，从今天开始转战实验室实操，触摸真实白骨模型。任致余真的来上课了，虽然这学期剩下的课没多少了，但他就像是信守对张深谙说过的话，乖乖站在最后一排等着被安排分组做实验。

解剖学秦老师分组点完名，抬了一下他的框架眼镜，说：“班长，任致余好久没来上课了，你带带他，就分到你们组吧！”

张深谙：“……”

整堂课，就他们这组气氛特别诡异。照理说，女生这边的确是班长张深谙和任致余打交道最多，关系也最铁，尤其是他们一拨参加过她生日会的同学，早就觉得他俩挺像那么回事儿的，本以为会看到大型屠狗虐狗的画面，结果可倒好，他俩的气场绝了，两米开外生人勿近……

张深谙全程冷静地解剖着模型，手上动作也一刻不停地配制药剂，任致余也没有像以往那般眼中只关注张深谙一人，而是默默在一边和三胖同学一起算药草配比，分工明确。全程两人都没怎么看过对方一眼，更别说和和美美暗送秋波腻歪了，但是也不像是吵架了，他俩脸上都没有剑拔弩张的怒气，很平和，学神和学霸的脑回路真的是广大吃瓜群众无法参透。

齐珊珊和鲁溪也是一头雾水，生日宴上那么甜的画面真是电影情节吗？下映了就完了？还是她俩那天盘问得太厉害，深谙生气了，故意不和任大神扯上关系了？那她俩罪过可就大发了！要知道，宁拆十座庙，不毁一门亲啊！

但是，转念一想不对啊！这跟她们的盘问有啥关系啊，关键是张深谙就算没和任致余在一起，关系也不该这么冷淡才对啊！之前关系都很不错啊！这次生日会深谙挺开心的，能因为她俩盘问这点芝麻绿豆大的事就变这样？一来她俩没这么大面儿能动摇张深谙的想法，二来张深谙也不是意气用事的人啊……

难道是为了避嫌，免得流言蜚语甚嚣尘上？这个倒是可以理解。深谙的确不像金远怡或广大迷妹一样恨不得二十四小时贴在任致余身上，或者为了跟他扯上关系还自己去创造机会……她一直以来都挺排斥成为焦点被关注的，明明她无论从哪方面看都不是个可以轻易淹没在人海中不成为焦点的人，但无论是军训时的默默无闻故意走步差拒绝领队还是选班委时完全无意竞选都体现了她低调洒脱的性格，所以如果为了避嫌影响感情变质倒还说得通。

下课之后，两人也是火速整理，接着一前一后朝两个方向离开实验室。齐珊珊和鲁溪火速追上张深谙，齐珊珊一把挽过她的胳膊："咋了，班长大人？和任大神吵架了？这冰火两重天的氛围不对啊。”

张深谙一脸见鬼的表情斜了齐珊珊一眼，停在了实验楼外的一棵香樟树下，说：“珊珊，我最后强调一遍，我和任致余就是普通同学关系，他是副班长，我是班长，那么再加一层班干部合作关系，除此之外，什么都没有，也什么都不会有。如果有听到班里在乱传什么，你们记得帮我盯着点叫大家不要再瞎说！”

“哦。”齐珊珊第一次被张深谙这么严肃的态度吓了一跳。

鲁溪眼疾手快地拉住了要去追张深谙的齐珊珊：“别去，这事儿难办。”

“什么意思？什么情况这是？吹了？”

“齐珊珊，你这脑子，时灵时呆的，都没在一起过吹什么？任大神是挺关注班长的，关键是班长的确从来没有说过她喜欢任大神啊！她一直在强调她和任大神不可能不是吗？而且她说了呀他们没在一起，那肯定是真的。难道你忘了深谙的目标吗？”

“她说了大学期间不谈恋爱吗？”

“是安静低调！如果和任大神在一起了，这辈子和这俩词儿是注定无缘了。”

“哦，也对。可是两个人相爱的话怎么挡得住啊？”

“我们就收起好奇心吧，深谙都发话了，我们可是她最坚实的后盾，之后就看他们自己发展喽，在一起就祝福，不在一起也随缘。”

另一侧，罗旭追上任致余问：“致余，是不是班长其实还在生我气啊！所以导致你们现在这关系有点尴尬？”

“你有这么重要吗？我俩还能因你冷下来？”

“哎！不带这么损人的啊！那你们这样是为什么啊？原来不是好

好的吗？”

为什么？任致余转头看着张深谙匆匆离去的身影，回想着生日会那晚空中 KTV 十九楼露天阳台上她的话：你以后不要对我这么好了，大家肯定也会觉得奇怪的。

他不禁心疼，看来夏百合的担忧也不无道理，追人前路漫漫任重道远啊，所以自己才那么克制，一视同仁，成全她的低调与安全舒适感。

罗旭看着任致余这柔情似水追随着张深谙背影的眼神，真的觉得这道爱情题太深奥了！九曲十八弯的！

小雪之后，期末降临，张深谙几乎每天泡在图书馆里，前一阵子已经完成了创新立项最后的结题报告，上个礼拜刚刚在辩论社竞选部长成功，现在就只剩下复习了。药学系牛人很多，学霸更多，她必须丝毫不能松懈，非常努力，才能看起来毫不费力。

饭点时间，图书馆空旷了很多，大家都去吃饭了，鲁溪正趴在桌子上补觉，而齐珊珊却往后一仰，碎碎念道：“为什么我们还要学线性代数？为什么到了大学还要学数学，苍茫的海洋啊！我的泪水都快盛满了你的胸怀！都怪我到了大学太放飞自我了！对学习这件事情一点不上心，这向量、矩阵、行列式它看不懂我，我也看不懂它啊！我们俩这样大眼瞪小眼的，真的是太惨了！深谙，你快给我补补课吧！”

“谁叫你每次上线代课都躲最后一排睡觉，现在吃亏了吧。之前跟你说多少次都挪不动你那千斤重的屁股！这课别说你 80% 没听，你啊一节没听都不知道下个知识点是什么了！还不好好做人！”

“我错了！”

“线代其实相较微积分、高数来说最简单的了，按照公式套一下、例题看一下基本 60 分没问题的，考卷不会难，下学期还有高数呢！

看你到时候怎么办？其实大一才是最难熬的，因为你啥都要学，到了大二这些基础课都没有了，就只有专业课了。对了，昨天给你讲到哪道题了？你拿出来看看，我昨天布置的你做完了没？”

“哎哟，姑奶奶饶了我吧！我还没做，我现在就做，要不你先去吃饭？”

“你这态度，小心不管你了！你数数你有几门能挂？算了，你快做吧，我回来再给你讲解。”

“遵命！”

天空阴沉沉的，雨滴就像碗口的水珠悬挂着随时都能落下来，张深谙从图书馆出来就到食堂旁边的二十四小时便利店买了个三角饭团、一杯酸奶，打算回寝室凑合吃一下睡个午觉再去图书馆给齐珊珊那倒霉孩子当老师，否则她都觉得自己快累倒了。

结果她的三角饭团刚被便利店服务员在微波炉里热完，倾盆大雨就像山洪喷发一泻千里，顷刻间砸向了地面，本来就阴郁的冬日更是染上了一层浓密的寒气。张深谙正愁怎么跑回寝室，毕竟还是有一小段距离的，这直接跑估计会淋湿，她现在明显觉得自己免疫力不佳，在这期末考的关键时期，可不能出岔子。

她轻轻叹了口气，举目四望，有四处逃散的人流，还有男朋友来接女朋友的，室友来送伞的，等下她就只能将书包挡到头顶冲进这滂沱大雨里……

下一瞬，一辆加长版黑色轿车出现在了寝室区东门口，张深谙朝斜前方望去，一双颀长的腿正穿过雨幕迈向车子，她突然就被那个身影夺去了注意力。

车门正打开着，车旁站着一个撑着伞的年轻人，身材蛮壮实的，毕恭毕敬的姿势，跟个保镖似的。车里面坐着一个穿着白色大衣的年轻女人，雨势太大，张深谙看不真切，但她还是和那个走向车子的人隔空对视了！

真的是任致余！刚才她就觉得侧影像，才注视了一两秒，没承想对方竟然心有灵犀般，也看向了她。任致余看到了张深谙，那个站在便利店门口拿书包当雨伞的小可怜。这是张深谙第一次真切体会到任致余的身份，全球富豪榜榜上有名的医药集团董事长任慕年的继承人任致余，的确是电视剧中含着金汤匙出生的少爷，是她望尘莫及的人……

张深谙懒得久待，正欲走之际，却见任致余没有钻进豪华轿车，而是径直朝她走了过来。而那个本来站在车门口的年轻人也跟了过来，紧接着，轿车后座里那个穿白色大衣的女人慌忙挪了出来，撑开伞站到了车外，紧紧盯向她所在的方向。

张深谙看清了那女人的模样，蛮知性成熟的。

这时候，任致余已经走到了她的面前，而小跟班在一步开外的地方停住了，规矩还挺到位，张深谙想着便迎上了任致余的眼睛。

他们好像好一阵子没这么近距离碰面了，那天系统解剖学课之后，虽然之后的课任致余都有来上，但是两人除了班级工作、班委开会必要的交流之外，他没有再表现出喜欢她靠近她的样子。

张深谙很感谢，这样的相处方式很好。

她很幸运那个人是任致余，他会记得她说过的所有话，会在乎她的情绪，会照顾她的缓慢。

虽然任致余的放手，让她觉得有一丝惋惜，但更多的好像是如释重负。

这一刻，相对无言的两秒钟，就在张深谙打算打一个不咸不淡的招呼来打破这场瓢泼大雨中的寂静无声时，任致余在雨帘里看她的眼神她可能很久以后都不会忘记，有心疼，有不舍，有眷恋，总之充满了爱。

张深谙再次被自己的想法打回原形，而且她好像无法再轻松了，任致余根本不会有放手的打算……那个问题真的永远有效吗？所以你这段日子的冷漠和保持距离真的只是因为听了我的话为了保护我，在我们还没有正式在一起的时候，避免我被推上风口浪尖……你坐实了我对你美好的猜测，你这样的话我真的说不出狠心拒绝的话了。

任致余把手中的伞交到了她的手中：“好好吃饭，学习别太拼了，多穿衣服，天气冷了，不要生病，别让我担心。”

“任致余，我……”

张深谙的话还没说完，就被他打断：“深谙，那个问题永远有效，你慢慢来。”

好吧……任致余就在张深谙那一秒的大脑死机中转身走回了黑色轿车，小跟班慌忙递上伞。

直到任致余的车子开走，她才失了神般跑回寝室。

张深谙觉得不像话，任致余肯定是黑魔法变的，肯定给她施咒了，不然为什么每次他来这么一出自己就会神志不清、定力全无呢？

“呼……要命了，要命了。”齐珊珊全身湿透地冲进了寝室，“我去洗澡了，不然要感冒了。”

“咦，深谙你不是没带伞出门吗？你那长柄黑伞哪儿来的？”齐珊珊在浴室还不忘探出头来刺探军情。

张深谙刚把酸奶吸管戳进去，吸了一口说：“别人送的。”

“谁？”

“你偶像。”

“啥？”

“任大神。”

“妈呀！你们终于在一起啦？”

“您半裸着能先进去洗澡吗？”

“你等我洗出来再说啊！”

哎，其实没什么可说的！是她一直以来低估了他的毅力，虽然不在大庭广众之下撩她，私下里还是难逃大魔王的魔掌啊！虽然她真的不想搭上自己陪他玩可能最后是竹篮打水一场空的“爱情游戏”，但还是要忍不住问一句，那个女人是谁？

七、真心话大冒险

期末考前三天，恰逢周末，张深谙和齐珊珊、鲁溪刚死了一上午的脑细胞，便早点出来吃午饭，结果刚出图书馆就看到了任致余。今天他穿了一身正装，比那天客串译员的时候还要正式，还系了领带，一股子雅痞的俊逸，齐珊珊头号迷妹、狂饭、CP党的步子一下子就挪不动了。

他径直走到张深谙面前，问：“复习得差不多了吧？”

“嗯，怎么，你今天穿得这么正式是……”

“抱歉，那我借走一下她，晚上还回来。”任致余对齐珊珊和鲁溪说。

“好好好，不还也没事。嘿嘿……”

齐珊珊那厮狗腿的样子就差没把“您尽情享用”几个大字贴在脑门儿上了，接着两人一溜烟就抛下她跑去食堂吃饭了。

张深谙不知道自己为什么不拒绝还那么听话地坐上了任致余的车，虽然也不是第一次坐了。

或许真的是想弄明白也想说清楚吧！可能生日会那次因为带着感动和他的伤痛，所以拒绝的力度实在是太弱了，既然不会愿意牺牲自己去飞蛾扑火进这段没有结局的爱情，那么，快刀斩乱麻就是最好的方式了。

张深谙正打算去拉安全带结果扯不出，任致余突然倾身过来帮她，她一转头差点亲上任致余，当下就愣住了，心跳也莫名加快了。她慌忙往座椅靠去，退开一点和他的距离，却看到任致余眼底的笑意怎么都藏不住。

“咳咳，我们去哪儿？”张深谙目视前方，尽量气定神闲地问。

“让你更了解我的地方。”他说话的尾音都上扬了！

车子开了快一小时，来到了长丰市一片大厦写字楼盘，这里公司林立，是高新商务区，最近发展势头迅猛，长丰市高教园区和高新商务区在城市的一南一北。

张深谙在一栋大厦的十六楼再次见到了那日大雨倾盆中给任致余撑伞的小跟班，他见到任致余，叫了声：“小任总。”

这次张深谙是彻底听清楚了。

从玻璃门进去之后，张深谙都惊呆了，这是任致余的团队公司——智安科技！大一的罗旭、大三的乔展新和江难还有和自己做创新立项的一个大二学长丁明都在，因为今天是周末，所以只有这些创始团队的核心成员在。

“哇哦！老板娘终于来啦！”以罗旭那嘴里没把门儿的为首，学长们居然也都跟着瞎起哄用一脸欣慰的笑容夹道欢迎她。

任致余替张深谙摘掉围巾，那动作熟稔得跟做过800遍似的，但真的是第一次啊，而且他们没在一起啊！什么老板娘？她今天来的目的是要讲清楚的啊！

可目前这架势，以一敌六，张深谙觉得自己像羊入虎口是怎么回事儿？而且那个叫他小任总的小跟班还是个壮汉哪！不划算，感觉今天真是出门没有看皇历，去他的！

“深谙，别骂脏话。”

嗯？你还有读心术不成？张深谙不信邪地嘟着嘴斜了任致余一眼。

“大家继续把手头的测试完成，就可以走了，毕竟周末，辛苦大家了。”任致余忽视掉她的不爽，交代完工作，就自然地抓过她的手腕，朝自己的总经理办公室走去。

“大BOSS您也知道今儿周末啊！”算了，能看到你俩好好的我们来加班也就认了！“不过我们可都还在啊，致余你去干吗？”

“复习。”

谁信？这以权谋私的！

“我也要考试，带我一个呗！”罗旭在后面喊。

“请你有点作为灯泡的自觉，加班工资不想要了？”

“得！赶紧做，哥哥们，我还有一堆考试等着呢！”罗旭哀怨的声音回响在办公区上空。

一扇磨砂玻璃门阻隔了里外两个世界，他们可以在里面看到外面的一切，然而从外面看总经理办公室里面却白茫茫一片啥都看不清。

“那天有安全回寝室吗？没被淋坏吧？”任致余问。

“没，那个，我不知道你今天会找我，雨伞我改天还你。”

“不急，考试笔记重点，都带着吧？借我一天，成吗？”

“啊？”

“你应该复习得差不多了吧？”

“差不多是……”

“那借我一天，明晚我还你，好吗？”

“不是，罗旭成绩和我差不多啊，你借他的多方便。”

“他字丑，看不清，累。”

“啊？任致余你因为没上过几次课，所以跟我要笔记临时抱佛脚？”

“你觉得我本末倒置了？”

“我不予置评，你也不说你翘那么多课干吗去了，难道是开公司的代价？但你总不至于挂科吧？你可是学神啊！我觉得你就算没有我的复习笔记也没什么问题的。”

“这么盲目自信？”

“嘁，你不对自己负责我也管不着。”

“你可以对我负责的。”

“……”

张深谙说不过他，默默转移话题：“不过你为什么创业？不是可以继承家业？”

“增加就业机会？造福社会？”

“呵呵……可是你为什么不等毕业了或者多学点知识再开始呢？你这么年轻，那时候开始不是更加成熟吗？而且学校有创业基金补助吧！”

“创业基金？深谙，给更需要的人。”

“呵……你是想说自己特有钱，还是特有能力？”

“都是……”任致余一把扯松了领带，弯腰去靠椅后的柜子里拿了一条薄毯子。

张深谙表示这男人还真是不谦虚啊！不过，她第一次发现原来男人扯领带的姿势可以这么有魅力，真是该死的性感！她竟然完全被吸引过去忘记反驳他了！

她可能已经是一只废柴了……

待任致余起身之际，张深谙慌忙转身佯装看他办公室柜子上的各种奖牌：“任致余，你们什么时候开的公司啊？这个……”她想去拿最上面一格里的一块奖牌，好像是省级优秀新创企业荣誉，但是太高拿不到，她只能踮起脚，费劲去够。突然，一双大手就从身后覆上来，拿下了那块奖牌。

张深谙一转身一下子撞上了任致余的胸膛，她今天没穿高跟鞋，在一米八多的任致余面前，都能用小鸟依人来形容了。

“任致余……”张深谙脸上的红晕一下子就烧到了耳根，她吃痛地揉了揉鼻头。

任致余稍微退开一步，看着她娇羞的样子真是觉得太可爱了，刚开始不熟的时候真觉得她是高冷美女学霸一枚，如今在他面前是越来越萌了！他情不自禁点了下她的小鼻子：“还好是真的。”

“嘁！”

“这是刚刚荣获的年度省级优秀新创企业，”他把奖牌递给她，“公司开了大半年了，5月份我一回国就注册公司了，罗旭和丁明是10月份加入的。”

10月份，就是自己生日之前，怪不得让他们当免费劳动力呢！员工给老板额外加班任劳任怨啊！

“哦。”张深谙继续道，“那他们干吗叫我……叫我老板娘啊？你不会没跟他们解释我们其实没什么……”

“没有。他们叫惯了，随他们去吧。”

嗯？这是什么逻辑？

张深谙还想说些什么，乔展新的敲门声打断了她的思绪：“致余，考试结束要不和深谙他们几个同学一起聚一下，毕竟下学期就……”

“好。”

“深谙，要不问下夏百合有没有时间？一起聚一下。”乔展新说。

“百合？哦，好，我会叫她。”

“测试结束了，内部运行良好，那我们先走了。”

乔展新他们都下班走了之后，张深谙问任致余：“任致余，乔学长是不是终于对百合有……”

“嗯，不过管你发小感情之前先不要逃避自己的。”任致余在张深谙的小脑袋上轻轻敲了一下，从桌上拿了考试重点笔记，“走吧，送你回学校。”

张深谙：“……”

今天的目的果然没有达成，得！又是白走一遭！张深谙你的战斗力真的直线下降得太严重了……还是你太心软了，你潜意识里不想斩断和他的所有联系？

考试周如火如荼地进行着，最后一门大学英语考完的时候已经是下午四点钟了。

晚上六点，张深谙寝室准时到达聚会地，已经有一部分人到了，齐珊珊拉着鲁溪到罗旭他们在的台球桌去玩了，张深谙一眼就看到了坐在躺椅上烤火的夏百合，她从桌上拿了一杯果汁给夏百合。

“考试还顺利吗？”她问。

“我就那样呗！混日子，况且有你这学霸的复习资料我怕啥？我本来也就是为了乔学长才巴巴地去你们系念二专的，反正也不在乎挂科什么的，又不是为了拿那本文凭。”

“看得还挺开，不过心情怎么不美丽呢？相亲不顺利？”

“你觉得呢？”

“哦，那就是还没拿下乔学长咯？”

“张深谙，你能别说风凉话了吗？”

张深谙决定不开玩笑了：“好，那你说吧，我听着。”

“其实相亲结果和追乔学长的结果是一样的。相亲是老夏的主意，他总觉得我太飘太横，就想找个人早点把我拴住，让我安分守己收心搁家里头绣花吟诗作对早日让他抱上外孙。”

“所以你跟相亲对象怎么作对的？”

“嘿！还真是一点神秘感不给我留啊！”

“你高中毕业开始夏叔叔就给你相亲了，这已经是第几个被你甩的了？”

“哼，妹妹命苦啊！婚姻大事身不由己，老夏说要不是还有你在，他估计早就把我卖了还能添点股本。你说说有这种亲爹吗？”

“别演了，不过你也还好啊，没那么野啊……”

“是吧？”

“就一般野吧，在我面前，不过在别人面前可能真就野得没边了，还挺让人头疼的。”

“张深谙！”夏百合一个白眼翻过去差点没翻过来。

“看，还没有分寸……”张深谙慌忙去扶她，“那乔展新为什么让你变得这么颓废觉着没戏了？”

夏百合揉了揉眼皮嫌弃道：“因为你啊！看我为了姐们儿两肋插刀，连爱情都不要了！你还往我伤口上撒盐，我容易吗！”

“哦？那我还真是对不住你了！”

“你知道就好！”

“那为了赔罪，要不要告诉你一个好消息？”

“什么？”

“今天这局，乔展新会来……”

“我知道啊……这算什么好消息，又不是我男人。”

“啧，这么没出息呢！从小到大不是没有你攻克不下的男人吗？怎么光辉战绩要折在乔学长身上了？”

“那我能怎么办？像他那么优秀的人，肯定不会喜欢我这款……而且我和你同病相怜，我们和他们的世界不一样，没戏了……”

“唉……”张深谙轻轻叹口气，喝了口果汁，“可是今天这个局乔学长可是特意嘱咐我要叫上你来着……”

“什么？”夏百合一嗓子吼道，惹得玩桌球那堆人纷纷看向她们。

“哎哟，姑奶奶，我耳膜都快被你叫破了！”

“真的吗？真的吗？”夏百合不停摇着张深谙的胳膊，她感觉自己死灰复燃了！

“胳膊也快摇断了……”

突然，夏百合就停住了，张深谙顺着她直勾勾的眼神看向门口，原来是任致余和乔展新一前一后到了。

“好了，人齐了啊齐了，开饭开饭！”罗旭张罗着说。

酒足饭饱，大家正在兴头上，张深谙不是第一次喝酒，比利时有三宝：啤酒、青口、华夫饼。她在高中毕业后那两个月品尝过不少好酒，夏百合更是酒量了得，倒是齐珊珊和鲁溪这两个乖宝宝只喝了没几杯都快醉倒了。后来不知是谁提议玩游戏，惩罚机制是“真心话大冒险”，游戏是最简单的“猜数字”，第一轮齐珊珊就中招了。

她没出息地选了大冒险，结果大家想出来的惩罚方式是抓阄给班里的某个男生打电话告白！结果可怜的三胖同学不幸被抽中被玩坏了……

一开始大家都选大冒险，也喝了很多酒，张深谙也微醺了，结果自然踩雷了！

“欸，班长，别选大冒险了吧，多无聊啊……”罗旭起哄。

“不行，就大冒险！我今天要冒险到底！”她微歪着头指着罗旭说。

本来就是一群半醉的人都快搜肠刮肚想不出来大冒险了，不知谁说：“看看你手机，把今年最后一个被你拉黑的人放出来给他去个电话，骂一顿！”

“欸，这个有趣……”

“最后一个拉黑的……”张深谙一边嗫嚅着回忆“最后一个拉黑的是谁来着”，一边输入手机密码查看。

“要班长没有拉黑的人咋办？”罗旭问。

“那就通讯录最后一个号码打过去骂一顿……”

都是些什么无聊的损招儿……

张深谙晃晃悠悠，手机都快拿不稳。夏百合替她翻出来，突然，她就愣住了——姜琮，这个都快被忘记的名字居然以这么戏谑的方式再次出现，也真是阴魂不散了！

“怎么了？夏百合……谁啊？”

“有没有人啊……”

夏百合刚想蒙混过关说没有，结果罗旭眼疾手快一把抢过手机："姜琮？这谁啊？"

听到这个名字的下一秒张深谙的酒就醒了一大半。任致余也没来由地觉得不舒服，眸色沉黯望向她。结果，张深谙一把夺过手机："呵呵……没谁，换一个。"

“好！那得换真心话了啊班长，你说你到底喜欢什么样的男孩子？”罗旭真心想问后半句“为什么连任大神都还没能将你搞定”，但感觉后面半句问出去太大逆不道了，容易玩脱了，会被任致余弄死……

“喜欢谁？反正不喜欢你……”

“哈哈哈……”

众人一阵哄笑。

“深谙其实不太喜欢与认识的熟人恋爱，像‘班对’什么的这种最是反感了……”齐珊珊也醒了点酒实话实说，女生寝室卧谈会的时候自然是有过这个亘古不变的话题的。

“对！不喜欢一个班的，玩啥啊！一个班抬头不见低头见的，还没嫌腻歪够呀！还没两相生厌啊！”张深谙附和。

得！喝醉了都能往外吐成语呢！

而任致余正敛眸看着张深谙，他不知道这是不是她的内心真实想法。

她究竟喜欢什么样的人？自己好像真的忽略了这一层，一直都在用自己的方式爱她，却没有真正去问她需不需要。就像直到生日会她和自己吐露想法“不希望被过多关注”，自己才收敛了爱意。

还有，姜琮是谁？她刚才整个人状态都有点不对了……还顾左右而言他。

很快，游戏换成了更简单粗暴的“转酒瓶子”，惩罚直接换成了“真心话”。也就是只能问真心话，大冒险都玩腻了，也想不出点子了，有大冒险选项真正精彩的真心话都浮不出水面。

第一把酒瓶就转向了乔展新，夏百合发问：“有女朋友吗？”

“哇哦……”

火热的气氛瞬间点燃！真心话就是刺激！所有人都露出了八卦专用脸，心想夏百合这妹子太酷了！

“目前没有。”乔展新笑道。

“那你觉得我怎么样？”趁着醉意好像可以为所欲为，反正第二天醒来都可以把责任推给宿醉，不用丢脸，不用害怕。

“好！”大家伙纷纷起哄。

“不赖。”乔展新玩味地笑。

“哇哦！在一起，在一起……”

暧昧的气流穿梭在暖洋洋的房间，更流淌过夏百合的心窝。

最后一轮，一直都幸运避过的任致余终于轮到了，本来抱着包斜靠在夏百合身上的张深谙一下子坐直了。

因为是最神秘的任大神，又是最后一把，大家都玩开了，众人问了一圈，都没问出个所以然，悉数都被任致余睿智地扭转了局面。

“好了，深谙到你了，问任大神。”

最后一个张深谙上场，带着大家的期望跃跃欲试，她的醉眼带着慵懒缱绻，酒精麻痹着理智的神经，甚是摄人心魄，两颊都红扑扑的，本来就微厚的嘴唇更是性感撩人，嘟囔道：“那个女人……是谁？”

哇！这么劲爆！喝醉了的班长褪去了平时的严苛淡漠，醉酒生气的模样真是太难得出现了，何时还能看到高冷的大班长这副样子啊，而且这不鸣则已，一鸣惊人，一开口就爆出大新闻啊！

“谁？”任致余假装不懂。

“就是你给我送伞那天坐你车里的女人？”没想到关键时刻张深谙真的从不掉链子，这句话连疙瘩都没打就顺口溜似的蹦出来了。

酒壮怂人胆，看来好奇很久了啊！

哇，这么信息量巨大的消息！送伞，车上，女人？

任致余勾唇邪魅一笑：“无关紧要的路人甲。”

“我不信。”

“你才是女主人。”

咦……现场的同窗好友一身鸡皮疙瘩，任致余说起情话来真的没他们这些虾兵蟹将什么事儿了啊！

“我才不当女主人！”张深谙头摇得像拨浪鼓。

“好，那你当任太太怎么样？”

救命！这两人当他们这一拨人是空气吗？

“咳咳……好了，散了啊！都醉了，都叫车回去，快十一点了，门禁了！”乔展新及时帮他们戳破粉红泡泡。

大家都醉着，不情不愿踉跄着散场了。乔展新和夏百合最后一起离开，送夏百合回校的路上，夏百合道：“学长，你这送我回去完了你可就回不了学校了，门禁了。”

“你清醒吗现在？”

“当然啊，全场不是我们俩和任致余最清醒吗？”

“女孩子要可爱一点。”

“不可爱怎样？那你喜欢吗？”

“夏百合，你去相亲了？”

“呵！卖队友的张深谙！”

“她可能是双面间谍。”

“相亲了怎样？”

“都不满意？”

“废话！满意了还看上你吗？”

“嗯？”

“不对，有歧义，是因为看上你了，所以看不上相亲的歪瓜裂枣！”

“背后这样说人家一点不可爱，人不可貌相。”

“是啊！海水还不可斗量！那胸怀宽广的乔学长给句话吧！你觉得我怎么样？是不是没资格做你女朋友？也一点不可爱？”

“不是，相反我还挺喜欢的。”

乔展新说完，两人都笑了起来。

“你看，女孩子还是脸皮厚一点比较重要。”夏百合一脸骄傲。

“缘分最重要。”

“那我们算有缘吗？”

“你为了制造缘分已经很努力了。”

“嘿！乔展新你现在是蹬鼻子上脸吗？我们可才好了五分钟不到！”

“那你会踹了我吗？”

“呵！可不能便宜了其他小姑娘！”

“看，你还是挺可爱的。”乔展新失笑，“我今晚直接回家，不回学校了。”

任致余把醉得一塌糊涂的张深谙抱上车，系好安全带，准备送她回学校，却在半路接到了宋珏的电话，他把车停到路边。

“喂，珏姨。”

“哎，很晚了小余，我长话短说，明天你就回家来了吧？但是，我和你爸要去澳洲考察，一个寒假应该都不在，你自己照顾好自己，有事和姐姐商量。”

“嗯，知道了。”

“明天小周会来接你。”

“不用，我挂了，您早点休息吧。”

任致余挂完电话，发现张深谙醒了。

“怎么样？难受吗？”

张深谙半睁着惺忪的睡眼：“任致余，你居然就这样让我喝醉了？这么想要我这个甜蜜的负担？”

“我听说你酒量很好。”

“没有实地考察的结论都是放屁！”

“张深谙，现在是真正的你吗？”

“对啊！怎么？怕了，还是嫌弃了？”

任致余低头浅笑，腾出右手摸了摸她的发顶：“我只是提前让你练习社会生存法则之一——酒量。”

“哦？”

“不过喝酒伤身，小酌怡情即可，而且，以后没有我在的情况下不准喝醉。”

“哼！”张深谙噘着小嘴表示抗议。

“乖，听话，睡会儿就到学校了。”

“任致余，刚刚是……谁的电话？”

“我后妈，宋珏，他们一整个寒假都要在澳洲考察。”

“哦。”张深谙突然侧过身子，双手捧着任致余的脸，轻轻揉了两下，好冰凉啊！舒服！

接着，她用酥软甜糯的声音说：“那你寒假要不要跟我们一块去看 N.K 的演唱会，在首都，我等了好久了，任致余。”刚说完就眼睛一闭睡倒在了任致余怀里。

任致余看着怀里的人儿，心软得一塌糊涂。他拨开她额前的发丝，细细看着她，就像在看一件珍贵的绝世艺术品：醉酒后会展露内心的张深谙，那么可爱甜蜜的张深谙，那么美好的女孩，多么幸运，此生可以与你相遇。

Chapter 02

性温：无漏子

TANG XIN CHU LIAN

一、你是哆啦 A 梦吗

寒假张深谙非常忙，飞了一趟比利时和妈妈过了个年，又飞回长丰市在莉莉阿姨家住了一星期，剩下的日子全都是在故乡焦云市的外公外婆家度过的。时隔三年半回老家，外公外婆真的是把张深谙当作宝贝疙瘩似的照顾着，张深谙还记着自己回家那天，二老整整准备了三天的吃食，真真应了那句话：含在嘴里怕化了，捧在手心怕摔了，抱在怀里怕磕了。

因为真的太久没见了。

二老只有妈妈一个女儿，如今妈妈远嫁比利时。他们上了年纪身体也不好，虽然三年前搬到比利时之后，妈妈每个月都会定期把赡养费打到他们账户上，但是张深谙看得出来，他们需要的是什么。

老人家只是希望陪伴，就算你不赚大钱也没关系，就算你没出息也没关系，只要踏实做人，一家人团圆比什么都重要。

但是，我们往往因为各种各样的原因，离开了我们的根，要达到怎样的高度才肯暂停去回头看一眼呢？要摆脱怎样的困境才能昂首挺胸不在黑暗中默默哭泣呢？我们不知道这一天如何去丈量，所以我们忽略了很多东西，但是啊，人生啊，不要后悔和遗憾就罢了，尽善尽美谈何容易，独善其身都那么难了。

新学期开学前三天，演唱会前一天，夏百合来电，张深谙帮外公浇完富贵树，一边把手机夹在耳侧接听电话，一边洗手。

“喂？”

“行李准备得怎么样了？”

“差不多了，我打算明天先去莉莉阿姨家，把行李放在那里，然后和昆塔去机场和你会合，看完演唱会直接就开学了，就不回焦云了。”

“是和我们……宝贝！”

“呃？”

“装什么傻？我可听我们家阿新说了，任少爷今天晚上的飞机落地长丰市，明天和我们一起去啊！别跟我说他没知会过你？明明你自己邀请他的！”

我……可以打死放寒假前那天晚上的自己吗？我不管，我喝醉了说的话不作数的！而且他的确没联系过我啊！空中飞人杳无音信的……

“喂？谙谙，在听吗？”

“嗯……”张深谙有气无力地应着，关了水龙头。

“你不会真从了吧？”

“滚，我哪有你那么饥渴！”张深谙瘫软在床。

“得！那你跟我说说啊，放假前那晚你和任致余到底怎么样了？”

“就没事啊！他把我送回寝室，然后我醉得迷迷糊糊的，到现在我都不敢相信我会邀请任致余陪我去追星！这太荒谬了！”张深谙将自己蒙进被子，继续道，“而且你们一个个干吗都不信我的话？胳膊肘往外拐得都骨折了吧！他真就一个寒假没联系过我啊！他肯定不当回事啊！我们都喝醉了好吗？我都是后知后觉碎片化想起来的，可能我自己都记错了，可能是我的梦呢！你们一个个因为任致余要去而纷纷加入的墙头草绝对要失望！”

“呵！谁都喝醉任致余也清醒得很！张深谙你这次别给我转移话题，我跟你赌一千块钱。为什么你越来越不被我们信服了？因为任少爷肯定会打破啊，反正你估计是逃不出他的五指山了！”夏百合一阵喟叹。

“呵！敢情我是孙猴子，他是如来佛啊！”

“那可不是，反正我的消息能有假吗？看着吧，明天他绝对出现，我们家阿新都说了，准备好票子孝敬姐姐啊！”

“麻溜地滚……”

张深谙挂断电话翻到任致余的微信界面，消息还停留在放假前的聊天页面，朋友圈也是没有开通的状态，没有一条动态，真是个神秘的主儿啊！

她懒得想了，明天飞首都，明晚可是她十九年人生里第一次粉的“爱豆”N.K 的演唱会啊！也是去看的第一场他的 solo 演唱会，要当个合格的“小桃子（N.K 的 fans 名）”，生活那么苦涩，我却报之以歌，那或许不失为一种调剂。

于是她麻溜地跳下床准备继续整理行李，结果微信进来了。

张深谙跳过箱子拿过床上的手机，吓得手一抖，手机掉到了床上，只见任致余发了一条消息：明天几点出发，来接你。

张深谙慌忙抓起手机，回：不用了，我们长丰机场见吧。

末了，她又补了一句：乔学长和百合都在机场集合的。

任致余：知道了。

呼……张深谙松了口气，说曹操曹操就到，来真的啊！

真想狠心拒绝啊！不然的话，你会停止喜欢我吗？

次日清晨六点半，张深谙提溜着两个大行李箱刚跨出家门，外公便一脸高兴地跑过来，问："深深啊，门口有一辆黑色的大轿车，都停了半个多小时了，是谁啊？你认识吗？"

张深谙抬眸望去，任致余踏着冬日的朝阳和清透的露珠走了过来，他的脸棱角分明在逆光中显得那么不真实，身姿挺拔宛如模特般，在这鸡鸣叫早的乡野那么格格不入却偏又那么自然契合。然后张深谙听到他喊："外公，我是深谙的大学同学，我送她去坐车，一起去首都看演唱会，您不用担心。"

清晨还没怎么开嗓，他的嗓音难得喑哑饱和度低却格外性感："任致余，你怎么来了？不是说，机场见吗？"

"这里不好打车。"

"我可以坐公交车的。"

"深深啊，你同学？"外公看着这个帅小伙问她。

"嗯，外公，是，我们班的副班长任致余。"

"哦哦，好啊，有男同学照应到外边去玩也放心。任同学，我们家深深就麻烦你了啊！这孩了其实粗心马虎得很……"

"外公，那我们先走了！"张深谙及时打住外公要破坏她形象的揭短。

“哎……那好，任同学吃过早饭了吗？”

“我吃过了，外公，那我们先走了，时间也不早了，下次我再专程拜访您，这些东西您和外婆平时补补身体。”

小跟班不知道什么时候出现的，拎来了一堆礼品，有老年人吃的各种补品，好像还有衣服鞋子什么的……

“任致余你干吗呀，快拿回去，来接我已经很不好意思了。”

任致余拉过张深谙小声说：“深谙，你听话，就以你的名义留下这些东西给外公外婆尽孝，你这么急匆匆地回老家，什么都没准备的吧，这些东西没多少钱，你不想欠我可以还我钱。”

张深谙无奈地看了任致余一眼，商人！什么都盘算好了，把她什么性子摸得门清，这下拒绝都不行了。

“那外公，您先拿着吧，我这趟回来也匆忙没买什么，有些我托任致余给我带来的，那我真的走了，来不及了。放假我再来看你们，你们照顾好身体，别的什么都不用担心我。”

车子行进在通往高铁站的路上，张深谙几欲转头都胎死腹中。

他出声：“想问什么就问。”

张深谙转头怒视他，语气略带不善：“昨天不是说好在机场见吗？你怎么这么突然就过来了？”我毫无准备的！搞得我措手不及！我最讨厌打没有准备的仗了！

“我没有答应你，我只是说我知道了你的想法。”因为公司事务缠身，一个寒假没见你，我有多想你，你怕是不知道的啊张深谙。

算你狠！张深谙知道玩文字游戏棋差一着，于是换了个问法：“你不忙吗？还来老家接我？”

“张深谙，你是真笨，还是装傻……”

哼！张深谙转头看向窗外，不听不听……那我装得迟钝笨一点吧！

“不过你怎么知道我老家地址？”

“乔展新是你们班党员辅导员。”换言之，我可以从他那里获得你们班任何人的具体信息地址。

张深谙深深叹了口气，身边尽是扯后腿的间谍，不省心。

“那你，怎么知道我买的几点的高铁？”居然那么准时等在门口。

“张深谙，夏百合是乔展新女朋友。”换言之，她会分享你们之间的信息给乔展新，那么我自然而然就会知道。

交友不慎！没一个能靠得住的！

“任致余，你真的要和我们一起去看演唱会吗？我喝醉酒胡说，你不用当真的，追……星，你不合适吧？”

“嗯，没事，顺便看个朋友。”

“好吧。”

很快，轿车抵达了焦云市高铁站。

“小刘，车子开去岸门，回公司等我回来。”

看着小跟班小刘开着车子消失在他们视线中，张深谙指着任致余问：“你？和我一起坐高铁？”完了又指了指自己。

“嗯，我让小刘给我买票了。”

昨天他刚从国外飞回长丰市，又定了回长丰市的票，还特意跑一趟焦云市接上自己？这情深义重真是够了！张深谙想拿豆腐撞头的时候，任致余已经拖着她的两个大行李箱去过安检了。

承受不来！

“任致余，我自己拿行李箱！”张深谙一边小跑，一边跟上任致余的步伐。

下午两点，飞机抵达首都国际机场，张深谙换了一个行李箱带在身边，以备不时之需，虽然他们就待两天一夜。

“珊珊他们的航班还要一会儿到，我们等一下。”张深谙看表说道。

齐珊珊和罗旭不是长丰市人，他们直接从家那边飞首都，一起会合，再去酒店，休息一下去看演唱会。

首都机场候机室几乎座无虚席，行李箱出来之后，张深谙一屁股坐了上去，双手撑着拉杆箱把手，眼神呆滞。她真的有点累，本来也不是体质好的人，要不是任致余早上来接她，五点半起床的她，真的要自己坐公交车，转高铁，再去莉莉阿姨家，再去机场，再飞首都，她都怕自己挂掉。过度疲劳使不得，毕竟有过前车之鉴，所以一直挺关注自己的健康情况的。

我们不能因为年轻而挥霍革命的本钱，那是一场马拉松，就是因为年轻时的任性和掉以轻心到老了才会有各种毛病找上门来，所以任致余才会大清早过来接她，还费了一番周折，为了她的安全和健康？

她知道没理由嗔怪他。虽然他每次的安排都出人意料，可是面对这个不想反抗了的自己她已经有点破罐子破摔了，真的也是管不住自己的心了……

“想什么呢？”夏百合恨铁不成钢地摊着手。

“干吗？”张深谙问。

“给钱啊！你输了啊！”

“嘁，我没跟你打赌！”

“嘿！过河拆桥！你这个小魔女又出现了……”夏百合双手搭在张深谙的肩头轻轻替她按捏着，“算了，你别纠结了，要不从了吧！我觉着谙谙你和平凡普通也没法沾边……”

张深谙赏了夏百合一个大大的白眼，接着一杯枸杞茶就被人递到了她的面前。

“哟，昆塔弟弟啊！怎么我没有吗？光想着你谙谙姐呀？”夏百合调侃。

苏昆塔一脸尴尬：“那我再去……”

“得了，自己去，又不是没长腿，昆塔别理她，她就是现在爱情得意开始撒欢儿了！”

因为张深谙唯一的监护人妈妈在国外，所以学校很多事情都是和莉莉阿姨家对接，自然上学期张深谙课外实验课后那次呕吐窒息事件莉莉阿姨家多多少少听到点风声，苏昆塔才这么紧张她的身体状况，坐飞机大巴都怕她疲惫，他那么仰慕喜欢的谙谙姐自然格外留心照顾了。

“呵！我去找小新新了！懒得管了，管不了了，做不了主了！”

“戏精，快去快去，别挡道，我还看珊珊呢！她一出来准要给我个大大的熊抱！”

“昆塔，这么臭屁的姐姐你伺候得了吗？”

“百合姐，谙谙姐很好的。”

“得！你才是魔教教主吧，张无忌？论笼络人心，你称第二没人敢说第一，我们这一个个的真的是被你怼得玻璃心片片疼还在为你舔伤口。没眼看，我撤了，去找小新新求安慰……”

夏百合朝乔展新飞奔过去，任致余朝旁边一挪，他的视线始终注意着张深谙的方向——以及站在她边上的苏昆塔。这个四小时前在长丰机场刚认识的张深谙“亲弟弟”般的存在，可是怎么可能是亲弟弟呢？

苏昆塔看张深谙的眼神，清澈崇拜，欢喜羞赧，完全一副小男孩情窦初开的模样，张深谙不迟钝，只是两人不常见，苏昆塔长大后也才刚熟悉一个学期，她完全不会往那方面想。可是同样身为男人的任致余一眼便看得出来，这样的情况可要及时扼杀在摇篮里，给张深谙永绝后患才行。

接着，他看到一个胖胖的身影飞向了张深谙：“深谙，好久不见，想死我了！”果然来了个结实的熊抱，张深谙的行李箱都滑出了小半米。

“欸，才一个多月啊，松手要闷死了……”

“哈哈！一日不见如隔三秋嘛！咦，这位是？”齐珊珊问。

“我弟，苏昆塔，昆塔，这是我室友齐珊珊。”

“珊珊姐好。”昆塔打招呼。

“哦，你好，你就是那个可爱的昆塔弟弟啊！终于见到真人喽，好帅呀，小伙子！演唱会珊珊姐带你玩，给你谙谙姐留点私人空间啊！”

“啧……瞎说什么呢？花痴，请不要把魔爪伸向我单纯的弟弟！”张深谙嫌弃。

弟弟……苏昆塔的眸色暗了暗。

“我瞎说啥？任大神呢？”齐珊珊色眯眯地朝张深谙笑，一转身，“嘿！任大神，我们齐了，走了吗？”

齐珊珊，很好的助攻。任致余想。

张深谙被齐珊珊笑得一身战栗：“我累，你这刚落地不累啊，怎么这么有活力？我们再休息五分钟怎么样？”

“马上要看 N.K 演唱会了，我激动兴奋啊！今晚注定不眠夜！我的男神啊！”

“你男神可真多……”

任致余朝他们走了过来：“走了，车上休息。”接着将张深谙直接连人带箱子往前推去。

张深谙一把抱住箱子拉杆：“欸，任致余你等我下来啦……”

任致余低头一笑，宠溺地捏了捏她的鼻尖：“不是累吗，小懒虫。”

苏昆塔看到这一幕觉得自己的心情有点变了。

后面乔展新、夏百合、齐珊珊、罗旭则面面相觑，仿若和前方两人形成天然隔离屏障，冷冷的狗粮在脸上胡乱地拍，一副看透一切的表情。

“任大神这么宠了为什么还没拿下深谙？”齐珊珊困惑。

“致余那个傲娇鬼，不会还没告白吧？或者太强势了？他们俩都强势得很，可是明明很甜啊！是不是要互补才能成就好姻缘？”罗旭推断。

夏百合一脸看智障的眼神：告没告白让你知道啊？那不是全世界都知道了？全世界知道被拒绝了？

乔展新也是一脸无奈加同情的表情：果然是情商恋商都不高啊，敢情兄弟们一起喊“老板娘”你以为是玩玩呢？还是健忘？互补，这说得对，他俩还不够互补吗？那么主动的致余和那么被动逃离的深谙还不够互补？小兄弟你再这样下去真的会没有女朋友的！完了，又同情地看了一眼他旁边的齐珊珊。

齐珊珊感觉到一阵垂怜的眼风扫向她，偏头看去，好像又没有人在看她，邪门了！

“是不是啊你们说？欸，你们夫妻俩看我的那什么眼神？我掉钱啦？”罗旭一脸疑惑。

“嗯，掉了一百万。”夏百合应道：你的情商恋商税。

“昆塔弟弟，快走，咋落在后面？你觉得你姐和未来姐夫配吗？”齐珊珊问落后他们一步的苏昆塔。

“未来姐夫？”

“昆塔，别听她胡说八道，子虚乌有的事儿。”夏百合仿佛有顺风耳立刻否定。

乔展新看着前方的两人，又看了一眼苏昆塔，心事重重。老弟，你前路要跨越的障碍真的不少啊！

自然，乔展新也看出了苏昆塔对张深谙的感情不一般。

有任致余和乔展新在，一切都很顺利，办理入住，下榻酒店，短暂小憩。

演唱会在晚上七点，六点时一行人简单在酒店吃了晚餐，就直奔演唱会现场。

首都火焰馆人声鼎沸，人浪就像巨大的星座链四散满目，在音乐声中默契律动。

夏百合一边不情愿地在自己帅气的黄棕色短发上戴上小白兔发箍，一边拿过小桃子荧光棒，歪嘴乜斜了张深谙一眼：“小魔女，我能不戴吗？我们一群人陪你奶孩子已经够意思了吧？”

“咋的？还不乐意了？你喜欢于秀斌（一个演员歌手）的时候我说啥了？”

“他不娘炮！”因为现场太嘈杂，夏百合只能扯着嗓子为她偶像正名。

张深谙耸了耸肩：“我可什么都没说，我都能容忍你喜欢一个这么‘秀美’的偶像了，你们老实说，N.K 欸！是不是谁都可以不喜欢都不能不喜欢我们家 N.K 啊！他比赛的视频你们看看，那舞蹈线条，简直是为舞台而生的人好吗？那踩点，简直太完美了！太帅了，唱歌也好听，rap 也没得挑，爱豆当然要什么都做好啊，我相信他未来的艺术成就一定非同凡响！”

张深谙第一次在众人面前笑得见牙不见眼，一脸花痴样。

任致余像看自己的傻闺女一般睨着她，还有这么迷妹的一面呢！这么喜欢 N.K 啊，那待会儿带她去合照她会有多兴奋呢？

夏百合慌忙捂住张深谙的嘴巴：“别乱用脸，表情包啊，宝贝！”美女也不能这么任性好吗！你未来男人可还在这儿呢！收敛着点啊！

“啧！”张深谙拿下夏百合的手，一脸的不满。

“哈哈！深谙，其实我也超级喜欢 N.K 的，前年暑假看了他们的比赛，看着他 C 位出道，我真的要当一辈子女友粉！虽然我有很多墙头，但他绝对是我本命！”齐珊珊也一脸兴奋。

“嗯，女友粉和妈妈粉，天下无双！”

“深谙你都比我小一岁，为什么是妈妈粉？”

“因为我心大啊！”

现场气氛火爆，女生占了绝大多数，尖叫声响彻夜空，演唱会马上要开始了，他们齐刷刷看着和周遭环境格格不入的任致余。

“任先生，麻烦您低下您高贵的头颅，既来之则安之，与民同乐一下好吗？”张深谙瞅了瞅自己手中多出来的小白兔发箍和小桃子荧光棒示意他。

“噗——”几个人都被张深谙的话逗笑了。也就张深谙敢在太岁头上动土了，搁他们任何一个人，那除非吃了熊心豹子胆，不然还不得被大BOSS狂虐啊！

至于张深谙嘛！就只能宠着喽，老婆的话是圣旨。所以在其他人的注视下，任致余眼睛一闭，认命地低头，戴发箍，举起荧光棒。

不过，帅哥就是怎么样都好看啊！又萌又帅了！

张深谙笑得更开心了，演唱会就在大家的欢呼声中拉开了序幕。

N.K不愧是王者归来，唱跳四小时都不带喘息的，教科书一样标准动人的各式舞蹈，他唱了团体时期的名曲和solo歌曲。万人大合唱的场面也让张深谙激动万分，最后演唱会+安可曲结束，她们几个女生嗓子已经喊哑了。临近散场，任致余拉住张深谙，附在她耳边说：“陪我去见个朋友。”

“现在吗？”

“嗯。”

“你们先回酒店，我们出去一趟。”说完，任致余就拉着张深谙直奔后台。

“后台？任致余，我们来这里干吗？都结束了啊，十一点多了。”

“怕了？”

“嗯？我怕什么？你还能把我拐了不成？”

“小糊涂虫，如果我不在大晚上不能和任何人出去，你被卖了还给人在数钱。”

“那是智障吗！”

就在张深谙和任致余斗嘴的时候，迎面走来了一个三十多岁的胖胖的戴黑框眼镜的平头男人。

“这是……任先生？”男人问。

“嗯，老韩，好久不见，苏籍在里面吧？”

“在在在，任先生什么风把您吹来了？两年没见了吧？早知道您来该早点告诉他了，等会儿聚餐，任先生来吗？”

张深谙看着这三十多岁油光满面的男人称呼二十岁的任致余为“您”，没来由地觉得——安能摧眉折腰事权贵？有钱能使鬼推磨……

“太晚了，我进去打声招呼就走，演唱会不错。”

“好好，这位是？”

“我同学。”

“同学？好好，进去吧。”叫老韩的经纪人一脸了然的神色，常年混迹演艺圈的人精，这个两年前认识时就已经凌厉的少年如今再见更是多了深沉和睿智，看他对身边这位同学的保护就知道两人可不是简单的同学关系啊！

张深谙觉得这个经纪人好奇怪，还有任致余怎么谁都认识？苏籍又是谁？但是所有的疑问在推开门见到 N.K 的瞬间都化为乌有了。

张深谙相信她此刻的表情管理绝对是失控的。

“致余？真的是你！你怎么会来？”张深谙眼看着 N.K 和任致余兄弟般拥抱，互相寒暄，就像是多年不见的老友一般自然默契。

“希望不是惊吓。”

“当然不是，你这大忙人一年都见不到几次！”

“你才是大忙人，红得发紫，演唱会很不错。”

“我没想到有一天你真的会来听我的演唱会。”

“其实是托某人的福。”

任致余说完，后台休息室里的工作人员的眼神齐刷刷看向他身后已经恢复镇定的张深谙。

“这位是？”

“任先生同学，这位美女应该是我们 N.K 的粉丝吧？”经纪人老韩不知道什么时候进来了。

“很巧。”任致余验证老韩的推断。

张深谙在回酒店的路上还是觉得恍若梦境，看着手机里自己和 N.K 的合照，觉得人生圆满了，刚才自己还和 N.K 拥抱了！此刻她觉得自己还像飘在火烧云上不真实，要是回酒店和齐珊珊炫耀估计会被打死……

N.K 的中文本名叫苏籍，他出道之前就认识了任致余，两人交情匪浅，任致余还早预言过 N.K 舞台魅力业务能力满分，私下又随和呆萌迟早会大火，更会长久吸引人心，真的是一点没分析错呢！

娱乐圈、股票、金融、投资、开公司、翻译机器这些是张深谙知道的任致余，但他究竟还有多少魅力潜藏着呢？

“满足了？”任致余的声音在张深谙头顶盘旋。

张深谙看向他，点点头：“所以这就是你顺便见的朋友？”

“怎么样？”

“任致余你是哆啦 A 梦吗？”

“你一个人的。”

“……”

你这么优秀我真的不好勾搭你的，哦，不对，你已经告白了，那么我现在又多了一个拒绝的理由了，你太神通广大了，我们之间的差距真的隔着一整座乞力马扎罗山了。

“任致余你还有多少大牌好友？”

“首富儿子袁安易是我发小，要认识吗？”

“国民老公袁安易吗？”

任致余平静淡定地点头，眼神在狭小的车厢里显得格外真诚。

张深谙艰难地吞了吞口水：“打扰了……”

富豪榜圈子里果然是从小一块玩到大的啊……突然矫情得连朋友都不想跟任致余做了！

二、月亮湾的眼泪

3 月开学季，发生了四件事：一是任致余转专业到了计算机系。二是金远怡转去了国贸专业，搬离了 28 幢 403 寝室，她本来也是为了任致余才读这个专业，如今既然彻底死心放手了，就没必要追随他的步伐了。况且任致余也不在这个专业了，真的没什么可留恋的了，她一厢情愿地放逐自己痴念任致余这么多年，现在是到了过自己人生的时候了。她的所有坏心思骄纵和执念也都是因为想霸占任致余，现在一切都结束了，她承认，她输给了张深谙，输得心服口服。三是上学期被不明原因撤职的秦科再次喜提副班长职务。

最劲爆的是最后一件：任致余在今天清晨 5 点 20 分开通了微信

朋友圈，发了第一条状态，是一张图片。夜空中，繁星闪耀，火爆的首都火焰馆，五彩缤纷的荧光棒就像错落有致的七彩祥云掩映在后方，最前面是少女笑得天真烂漫的侧颜，舞台完美的光晕洒在她的脸上，她戴着兔耳朵发箍，脸颊上的红色心形贴纸格外显眼，朦胧又惬意，拍摄角度很不错，显然拍摄者个子很高。

而这个美少女自然就是张深谙。

“啊！”

随着齐珊珊的一声尖叫，张深谙从睡梦中醒来，也把刚到寝室的鲁溪吓得一哆嗦，赶紧关上门，谨防隔壁寝室来投诉：“戏精珊，刚开学你就不消停？”

“不是不是，任大神居然发朋友圈了！”齐珊珊继续尖叫。

张深谙艰难地从被窝里爬起来，明天开始上课，今天他们坐最早班飞机回长丰市，中午才到学校，现在下午三点多，她俩才睡了四小时不到。

“珊珊，你最好有急事！”张深谙忍着起床气。

“深谙，你快看任大神朋友圈，你好美啊！哎呀，我就露了半只眼睛，我们后面的人为什么像蚂蚁一样小，全成了你的背景板？”

什么没头没脑的！鲁溪凑过去看齐珊珊的朋友圈：“不错！摄影师加鸡腿。”

听鲁溪都激动的声音，张深谙开机翻朋友圈动态：“这是？”

“哎哟，还是5点20发的，任大神可以啊，也玩这套烂俗的甜蜜……”

“任致余转系了？”张深谙最先看到的却是班级群里陆老师发的通知。

“嗯！今早辅导员在群里通知了，金远怡也转走了，你没看到吗？秦科也官复原职了！”鲁溪回答。

“深谙你也才知道啊？可惜了，很难看到任大神的惊世容颜了！不过任大神也太浪漫了吧！上学期末我们最后聚会玩真心话大冒险还记得不？罗旭不是问了深谙喜欢什么样的人吗？我们不是说了她讨厌熟悉恋人，看不惯班对来着，这下任大神立马就落实了，这效率简直了！言听计从啊！家庭地位不愁了！”

张深谙完全听不进齐珊珊喋喋不休的感叹，她睡意全消，一骨碌坐了起来，换完衣服就要去找任致余问个清楚，转系的事情怎么从来没有听他提起过？此事她居然是全世界最后一个知道的？她在他心中到底是什么样的地位？重要的抉择不需要互相探讨，他想撩她自己就乖乖配合了，这太扭曲了！

她想，和任致余的关系不能再这样暧昧不清了，是到了辣手摧折小树的时刻了，海市蜃楼、沙上堡垒终归是要化为虚无的。

“那是你们昨天晚上看 N.K 的演唱会现场？”鲁溪问。

“是啊！太精彩了！可惜你没去。”齐珊珊感叹。

“我对明星也不太感兴趣，不过 N.K 真蛮不错的，可惜我也没有富余的钱去看演唱会。”鲁溪算是她们寝室家庭条件相对较差的，爸爸生病常年赋闲在家，只是拿着低保，全家就妈妈在打工，家里还有个刚上小学的弟弟，所以家庭负担比较重。这也是一开始她性格内向敏感孤僻的原因，不过好在热情可爱的齐珊珊和超酷超美的张深谙，让她也变得外向了不少，还会经常怼人了。

“没事，你那么优秀，以后肯定会赚大钱的！”齐珊珊说。

“嗯，阿溪有什么需要我们帮忙的尽管开口，不用客气。那我先走了！晚饭不回来吃了。”张深谙说完就离开了寝室。

“羡慕啊，任大神这是在赤裸裸地秀恩爱啊！”齐珊珊不忘放大那张张深谙的美图舔屏。

“所以你们首都行有什么进展吗？”

“哦！我认识了昆塔弟弟！”

“那个深谙莉莉阿姨家的儿子？”

“对，软萌小奶狗，可好玩了！”

“还有别的吗？”

“八卦溪？好啦，就是昨晚啊深谙和任大神很晚才回酒店的，他俩神神秘秘的不知道去干吗了，也不知道在没在一起了？不过深谙急着跑出去干吗？她好像也才知道任大神转专业欸！这照理说不是好事儿吗？”齐珊珊也从被窝里爬了出来，跳下床，坐到书桌前问，“他们明明郎有情妾有意的，怎么就还没在一起呢？奇怪了！”

“不一定是好事吧，深谙好像有点生气。”

感情的事情可是这个世界上最说不清道不明的命题了，或许鲁溪觉得她还能感同身受一些为什么，那可是远在天边的任致余啊！班对什么的都是无关痛痒的问题，知情不报才更严重吧！

有多少人承受得了这份爱呢？又要如何维系与等到水到渠成的那一天呢？本就身处声色犬马的斗兽场两极世界，要想并肩相爱，弱势一方要跨越多少心理障碍，拥有多少惊人的毅力努力追上对方的高度，不去理会流言蜚语，这样的情况下如果彼此还缺了最基本的坦诚与信任，那么这道坎是这辈子都迈不过去了。对她们这样强烈需要安全感的人来说，还是放手比较超脱！

张深谙一边跑出寝室楼，穿过拖着大包小包行李回学校的人流，直奔 32 幢男生寝室楼，一边拨通了任致余的电话。这好像是她第一次给他打电话，这一刻她居然一秒都等不了，是想听到什么解释呢？又是打算如何解决这份感情呢？

朋友圈的那张照片？突然的转系？总该有一个解释。如果还是那句话：那个问题永远有效。张深谙想自己可能反而不会难过了。

但是她其实并不相信任致余一直在敷衍她，那句话是一个承诺啊！因为她并没有任何值得他利用或者留恋的价值，她不甜美而且浑身是刺，相反他一直都在为她付出，而她却从来没有为他做过什么，所以这不需要涉及敷衍。至于隐瞒她知道会有原因，她现在能够回忆起来上学期大家都想知道他经常不来上课的原因，所以除了公司业务繁忙，是因为在暗中忙转系的事情吗？但这算哪门子秘密何须保密那么久？

张深谙想从上学期任致余追求自己开始，自己的理智虽然很想拒绝，却偏偏造成了欲拒还迎的后果，她的优柔寡断，她的留恋，她希望自己可以有能力和他站在一起的美好希冀现在都成了罪魁祸首。

他们之间既然有短时间内根本解决不了的鸿沟，她却眼睁睁看着爱情幼苗长成了小树，她想她竟然不明不白成了吊着任致余的坏女人了，夏百合最开始的忠告都应验了！

那么无论是她“吊着”他，还是他“游戏”她，她都不想再患得患失了，今天一切都该回到原点，他走他的阳关道，她过她的独木桥。

“喂。”电话很快被接起，他的呼吸有点沉重。

“是我，你现在在哪里？”

“深谙？”张深谙听到他渐渐平复了呼吸，“在北篮球馆，帮大四的打最后一场告别赛。”

“好，你等我过来。”张深谙说完便挂断了电话。

任致余那边刚好中场休息，他是下半场才上场，刚才和队友们聊天，没看是谁就接起了电话，现下听到她要过来，一种说不上来的情绪骤然充斥着他的大脑。

昨晚他们的车子抵达酒店的时候，已经快两点了，而张深谙也是极度疲惫，靠在他肩头沉沉睡去。他抱她进房间，给她掖好被子，准备离开之际，她的小肉手竟然紧紧抓着他不放，还喃喃梦呓：任致余你怎么这么好，你这么好我真的不舍得放开你了……因为这样一句含糊不清的梦话，没有人看到他眼波中流动的柔软，最后他只能亲吻了她的额头，拨开她的小手，退出了房间。一秒都不敢久待，他怕控制不住自己，那是他想捧在手心呵护一辈子的珍宝啊！

这时罗旭、乔展新、丁明也先后走了过来，上半场他们都尽了全力，将比分追平，只要下半场任致余稳住，长丰医大篮球队就能荣誉退休。

“怎么样，哥们儿打得不错吧！”罗旭跟任致余夸耀道。

“大一的学弟已经如此意气风发啊！”大四的学长赞扬。

“嘿嘿，和我们大神比那还是差得很远的……”

“罗旭，哥，等会儿深谙过来，帮我招呼着点。”

“什么？”

“班长怎么会过来？”

“你邀请的？”

“没有，她打电话找我估计有事。”昨日舟车劳顿，张深谙断然在补眠，他当然不会因为篮球赛而打扰她休息。

就在任致余上场前五分钟，张深谙、齐珊珊、夏百合、鲁溪一个不落地坐到了观众席。

“夏百合你这消息太灵通了吧！”齐珊珊说。

“拜托，我也在大群里好吗？”

“是她的脚程太快了，”鲁溪指出重点，“而且当机立断，你们果然是铁瓷。”

“其实我只是想看戏。”夏百合无奈道。

“嘚瑟你！万一是哭戏呢？呸呸呸……”齐珊珊打了几下自己的乌鸦嘴，偷偷看了一眼张深谙。

此刻她异常沉默，她们看着他俩的眼神隔空碰撞，碾碎了一地彷徨，无声却危险。

齐珊珊脑内警铃大作，搞不好自己的坏话真的会应验……

这是张深谙第一次看任致余打篮球，除了上学期夜跑那次，她还是头回在这么亮堂的篮球馆里看见他运动时的风采，他穿着绿底白边的 7 号球衣。春寒料峭，但是体育馆里声势浩大，热闹非凡，室温和外边形成反差，应援的啦啦队震耳欲聋，纪念赛总是令人难忘。球场中的男生令人赏心悦目，任致余的投球、传球、走位、防守滴水不漏，张深谙眼中看不到别人，他是她唯一的焦点。就最后再肆无忌惮地欣赏他吧，以后是不是成为陌生人都成不定数了！

下半场没有持续很久，任致余和几个大四篮球队主力以高比分领先赢得最后一场青春的记忆，任致余婉拒了庆功宴，和张深谙走出了北篮球馆。两人一路无言，看似和谐，俊男美女走在晚霞铺陈的校园鹅卵石路上，不知不觉来到了僻静的月亮湾。张深谙忽然停下了脚步，她看着眼前这片校园人工湖，悻悻然开口：“这场演唱会，谢谢你，让我有了很开心的体验。”

任致余偏头看她，把牛仔外套搭在肩头，说：“你现在并不开心。”

湖水倒映着两人纤长姣好的身形，夜幕降临，暖黄的路灯渐次亮起，细碎鹅卵石地面上有两个高低起伏的影子，而隔着一段距离的小树丛后面呈阶梯状探出了六个头，全部保持着抖开着眉毛，竖起耳朵的全神贯注偷听状。

“虽然我真的不希望是这样。”张深谙苦涩地笑了一瞬。

“所以你要告诉我答案了吗？”

张深谙突然觉得自己很可笑，没想到一个学期过去了，自己仍然看不透他，仿佛自己融化不了时间的落寞，也走不进他的心里。虽然她知道不该放任自己对他心动，但是她知道她在这条错误的路上还是放任了。这对她来说等同于努力了，如果没有退却，那就是努力，她的爱情或许就是这样的。

可是现在任致余又变得陌生了，去年生日会露台上的吐露心迹就像一道可以轻易擦掉的痕迹，随着那晚萧瑟的夜风回到了月亮之上。

自己对他来说到底算什么呢？他所有那么明显的爱意为什么总是掺杂着未知的结局，他不知道她最反感的就是无法掌控的命运吗？旁敲侧击的猜测也有失水准，所以只能胡思乱想，可是她是连胡思乱想都不会去付诸的人啊！那么请不要像那些伤害过她却被她反击的人一样投来怨恨不解的目光啊……

他的目光却是更让人绝望的淡然如水，张深谙看了他一眼，兀自讪笑了一下：“没什么了，就这样吧，任致余，祝你前程似锦。”

夜凉如水，张深谙紧了紧身上单薄的卫衣，转身就要离开。下一秒，她的手腕却被一股很大的力道拉住，接着就被圈进了一个温暖的怀抱。任致余的下颌抵着她的头顶，她都能听到他胸腔里剧烈的心跳声，还感受到了他刚打完篮球还没有收尽的微汗，浸透着他的肌肤，也摩擦着她的脸颊。他整个人都是火热的，就算此刻月亮湾没有一方遮拦物，夜晚的凉风已经肆无忌惮地扫过他们，他仍旧热得像一团火。

“任致余……你放开……”

“对不起，深谙，但是不要误会我。”任致余暗哑的声音就这样飘进了她的耳畔，她听到了他的一声叹息，“你为什么不笨一点呢？深谙你那么聪明，会让自己陷入无谓的纠结与困惑的。”

任致余的拥抱松了点，张深谙抬起头疑惑地望着他。

“所以现在可以平和地听我解释了？”

张深谙没有点头，也没有摇头。任致余看着她，把牛仔衣披到她身上，继续道：“我也是昨天才知道转系成功的事情，虽然这件事情的确一直在准备，你知道我们家族做的是医药事业，可是我志不在此，我希望我姐能够继承家业。这件事情很困难，我一直在和家里斡旋。所以我早就准备去计算机系的，我的公司也是跟这方面挂钩的，上学期没来上课的那些日子，我在计算机系上课，拓展公司业务，还有药学系的班级工作等，很忙，三头兼顾。我没有和你透露很多，因为我也不喜欢没有把控的未来，和给你不确定的答案，所以我必须将所有线团理出来，有了最终结果，才能跟你汇报。”

“汇报什么？我又不是你的谁……”张深谙就知道自己肯定误会他了，虽然她有一万个理由知道肯定会误会他，但是刚才自己的态度还是做了误会他的错误示范：误会他是表里不一深藏不露，误会他不屑跟他们为伍，误会他故意欺瞒，误会了他对她的敷衍企图和爱得不纯粹。

于是，她别扭地轻轻推开他。

“所以，我算沉冤昭雪了吗，张大人？”

张深谙被气笑：“任致余你还有心情开玩笑呢？”

“当然只有万面的我才能配上千面的你啊。”

张深谙没想到他会说出这样的话，他是有多了解自己了啊！不过他又自恋了！

“怎么，觉得吃惊吗？因为我有那么了解你了？所以我很亏，你一点不了解我，关键你没有欲望了解我，所以你以后要加倍了解我知道吗深谙？”

“我……你以为你很了解我吗？”

“没有，我一点不了解你。”

不远处的树丛中，齐珊珊小声问：“他们在说什么？”

罗旭：“听不清，好像是绕口令……”

张深谙抿了一下嘴唇，直视他，她想把他完全装进自己的脑海里，这个与春夜合二为一的独一无二的任致余。她低头清了清嗓子，终于下定了决心：“任致余，你听好我下面说的话。”

“深谙，我很冷……”

张深谙看着他，高大的身躯，炯炯有神的晶亮眼睛，知道他在岔开话题，可是下面的话是她酝酿了好久必须说的，再拖下去对谁都没好处，而且这个拒绝真的拖得太晚了，上学期她就该狠下决心了，如今没有误会，那么就实施吧！

“你把外套穿上。”张深谙拿下披在自己肩头的牛仔外套，踮起脚把它披回他的身上，继续说，“既然你比一般人了解我，那么你也知道今天无论如何我都是要来跟你说清楚的，所以不要阻止我，如果你还为我着想的话。”

任致余突然激动地抓住张深谙的肩膀，牛仔衣落到鹅卵石地上，她听到他沙哑的声音传来：“张深谙，在最好的年华可以做一些放肆爱的事情，在一起并不难，打开心扉接受我就好。”

张深谙第一次看到他害怕的样子，风吹散了他额前的碎发，她知道他在害怕失去自己。可是那改变不了现状，也就改变不了结局。

她低下头，闭上眼睛深呼吸，道：“我，不会喜欢你。”

接着她抬起头对上他的眼睛：“所以任致余你那个问题，我现在回答你，我不会做你女朋友，以后也不会。”她看到他灿若星辉的眸子一点点黯淡下去，可她还是心一横，眼睛瞟向泛起涟漪的人工湖面，“所以我们以后就当校友，可以吗？”

校友！这个夜晚，他第一次觉得这两个字眼如此讽刺……

可以吗？你觉得你希望我回答什么？

你为什么狠心又胆小，为什么不敢承认喜欢我？为什么要这样对我？

终究还是竹篮打水一场空吗？终究是有缘无分吗？我多么希望是你纯粹地走向我！

张深谙不敢去看他的眼睛，所以最后那句话她强迫自己看向月亮湾湖面，她知道自己的内心此刻已经惊涛骇浪，她不能去看他的眼睛，因为她会不忍心。

没有听到他的回答，一秒、两秒……然后他侧过身，大步流星地朝前走去，经过小树丛，夜风中六位冻成冰棍的八卦星人齐刷刷转身——望天当透明人，他直接忽略他们，加速离开了月亮湾……

待张深谙捡起地上的牛仔衣，迈着千斤重的腿经过小树丛的时候，六位大侠仍旧内心默念咒语——看不见我，看不见我……

果然，张深谙也把他们当空气径直掠过了……

“哇！他们到底讲了什么？怎么感觉气氛凝重啊？”罗旭跺了跺脚。

“快走快走，你们去问任大神，我们去问深谙，然后在群里汇报。”齐珊珊说。

“我觉得这事儿不简单。”夏百合一脸严肃。

“别想了，回去喝点热水，你晚上还回校吗？”乔展新问夏百合。

“不回了，去谙谙寝室，她们寝室不是搬走了个人，以后我来串门刚好有落脚处。”

“鬼机灵。”

“而且今晚谙谙失恋我一定要在她身边照顾安慰。”

“你怎么就知道失恋了？我一个字都没听清，离得太远了！他们不是还抱了吗？”齐珊珊问。

“拥抱在前面，后面明显低气压。”鲁溪分析。

“不对，不是失恋，他俩就没恋过啊！”夏百合激动道。

“阿余心情肯定不好，罗旭、展新哥你们多照看着点，明天我去公司跟小刘说一声，就让阿余休息别来公司了。”丁明说。

“嗯。”

任致余的状态真的很糟糕，因为当罗旭和乔展新回到寝室的时候，他正瘫软在床上，发着高烧。好久没有看到过这么憔悴的任致余了，自从遇见张深谙，乔展新时隔七年从他脸上看到了久违的笑容，本来以为是件多么幸运的事，可没想到，她还是放开了他。

“我去买药,罗旭你打电话给深谙。”乔展新吩咐完就跑出了寝室。

同一时间，张深谙的手机响了起来。看到罗旭的来电，她有气无力地接了起来。罗旭清亮着急的声音透过听筒传遍了女寝的每个角落：“班长，你快来吧！致余发高烧了，一直在喊你的名字，你们怎么了啊？不是昨天我们还高高兴兴看演唱会来着，今天怎么就突然这样了？你快来吧……喂？班长你在听吗？喂？”

张深谙的思绪被罗旭的呐喊拉回，她捏紧了衣角，沉声说：“请你们照顾好他。”就挂了电话。

寝室里其他三人瞬间面面相觑，夏百合走过去，手搭在张深谙的肩膀上：“想哭就哭，谙谙，我永远在。”

“我没事，百合，你不用留下来陪我，真的。”说完，她还转头看着夏百合扯出一丝笑容。

“别笑了，比哭还难看。”

“我说真的，姜孙子分手的时候，我头也不回地走了，这次也一样。”

“能一样吗？在我面前别硬撑了，珊珊和鲁溪也是自己人，你不用那么坚强……”

“是啊！深谙，你和任大神真的……不可能了吗？”齐珊珊小心翼翼地问，“可是为什么啊？你们那么配，任大神那么喜欢你。”

张深谙低下头自嘲地笑了笑：“其实我们一点都不配，我也承受不来他的喜欢。”

夏百合扯过椅子坐下扳过张深谙的肩膀，正对着她说：“张深谙，我收回之前所有说过的不看好你们的话，如果你很喜欢他，去爱吧，我支持你。你知道吗？你是任致余第一个喜欢的女孩儿！应该也是最后一个，唯一一个。任致余那么优秀的人一看就是个情种，乔展新说过被他爱着会幸福一辈子，所以你现在去找他，告诉他你喜欢他，想那么多以后干什么？船到桥头自然直！”

“得过且过吗？甜蜜到顶端再从天堂坠落地狱，才不负青春？”

“张深谙你！为什么永远算得这么清楚？”

“我累了，不招呼你了，你要么在金远怡床上将就一晚，要么让乔学长送你回学校，快门禁了。”

“谙谙，你个冷血无情的女人！”夏百合负气离开。

“深谙啊……你们？”齐珊珊都不知道要说什么了。

“没事，她需要发泄，她就是这个性子，她了解我，今天让你们看笑话了……”

“……”张深谙你情绪那么低落了还不忘损我们啊！

“深谙，其实，我和夏百合一样，大概理解你，但是别把自己逼得太紧了！这是我经常给自己打气的话，现在送给你。”鲁溪说。

“谢谢，很受用。”

“欸，不是，阿溪、深谙你们打什么哑谜啊？我怎么听得一头雾水？”

“洗洗睡吧，珊珊侦探！”

“不对，我想说的其实是刚才百合说你是任大神第一个喜欢的女生？”

“第一个，也是最后一个和唯一一个。”鲁溪补充。

“人生那么长，说什么唯一和最后……”张深谙违心地嘴硬。

第二天上午上完第一节高数课，罗旭就拦下了张深谙：“班长你个冷漠的女人，致余都快被抢走了！”

“被抢走？什么意思？”齐珊珊问。

“今天我们寝室来了个美女！那身段气质，估计是千金小姐，端着各色汤药和饭菜来的，照顾了致余一上午，等会儿好像还要接回家。”

“任大神他烧得厉害吗？”鲁溪适时提问。

“当然啊！昨晚都破40度了，都快虚脱了，还执意不去医院。大清早美女就来了，班长你好狠的心哪，不闻不问的，致余转系了你也不用这么划清界限吧？”

“现在没事了就好！”张深谙淡淡开口。

“他可是因为你烧成这样的，你不去探望吗？他下午可走了！”

“因为我？”张深谙问。

“姑奶奶你总算有问题了，是呀！知道吗？一整个寒假致余都在美国为我们公司的新项目起早贪黑，直到那天回到长丰，还连夜去焦云找你，马不停蹄地陪你去首都看演唱会，听说还带你见了N.K？你瞧瞧致余的一片丹心！昨天中午我们一回校他又马上帮大四准备下午的篮球告别赛，几乎没合过眼，晚上还吹了一个多小时的阴风……你说说，铁打的身子都撑不住啊！”

怪不得昨晚他的身子那么烫，原来……已经发烧了……

“压死骆驼的最后一根稻草还是你的狠心！你们一夜之间关系降回冰点为什么啊，致余多喜欢你啊！班长你真的不喜欢他吗？”

张深谙无法回答罗旭，她躲闪着眼神离开教室。结果他们一行人去食堂的路上经过32幢男生寝室，偏巧看到任致余和周宪妮一前一后走出寝室楼。

“致余，这么快走了？”罗旭过去打招呼。

“嗯，家里有点事。”

“退烧了吗？”

“嗯，不用担心。”

寥寥数语都是罗旭在问，任致余却看着张深谙在回答。周宪妮也认出了张深谙，两个月前在便利店门口任致余送伞的女孩子，也是她最近开始着手调查的女孩子。

女人的第六感就是这么准，从一年前周家和任家说起联姻的事情开始，从她真正见到任致余开始，任致余身边所有的可能性她从来没有当一回事，可是这个女孩子，不同，这个人应该是她唯一的阻力。

张深谙径直离开。

三、翩翩起舞

自从那天亲眼见到任致余和周宪妮离开学校，加上他转系，张深谙已经不常见到他了。

时光飞逝，大一下学期的忙碌简直以幂次方程度递增着：春游、校运会、大学生英语竞赛、全校的五四文艺会演、辩论社的淘金杯比赛、志愿者活动、学校的马踏飞燕文艺大赛、课业的增加、入党、优秀班集体评比……一系列的工作让身为班长的张深谙忙得一塌糊涂、脚不沾地；个人方面，上学期的创新立项得到拨款补助，他们团队又开始征战市希望杯，而她自己也在学校罗教授的推荐下开始在长丰科学院见习……

忙倒是治疗一切胡思乱想的良药，一忙起来也不感伤了，也不自怨自艾了，也不抱怨了，也不后悔了。她平静的脸上无怒无喜，看过去只隐隐约约写了一个“滚”字……

夏百合说过她这学期忙成这个狗样倒是可以趁机转移注意力，转移什么呢？这学期以来为数不多的几次偶遇还是命定的触碰？

有一次张深谙上完体育课去还器材经过北篮球场，结果一个篮球不长眼地直冲她飞来，就在她以为要脸上开花的前一秒，任致余不知道从哪儿冒出来硬生生接下了篮球。

优秀班集体评比的各系各班负责人讲解会那次，众人坐在圆桌前，偏不巧矿泉水在张深谙右前方够不着的地方。正当她犯愁之际，坐在她旁边的任致余用他的长胳膊自然够到矿泉水还拧开放在了她面前。

还有这学期伊始的通识课抢课，她因为和希望杯团队去祁阳市实地考察而让齐珊珊帮忙选《周易卦经》这门最火热的课。虽然齐珊珊早就说了选不到，她也知道希望渺茫，结果等她从祁阳市回来发现齐珊珊那厮托了计算机系任致余帮她们选课，于是寝室三人和任致余都很幸运地选上了《周易卦经》。

……

食堂、图书馆、操场不再有任致余的身影，他就像人间蒸发了一样，能见到他的概率那么低，却总是被她碰到。张深谙不知道是他站在了显眼的位置让她能够找到他，还是真的是解不开的缘分。她不想去深究，她应该要放下的，也已经拒绝了，他对她的好。虽然相对无言，但是她知道，有些东西，埋在心底就好了，那是多么甜蜜的回忆。我们就这样相安无事到大学毕业从此天各一方，就像去年生日我对你的祝福：你一定会遇到对的人收获幸福的。

英语四级考试前两天，烈日炙烤着大地，张深谙从现代教育中心查完资料回寝室的途中，路过学校情人廊，本能地就被那对俊男靓女吸引了——任致余和周宪妮。应该是周宪妮跑到学校来堵任致余，任致余不理她的样子，转身就走了。

张深谙顶着烈日却没戏可看也打算抬脚就溜，结果被周宪妮逮了个正着，周宪妮还“很好心地”把她请到了学校美食一条街的咖啡吧里吹空调。当张深谙坐在咖啡吧里才想自己是受了什么刺激，居然会和情敌待一块，然而为时已晚，周宪妮的大小姐腔调已经丝毫不带掩饰地暴露出来了：“张深谙？”

张深谙吸了一口冰柠檬水，挑眉看周宪妮，白色连衣裙，恨天细高跟鞋，妆感挺浓，一头及腰长卷发。都不嫌热，她想。

“一直想找你聊聊，今天又遇到了，就……”

“你想说什么？”张深谙打断她的废话，想让她直奔主题，哪来的又遇到？算上今天她们总共才有过三面之缘，当然不算这学期以来张深谙偶尔在学校看到她来守株待兔任致余的几次。

“好，那我就直说，致余和我是家族联姻的关系，我们注定会在一起，所以你离致余远一点。”

呵！猜到了的情况。注定？真是笑话！

“周小姐，你找错人了吧？我和任致余什么关系都没有，本来还是同班同学，现在什么都不是了。”

“是吗？我从来不做无谓的事情。话我说明白了，你应该也是聪明人，所以好自为之。你和我们就不是一个格调的人，所以灰姑娘嫁给王子，丑小鸭变白天鹅的童话故事的梦少做比较现实。”

“威胁我吗？”

“除非你想以卵击石？”

“既然你自认为是聪明人，那我给你一句忠告，是你的就是你的，如果他不属于你，强求也没用。”

“张深谙你敬酒不吃吃罚酒是吧，那就别怪我不客气了！”周宪妮恶狠狠地说完，便头也不回地离开了咖啡吧。

当晚张深谙就约上室友和夏百合去了“六趟”酒吧去晦气。

张深谙蹦迪喝酒轮番上阵，结果在卫生间吐了半天，等她出来夏百合一下子扶住了她：“第一次看你喝这么凶，碰上任致余的事儿准不淡定，理智什么全部不存在了！姓周的什么玩意儿？谙谙你别拿别人的错误惩罚自己！我已经被姓周的骗过还看不惯了任致余好一阵子，你想想……”

“我没事……”

正在她们往外走的时候，过道包厢里踉跄着出来两个人。

“阿新？”

“百合！”

“这任致余怎么了？”

“偶尔会这样，深谙怎么也喝成这样？”

“第一次这样。”

酒吧卡座里，乔展新、夏百合、齐珊珊、鲁溪看着醉倒在一起不省人事的任致余和张深谙，百感交集。

“为什么我突然想到了苦命鸳鸯？”齐珊珊开口，“任大神原来也有凡人的一面啊！”

“他们俩真是作死！”夏百合嘴炮不留情。

“好了，我带致余走了，你们也快点带深谙回去吧。”

“阿新，有什么办法让他们和好吗？”

考完英语四级的那天下午，张深谙去学校教务处陆老师那里帮忙写暑期实践活动的策划案，碰到了乔展新。

“深谙，有一阵子没见到你了。”他没有提前两天碰见她在酒吧发泄的事情。

“呃，是，这学期特别忙。”

“我听陆老师说了，能者多劳，四级考得怎么样？”

“还行。”

“我下学期出国交流，你们班也带得差不多了，大二你应该也会站在我的位置上带大一学弟学妹了，有信心吗？”

“我听说了，出去精进专业能力挺好的，至于…关于党员辅导员这个位置我还没决定接下来，因为大二我们团队不出意外要去参加省挑战杯，所以估计会更忙。”

“深谙，那致余呢？你们……”

“我们？都过去了啊，我们现在就是普通同学。”

“深谙，你知道吗？其实致余从一开始就不需要求家里什么的，他完全有能力独立出来，你知道的，他的公司做得很成功，他什么都可以自己做主的，所以只要你们相爱，其实你压根儿不需要在乎门第之见。”

张深谙敲文档的手一抖，抬眸看向乔展新，门第之见？他如此一针见血地点出问题所在是想给自己难堪吗？

乔展新不顾张深谙带着复杂情绪的注视，继续："我从来没有管过他的私人生活，但是你，我觉得我再不尽我所能帮一把，要是你们错过了，那将会是一辈子的遗憾。大家认识这么久，我刚才说的情况他应该从来没有跟你提过一句吧！因为他不想因他个例的特殊去获得加分票，他想尊重你自己的选择。如果你还是把那道门完全关死，就是现在你们之间最坏的状态，虽然还是出现了，"他无奈道，"所以他更加不会跟你诉说他如今已经独立出来和他压根儿不再需要看家族的脸色行事这些事情了。因为一旦告诉你就好像他在逼你了，让你无路可退，把你在意的东西暴露在大众面前，撕开你的伤疤。就像我刚才说的那个你在乎的问题之一，你已经皱眉了，但我还是得说，我不来做这个恶人，致余的幸福可能就这样白白溜走了。他只想把自己退回到一个普通男生的位置和状态，去保护你，追求你。他觉得那样才是对你最大的平衡，他只是想让你没有任何附加条件地勇敢一次，只要你走那一步，他就会给你最好的，可是你对自己太狠了。"

张深谙听到这里，不由得握紧了拳头。她的确不知道原来他为了呵护她的自尊，选择了一条这么艰难复杂的路，最终还是把自己赔进去了。

"你的确是我第一次发现他用生命去爱护的女孩，所以啊深谙你知道的，他和周宪妮只是长辈之间的利益联姻。当时我舅舅，也就是致余父亲给他立了两条军令状，如果他完成，就同意让思群姐去继承家族事业，不再干涉他的自由发展，这其中一条就是来读医药专业总有一天可以继承家业，第二条就是和周家联姻。"

"呵，他还真是一条没做到！思群姐是？"

“致余的亲姐，看来他真的是什么都自己扛，什么都没有跟你说，他只想让你纯粹地选择他，没有任何的同情不忍心或者其他原因！我现在这样全盘告诉你，到时候如果你们在一起了，他知道了我估计又该进他黑名单了。”

“任致余他活得也很累……”

“是啊！他比同龄人多承担了不知道多少倍的压力。你真的不用顾忌周宪妮，她不足为患。”

“我从没在意过她。”

张深谙和乔展新都小瞧的人后来却给了他们一记闷棍，女人的嫉妒心能发展到怎样狠辣的地步，此刻的他们都一无所知。

“那就好，但是我鞭长莫及，下学期就去美国了，所以我觉得我作为兄长有义务做这些。他十二岁那年他的生母不在了之后他再也没有笑过了，直到遇见你，所以我多么希望你不要因为这些可以克服的阻力而放开他的手。”

“学长我……”

“深谙，我被姜教授叫住来晚了，写得怎么样了？”陆老师过来打断了两人的对话。

“呃……还没好……”

“没事，慢慢写，以前的模板我也发你，最近你太忙了吧，可是你能力最强，这个暑期社会实践又很重要，我只能叫你了，不然你把罗旭、齐珊珊、秦科都叫来。”

“嗯，我知道了。”

期末考前最大的一个活动——高教园区联合假面舞会来临了。今年轮到长丰医大主办，张深谙寝室受校学生会代表杨晓曦的邀请参加。

“啊！一定要脱单啊！待会儿一定要擦亮我的大眼睛寻觅帅哥！”齐珊珊在厕所仰天长啸，她掬了一捧水拍了拍喝过酒泛红的脸颊。

张深谙抽了一下黑色礼服裙的腰间带子，斜了她一眼：“你和罗旭还没在一起吗？”

“咦！”齐珊珊像受惊的小鹿一把抱住了刚上完厕所出来的鲁溪，“深谙在说什么？我怎么听不懂？”

“她上礼拜刚拒绝了大三建筑系一学长的告白，为什么还没在一起，很明显罗旭那个愣头青还没告白呗！”鲁溪艰难地挪动到盥洗台前解释。

“鲁溪！”齐珊珊放开鲁溪一下子跳到厕所门口喊，“没有爱了，没有爱了！”夺门逃走。

“她是在害羞吗？”张深谙打趣。

“应该是，最近她少女心萌动，发誓一定要在学妹的身份下脱单，因为她觉得被你和任大神虐惨了……”

张深谙补口红的手一顿。

“不过今晚似乎有转机啊，”鲁溪低头看了一眼她的红色高跟鞋，“他今晚应该会出现吧，好像今年还有个小型慈善拍卖，任大神公司不是投了点钱，赞助校学生会举办这场舞会？”

“嗯。”

“青春需要勇敢一次，冒险一次，就算收场并不完美，既然准备好了，就不要再退缩了。我还是那句话，不要亏待自己。”

“嗯，我不打没准备的仗。”今晚伸头一刀、缩头一刀来个了断！

自从几天前先是被周宪妮仇视威胁，再是乔展新的那番话，让她夜不能寐，她觉得自己再继续当缩头乌龟真的说不过去了！她想，或许其实从这学期开学第一天她对任致余说出那番话的时候就已经后悔了，只是她需要一个出口，而乔展新的那番话给了她支点。

是啊，就像夏百合和鲁溪说的，不计后果地爱一次吧！已经规矩地当了这么多年模范学生乖乖女了，该为自己的青春轰轰烈烈活一次了！

所以出门前她穿上了这双红色高跟鞋，是去年他送她的生日礼物。他说过：只要你穿着它跑向我以后什么都听你的。

张深谙和鲁溪从厕所出去，迎面就撞上了夏百合。

“决定了？”夏百合也看到了张深谙脚上的红色水晶高跟鞋，回想着刚才在门口听到的那句话——我不打没准备的仗……这两人还真是默契到天生一对，希望他们的结局是美好的。

“嗯。”

“谙谙，我听阿新说，任致余不接受联姻，又因为转系的事情被家里发现了，所以跟家里大吵了一架！而且他好像明年就要去美国硅谷进修了。所以你一定要留住他，好好安慰他，你们一定要幸福。”

文化大礼堂里的霓虹灯光暗下来的时候，基本上所有的嘉宾和人员都到场了。

“怎么了？”乔展新问舞台一侧不停打电话的江难。

“致余电话打不通，等会儿慈善拍卖最后他还要致辞，毕竟是智安科技投的钱最多。”

“拍卖挪到最后，先开舞会和表演秀，我去联系人。”

舞曲渐渐响起，舞池中一对对的人都开始翩翩起舞，张深谙的思绪还在游离，刚才百合说的话让她很担心，任致余和家里大吵一架，那心情应该很糟糕吧！她放眼整个热闹的舞池，好像都没有她想找的那个身影，期间有人想来牵她的手跳舞，她都婉拒最后干脆离开了舞池，坐到了外围布置的餐桌台旁，不知怎的没来由地一阵不安和心慌……

同一时间，刚跟家里吵完架的任致余的手机早就砸在任家大宅的水晶玻璃茶几上了。此刻他正飙车赶往学校文化大礼堂，毕竟快迟到了。就在快开到学校附近的十字路口时，一辆大货车从拐角处冲出来，他来不及打方向，"砰"的一声，整个车子侧翻向马路中央的隔离带……

"怎么了？"夏百合和鲁溪也从舞池中出来。

"不知道，任致余还没到？"张深谙忙问。从她口中说出"任致余"三个字都久违了啊。

"估计堵车了吧！阿新已经去联系了。"

"今晚是很有意义的，慈善拍卖款项可是给学校支教扶贫基金的，对智安科技的形象非常有利，他肯定会来。"鲁溪安慰道。

"你紧张了？"因为要告白，要道歉？夏百合看穿她问。

"不是，我刚才突然一阵心慌……"张深谙摘掉了脸上的银色面具。

近三小时的假面舞会兼小型慈善拍卖会全部结束了，最后由于任致余没到场，还是乔展新作为赞助商上台讲话。

就在张深谙失落地打算回寝室的时候，乔展新接到了任致余的姐姐任思群的电话：“什么？”

一行人把车速飙到了夜间最高限速，等他们赶到市医院的时候，任致余已经被移送到VIP病房了。

“姐，致余怎么样？”乔展新走过去问。

“万幸还好，轻微脑震荡，左手小臂骨折，爸和珏姨刚回去，杨律师团队去警局处理货车司机肇事的事情了。小余手机都砸在大宅了，联系上我们还费了些时间，明天让小刘给他送一部过来。”

“嗯，现在能去看吗？”

任思群点头：“他刚去抽血了，等会儿只能留两人进去，这几位是？”

“大学同学，”乔展新简单回答，然后拉过张深谙，“姐，这是深谙。”

“思群姐你好，初次见面，没想到是这样的情况。”

“哦，不碍事，好在小余吉人自有天相。你就是小余每天挂在嘴边的深谙啊？长得真标致！”

每天挂在嘴边？

“咳咳，姐你悠着点，别吓到人家！今晚大家够惊吓的了！”

“哦，好好，谢谢大家这么晚还赶过来看我们小余，你们都从舞会直接赶过来的吧？”自然是了，四个姑娘都还穿着晚礼服裙呢！在这病房外显得格外隆重，“不过刚医生嘱咐了人多不利于休息，要不深谙啊你待会儿进去看看小余？”

“嗯，好。”

“小新，你陪着深谙，我先走了，有事打我电话，几位同学姐捎你们回学校吧！太晚了。”

任致余抽个血迟迟不回病房，张深谙着急了，拉过护士问：“503病房的人抽完血去哪儿了看到过吗？”

“好像从安全楼梯上去了。”

张深谙慌忙跑上楼，是医院天台，而东北角站着的那个左手小臂绑着固定器穿着病号服的人不是任致余还有谁呢！

张深谙提起黑色晚礼服长裙，向任致余跑去。夏夜蝉鸣高吟，红色高跟鞋和地面碰撞发出的清脆响声在夜晚格外清晰，就在任致余转身的一刹那，张深谙拉过他的右手将他抱了个满怀。

任致余有片刻的愣怔，那一瞬间像在做梦一般不真实，接着他感觉到那个遗失了半年的可人儿再次出现了，还有独属于她的味道，甜甜的、香香的，是她清新自然的吸引力。

“深谙，你以为我要跳楼吗？你快把我的腰勒断了！”任致余喑哑的嗓音从头顶传来。

“我是不是弄疼你胳膊了？”张深谙松开他，小圆脸上的五官都挤在一起写满了担忧。

真是拿她没办法！就算她冷了他一个学期，那么狠心、决绝，但现在只要看到她，就又完全没有抵抗力了，任致余你这辈子都要输给张深谙了！他伸手抚平了她紧皱的眉心：“还好，不疼，没有你给我的拒绝疼。”

张深谙抬头看他，他的脸色不太好，但是思群姐也说了，没有大的伤害，真是不幸中的万幸。

“任致余你一直记恨我呢？”

“我怎么舍得。”

张深谙鼻头一酸，她真的不想哭，一直都那么独立坚强地成长着，她已经有了很高的泪点：“那任致余，我下面说的话你听好。”

“深谙，你不用因为自责内疚或任何什么……我出车祸跟你没关系，是我疲劳驾驶加上刚和我爸大吵一架开车思想不集中才会反应慢没躲开……”

“我知道，我没有意气用事，没有内疚或同情，我不是那样的人，我很理性，任致余，所以我才错过了那么好那么完美的你。”

“你从来没有错过我，我一直在这里，等着你。”

“好，那你会一直迁就我吗？如果我们在一起了，无论任何时候。”

“不会，我只会爱你。”任致余看着她的眼睛，右手抚上她的发丝，“无条件迁就那不是爱，因为我一旦用了迁就这样的字眼，就说明你已经是错的了，而我一直在忍受。但是，我不会忍受，不用忍受，更不需要忍受，无论你做什么，我爱你现在的模样，爱你的过去，爱你未来无论变成什么样子，直到地老天荒，海枯石烂。”

“任致余，你和多少小姑娘说过这样的情话？”

“只有你。”

张深谙低头一笑，再次抬头看他，他的眼睛如星光般闪亮。

“可是任致余，我其实可以算没谈过恋爱，我的初恋劈腿消失就给我留了一条儿，我和他也就拉了个小手，还有我成长的经历导致……其实我想说我大概是没什么爱人的能力，或许那是自私？自护？”

“我很高兴你开始愿意跟我分享你的故事，看来我是真的开始走进你的内心了，所以你觉得你过得好的时候才会分心去谈个恋爱？”

“可能……但是我很喜欢你。”

“什么？”

“我是说……”

“深谙，你不用因为感动我的追求而喜欢我的，我曾经被爱情冲昏了头脑，错觉你也一定会喜欢我，只是在拿乔才端着。可是我又比谁都清楚你不是这样的人啊，你巴不得远离我这样的人，所以你不用……”

“任致余，我喜欢你！可能比我想象的还要喜欢，无关感动，无关习惯，我想我很早就喜欢你了。”

任致余看着她，不说话。张深谙觉得自己的人生从来没有像这一刻那么紧张过，偌大的医院天台，她怕都没有她的容身之处，她发现自己是怕任致余放开自己了。

“深深，你的初恋真渣！”任致余的声音乘着夜风归来。

“嗯？”她紧张到再一次没意识到任致余像家人一样唤她了。

“还瞎！他怎么会放着你只牵个小手呢？”

“是我不让的，那时候才高中毕业还太小了。”

“那现在呢？”

“嗯？”

张深谙觉得自己要被他的眼瞳吸蚀进去了，更要被他喑哑的声线给蛊惑了。她眼看着他的头渐渐低下来靠近她，用完好的右手轻轻抬起她的下巴，一个吻就这样落了下来。唇瓣贴合的瞬间，张深谙的脑袋里就像是炸碎了漫天的星光，她忘了闭眼睛，呆呆地失去了思考能力。

任致余忍住继续感受她的甜，他要给她承诺啊，他的女孩儿就是要得到全世界最好的爱。

“深深你记住，我会用我的方式来爱你，教你如何去爱别人。如果有一天你不想继续了，或者对我无法产生更深厚的爱情，你来叫停，随时，我会放手给你自由。但直到你放开我之前，我都会让你成为那个最好的你，去成就你口中的美好人生。

“而我希望那时候你不想放手的那个人——是我，是那个依然优秀的我。不是因为我一直在你生命里让你带着感恩与理所当然默认而选择我，更不是因为那时候的我混得差了甚至不如你了你来同情施舍怜悯而选择我，你知道的，那两者皆不是爱。

“我希望你依然保持着自私与自护，这样的话如果有一天我先你离开这个世界，你不会受伤，你可以一个人安然无恙。那也代表着我给你铸就的呵护够你保持自我和强烈的安全感，弥补了你成长路上所有的缺失与抱憾。

“当然我也希望你可以在这份呵护的滋养下繁衍出更多的爱与希望，不要再紧闭心门，凡事都做最坏的打算，你只需卸下生活的压力，我会为你撑起一片天，你只需要在天空下翩翩起舞。”

张深谙恢复了清明的思绪，这么好的任致余是她的任致余啊：“任致余，一双人才可以跳对舞。”

“嗯？”

“我说，我没那么脆弱，更没那么矫情。一个人顶天立地太累了，我经历过，看到过，所以只有一起共沐风雨，同享甘甜，才不会任谁消了谁的福分，才会长长久久的。我不想再做龟壳里的龟了，任致余，谢谢你向我走了 99 步，你那么努力，显得我多残忍，所以我决定抛弃我的自尊心，不计后果地奏响一次我的青春！主动向你迈出这一步，如果前路艰难，我会努力跟上你的步伐和你走下去。所以，任致余你是同意当我男朋友了吗？”

“你穿了这双鞋？”

“嗯，很合脚、很漂亮，唔，很贵！”

“还有别的吗？”

“你说过，只要我穿着它跑向你……”

“深深，你点头了我是不会放你走了。”语毕，他一把搂过她纤细的腰肢，再次吻向她微阖的蜜唇。这一次，他加深了刚才那个蜻蜓点水的吻，极尽绵密温柔，仿佛要把时光揉碎。

四、最美的年华我爱你 真好

考试周，任致余办理了补考手续，而对张深谙来说却是繁忙暑假前的闲暇时光。昨晚她没有陪床，第二天早上醒来床前的三张大脸着实吓了她一跳。

“你们干吗呢？演《聊斋》啊！”张深谙立即清醒了。

三人一副看透一切的表情，坏笑着，也不说话，张深谙乜斜了她们一眼：“你们真打算去当惊悚片演员了？还是默片？”

“深谙，昨晚怎么样啊？你这一大早睡觉都是咧着嘴角的！”

“简称：虐狗。”

“请问作为403最早脱单的妹纸张班长现在的心情如何？”

想起昨晚？他们俩后来居然在医院天台跳了一小段华尔兹，任致余说为了赔罪他的未出席，居然让这么美丽的她白费心思打扮了一番，这个自恋的人！谁为他费心思打扮！

张深谙想着粲然一笑，变脸却比翻书还快，正色道："下午考高数，看来你们都能够高分过了是吧，那么闲瞎打听？"

"哎！深谙你要不要这么扫兴啊！你和任大神的恋爱终于修成正果，我们这娘家人多激动啊！"

"瞎说！"

"是终于在一起了，珊珊把那本书递给我。"夏百合说。

"百合，你昨晚又蹭我们寝室睡？"

"昨晚这么激动人心的时刻，我怎么能够不第一时间掌握消息？奈何你回来太晚我不忍心拷问你而已。"

张深谙接过那本书——《恋爱宝典》？一下扔还给她。

"去去去，什么乱七八糟的！"

"同志们，你们觉得张大班长需要吗？"夏百合问。

另外两人点头如捣蒜。

"看，少数服从多数，群众的眼睛是雪亮的，你就接了吧！"

"夏百合同志，你今天没有考试是吗？"

"哎，我给忘了，我们家小新新还在楼下等我，那我先撤了。那啥拷问等我晚上回来……"

看着眼巴巴等她的两位八卦"记者"，张深谙皮笑肉不笑，扬了扬手中的《恋爱宝典》："百合说了等晚上啊，同志们！"

结果很明显，考完高数张深谙就不见人影了，作为女朋友第一天上线的自觉自然是去医院探望真病娇男友，看着早上他发的信息内心真的第一次泛出微甜：宝宝，好好考试，不要太想我，晚上人过来就好，不用带东西。

张深谙还是买了一束花，但是等她到达病房，发现几乎就没有落脚的地方，原来真的不用带东西，光晚饭就有好几份摊在床头柜上，大大小小的礼品礼盒堆满了沙发、地上，还有满屋子的花，琳琅满目。

“任致余，你在养伤还是在度假？”

“都算，可能上天觉得我这些年太不容易了，既给了我假期又给了我女朋友。”他边说边用完好的右手拉过张深谙带到床边。

张深谙看了眼床头柜的晚饭瞪他：“你哪儿不容易哪儿苦了！你这个罗马男！”

“罗马男？”

“就是含着金汤匙出生，一出生就在罗马的人！条条大路通罗马，普通人奋斗一辈子都到达不了的地方，你们唾手可得！”

“宝宝，你又在疾恶如仇了吗？”

“呃……任致余你别这么叫我。”

“怎么？”

“一身鸡皮疙瘩。”

“深深？”

“嗯。”

“还是想叫宝宝。”

“真是，你叫我宝宝，那以后孩子……”张深谙突然噎住，然后她看到他眼中的笑意渐渐扩大，晕染了不断上扬的嘴角。

“咳咳……”

“以后孩子是小宝贝……”

“咳咳，任致余你该吃药了，别瞎想有的没的……”

“宝宝，明明是你想的……饭都没吃怎么吃药？宝宝先喂我吃饭吧！”

张深谙气结，真想吹胡子瞪眼，但是还得保持淑女形象。

“你右手又没受伤！”

“我是左撇子……”任致余一脸无辜。

这人！睁着眼睛说瞎话的最高境界！

后来张深谙问夏百合是不是男生一谈恋爱都这么黏人？结果她居然说：那应该是你们家任少爷想把你宠成个废物！

她能土拨鼠尖叫吗！

结果张深谙只得耐着性子一口口喂他：“怎么有这么多份？吃不完都浪费了……”

“医院有回收餐，可以接济别人。”

“嗯，真好。”

“你还有几门考试？”

“思想道德修养、英语、办公软件与高级应用、医用物理学、生理学以及最让人头大的病原学概论，还要考三整天……”

“你们这学期课真多，宝宝辛苦了！”

“考试没什么，暑假才比较头疼。”

“怎么？暑假什么安排？”

“没有安排，暑期实践活动我都不知道有没有时间参加，姜教授已经预定我去科学院实验室帮忙了，没地方盖章的话那我的学分哟心痛……”

“宝宝这么厉害？”

“任致余你能好好说话吗？”

“好，那你好好在学术道路上一往无前，凤凰涅槃，后路我来给你摆平，盖章可以去我公司或者任氏集团旗下任何一个分部都和你专业对口的！”

“你真好！”

“宝宝你在算计我吗？”

“怎么这么说呢？这叫资源利用！自己男朋友不向着我，我还指望谁呀？”

自己男朋友！真好。

“任致余你傻笑什么？”

“被占便宜开心啊！”

“你没救了……”

“嗯，你是我的解药。”

“我走了！”

“宝宝路上小心，到学校给我电话。”

考试周结束的第一天。

“深谙，你什么时候走？”齐珊珊收拾着行李问。

“下午。”

“什么！”这科学吗？一个刚恋爱一周的人即将忍受长达两个多月的分离。

关键男朋友可是任致余啊！

“珊珊，这个暑假我只有这开头一星期能休息，我得回焦云。”

那倒也是！

“你安排得太满了，深谙！我一点都不觉得我们上的是同一个大一，我感觉你已经在过大三大四的日子了。你说你能力已经这么强了，人不是该笨鸟先飞才对吗？”

是啊！我得全速前进，或许也不是为了和任致余要有多匹配，只是想要去过上我想过的生活，想要成为我想成为的人。

穷人家的孩子早当家，经历过山河破碎的学生时代或许都会早熟很多吧！不可避免的，这是成长的代价。

“珊珊，不用羡慕别人的生活，也不需要妄自菲薄。”

“唉，我都知道，大学里能认识你们一帮朋友我做梦都要笑醒了！我感觉上辈子我一定烧香拜佛积德做了很多好事！”

“虽然还没有脱单。”

“……”

“珊珊，有时候缘分这种东西很奇妙，如果你真的喜欢他，你可以主动点。罗旭不是坏心眼的男生，你的女追男不仅隔层纱还要相信肯定会很幸福。”

“呜呜……深谙让我抱抱你吧！你给我太大勇气了！你知道我多么相信崇拜你的吧！”

张深谙浅浅一笑，回抱了她，一对小傻瓜呀！

下午，张深谙提着行李下楼就看到了任致余的车子，她还在纳闷之际，司机小刘就出现了：“深谙小姐，小任总让我接你回家。”

张深谙还来不及拒绝，任致余的信息已经到了：宝宝听话别让我担心，到家给我电话，我会检查小刘的工作，如果没送到门口，会扣他工资。

幼稚威胁……

张深谙的确很舒服地睡了一个午觉就到家了，在外公外婆家的一礼拜里，她真的很认真地捧着《恋爱宝典》在研究，谈恋爱真是比做科研学习还费脑子啊！

任致余的视频电话打过来时，吓得她一下子飞掉了那本书：“怎么啦？”她完全没意识到自己的声音有多嗲，挠得任致余一阵心痒。

“宝宝你这样犯规了。”

“我怎么了？”

“你太可爱了！真想把你揣在怀里。”

“……”

“才一天不见真的如隔三秋了。”

“任致余你把攒了二十年的撩妹技术都发挥出来了吧？”

“我连一成功力都还没使出来呢，宝宝……”

张深谙终于忍不住翻了个白眼并且挂断了电话。

在张深谙的再三威胁下才控制住了让小刘来当免费司机的资源浪费行为，她回到长丰并且和夏百合合住了。夏百合她爹给她在长丰买的房子的地段刚好在张深谙即将要度过一暑假的长丰科学院附近。

“打扫我包，其他你看着办吧！”

“吃饭怎么办？”

“科学院有食堂，要不你早中晚来蹭饭？”

“德行！你就一个随行帮忙人员，连实习生都不是，我好意思来？我打算去乔展新家住。”

“百合！”张深谙叫住了欲走的夏百合，“乔学长10月份要去美国了，你知道了吧？”

“嗯。”

“那你们……”

“不知道,我不想跟他聊这个话题,异地都得分手,还异国恋……”

“百合……你想最后一搏吗?”

夏百合折回来，一屁股坐到了地上的坐垫上，开了一罐汽水，灌了好几口,打了个响嗝,说:“所以我才想这一个暑假都和他待在一起,我想生米煮成熟饭！因为我预料不到未来的事情，我只知道现在我有多喜欢他！我还跟我爸说我交了男朋友，他就一直在催我安排见面。”

张深谙表情凝重，夏百合交过很多男朋友，时间都短而且非常开放，如今居然在一起快一年了两人还没有走到那一步。乔展新的为人自然不用说，关键是夏百合居然也没有主动，可见她真的是陷进去了。她还告诉了夏叔叔，这可是破天荒头一遭，张深谙很久之前就知道只有确定要结婚的对象她们才会告诉家人的，所以……张深谙担心。

夏百合的妈妈走得早，其实她一直这么混日子，也是因为缺失了很多，包括母爱。夏叔叔没有再娶，为了工作为了家应酬多，自然陪伴她的时间也少，虽然夏百合平时大大咧咧的，但张深谙知道，每个人内心都有苦涩。

“去吧！百合，我把你对我说的话还给你，你一定要幸福，不然我饶不了乔展新！”

“不带这么威胁的！感情这事儿是唯一可以言不由衷的，我不想给任何人施压从而做出后悔的冲动决定。以前我总觉得自己特别飒，可是和他在一起之后我才发现我真的有点配不上他。我不懂你们学霸的世界，我们没有多少共同语言，有时候我在想我是不是应该放手了！”

“胡说！百合最好了！他要是敢对不起你，我打得他满地找牙！”

“噗——”夏百合终于笑了！

7月下旬，张深谙在科学院实验室跟进基于细胞自噬的中医药抗肿瘤作用研究工作，并完成新药品培养皿的实验，和姜教授汇报完希望杯的报送情况和大二挑战杯的突破选题方向后终于有了几天的休息时间。而罗旭和齐珊珊也完成了去山区支教的暑期实践活动，又刚巧到了任致余的生日，于是还是演唱会七人行准备去迪士尼乐园放松一下。

伤筋动骨一百天，任致余的左臂还没拆线，仍旧打着石膏，不过已经出院了。作为内陆第一座迪士尼乐园，开园才不过一年时间，却已异常火爆。毕竟内陆的群众终于可以近距离游玩大型迪士尼项目了，无论是对小孩还是大人都是一场全方位的强烈体验，国际性口碑的王牌游乐场，承载了多少人的童年美梦。这些东西，永远不会随着时间流逝而掩埋红尘，只会历久弥香，书写绵延的历史，看尽世态炎凉和潮起潮落。

上午八点，大家准时在入园口集合。

“哈喽！昆塔弟弟，又见面啦！”齐珊珊热情地跟苏昆塔打招呼。

“珊珊姐，致余……哥手臂不方便，谙谙姐喊我一起来玩也是为了方便搭把手。”

“挺好的，今天本来就是放松日！你姐夫请客，嘿嘿！”齐珊珊指了指不远处长身而立的任致余。

苏昆塔尴尬地笑了笑。

夏百合早前和乔展新已经来过一次，所以这次全程充当合格的导游，攻略也是做得极细致划算，虽然大家现在都不是经济拮据之人，更有两个隐形富豪，但是该省就可以省，还是要践行中华民族优良传统的勤俭美德！

前有演唱会上的玩偶发箍铺垫，这次入迪士尼主题公园任致余倒是配合多了，或许因负伤无法负隅顽抗，或许是身为男友的自觉，总之戴上星星发箍之后他整个人又萌了一圈。

虽然为了以防万一被偷拍他大多数时间都戴着口罩，但是丝毫不影响他的帅气而且居然毫无违和感，这个世界对长得好看的人真是太慈悲慷慨了！不过全场应该再没有一个负伤还来摩肩接踵的迪士尼的人了，倒也算是独树一帜！可怜巴巴的寿星，无条件宠溺女朋友的喜好也是一拨满分操作了！

张深谙觉得上午最精彩的是探险岛的飞跃地平线，3D效果非常逼真，穿梭于历史长河，冰河世纪、古老的埃及、神秘的泰姬陵、非洲大草原、摩登的巴黎、巍峨的长城……每一帧画面既唯美又震撼。

在全球迪士尼乐园第一个以海盗为主题的宝藏湾中，真是应了“我们的征途，是星辰大海”这句话。赋予加勒比海盗全新的形式，十来个人乘着一艘船跟随杰克船长进入海盗世界，场景栩栩如生，闪闪发光的金银财宝和靓丽的美人鱼，整个船身还会随着周遭画面的变化而加速，有的地方还会溅起水花，犹如深海探险般刺激。在这里，色彩、画面和音乐的激烈碰撞，将海盗们浮躁轻狂与颠沛流离的个性融入各种异域文化，呈现出非凡的细节刻画。罗旭和齐珊珊居然还在乘坐过程中不小心拉了手，看得后排助攻组一阵激动！让两个傻孩子谈恋爱真的费了老鼻子劲了！

中午他们在迪士尼小镇吃了午餐，夏百合和张深谙去上厕所，拐到了奇想花园风景迷人的小桥步道上消食。

“谙谙你咋想的？任致余手都没好，我们挑这里玩已经不合适了，你怎么又带上昆塔了？”

“昆塔怎么了？我带他来放松啊！莉莉阿姨都跟我念叨好久了，他们文理分班刚结束，下学期就高二了，他又在准备出国留学的事情，这个时候的男孩子照理说最叛逆了，可是昆塔多乖啊！我都怕他闷坏了！”

“你是爱心泛滥，让寿星任先生只能苦哈哈地看着女朋友和小弟弟疯玩，你还全程把他当钱袋使唤！你这恋爱谈得，有没有好好学习《恋爱宝典》？”

“我怎么了？任致余生日他说好请客的，百合你到底在不满什么？之前你有阵子误会任致余不爽他，现在你怎么突然又不爽昆塔了？”

“为什么平时那么机灵敏感的人一谈起恋爱脑子就要短路啊！这么迟钝！你们快一个月没见面了吧？刚谈恋爱就放暑假还一个月不见，你们这恋爱模式本来就有够奇葩的了，你看一早上你俩一道走在一起的时间有几分钟？不知情的还以为情侣吵架冷战呢！谙谙，我怎么感觉你一点不想他的啊？你们这是热恋期该有的样子吗？”

“我的天！恋爱大师，您想得太复杂了吧！这近一个月我们每天都在视频电话的呀！而且今天开始会经常见啊，他这不刚出院不久，不然平素护工保镖一大堆，每天探望的人把病房门槛都踏破了，我就不去凑人头也没空去探望；而且我科学院实验室的工作也刚告一段落，接下来主要跟姜教授准备挑战杯的事情就轻松多了，周末可以正常休息，估计约会时间也会多起来，百合大人现在您放心了吗？”

“放心你个大头鬼！任致余真是上辈子欠你的这辈子栽你手上，

我真是恨铁不成钢，你干脆嫁给你的学术工作得了！你对姜孙子冷淡也就算了，任致余如此极品高富帅你都能稳如泰山岿然不动，姐佩服你的定力！”

“夏百合话题跑偏了啊！”

“我是说你看不出任致余的低气压和不高兴吗？”

“有吗？”

“敬佩你的恋商！”

“……”

“他会吃醋的！”

“谁？”

“昆塔，苏昆塔啊！”

“啊！昆塔是弟弟啊！开什么国际玩笑？”

“本来我也从来没意识到这个问题，这不今年年初我们去首都看演唱会那次，昆塔不是和我们一起去的，结果回去之后阿新就叮嘱我跟你说要和昆塔保持距离。我听他给我点拨分析后觉得还蛮有道理。但你不是一开学就和任致余闹开了吗，然后又忙得晕头转向的，昆塔也忙着出国的事情，你们也没过多联系，我也就没放在心上。可现在你们又和好正式在一起啦！那我今天一上午看你俩疯玩，仔细观察昆塔，我发现这问题要重视。你还是找昆塔好好谈一次，青春期男孩子情窦初开真的不简单，他对你的照顾和看你的眼神让我第一次觉得任致余好惨啊！简直气宇轩昂虚怀若谷格局宏大，不然怎么能包容你这么个心大的主儿！”

这……怎么像拐着弯儿委婉地在骂我！

“傻了吧？你等会儿和昆塔别走那么近了。”

有谱没谱啊！捕风捉影的！这样背后观察小孩说小孩坏话合适吗？

“不说了！你说你咋那么招人喜欢呢？但净招一些不该招的！对了你准备了什么礼物？”

“我愿意啊！我好端端做人我招谁惹谁了？”张深谙挑着眉不高兴，“礼物就随便啊不贵！”

“资不抵债，你还是把自己打包在礼盒箱里……”

“夏百合，这不是开往幼儿园的车，我要下车！”

“操碎老母亲的心，你和齐珊珊的恋商都急需充值！她更傻！爱上个愣头青。你晚上好好和任少爷过二人世界赔罪吧！”

可我还是觉得我比窦娥还冤啊！昆塔？怎么可能？

下午大家在明日世界体验了创极速光轮、喷气背包飞行器等，张深谙被夏百合说得多少有点不自在，开始和齐珊珊她们一道玩，苏昆塔则被迫加入了乔展新和罗旭的行列。夏百合提前下来，走向一边等着的任致余，给他拿了一罐饮料。

“谢谢。”

“任致余，谙谙懂事得让人心疼，所以你千万不要辜负她。她迈出了很大一步走向你，她就是对自己太狠了，所有事情都想尽善尽美。她从小到大经历过一些事，但是你能抚平她的那些伤痕吗？让她回到原来的样子。因为你的出现打乱了她所有的脚步，所以她从来没有放纵自己去喜欢你，因为她觉得那是求而不得，她从不做没把握的事情，但是你的坚持我很佩服。所以如果你也像乔展新一样没办法允诺未来，那么她不需要享受短暂爱情带来的快乐，你现在还可以悬崖勒马。”

“不会有那一天。”

“那好，请你拯救她的幸福。还有昆塔那小孩儿的事情我提点过了，她应该会注意。”

“谢谢，我会的，还有对于你们的事情我很遗憾没有什么能帮忙的。”

“那不关你们的事，我自己会处理好，别给谙谙压力了，她为了奔跑已经拼尽全力了。”

“她很幸运有你这样一个朋友一直在她身边。”

“她更幸运能拥有你，你那么喜欢她。”

任致余终于参与了两项活动：一个是奇想花园里的旋转木马，一个是观看街头巡演。他们在米奇大街还给鲁溪买了礼物，结束前，大家已经拍了很多照片，最后任致余向张深谙招手，她屁颠屁颠跑过去，任致余让她拿着自拍杆：“喊个茄子。”

“哦，茄子——”任致余亲在了张深谙的脸颊上，生肖壁画前照片定格。

夜幕降临，迪士尼乐园的灯光渐次开启，苏昆塔被安排去广场东南角打泡泡机，张深谙和夏百合则把罗旭带到了一个视野极佳的观看场地闲扯。

而广场外围的栏杆旁，任致余和乔展新两个人颓然地倚着，自成一道亮丽的风景线，两人一边盯着拉着罗旭的两个女孩，一边开启兄弟间久违的谈心。

“算是将促成一桩好姻缘。”乔展新说。

“你就那么确定那俩小傻子可以帮那俩大傻子？”任致余毒舌地问。

乔展新失笑：“致余，你这么毒舌，深谙知道吗？还要你吗？没被你气死？”

“我们很好，未来也会，”任致余收回了雅痞和戏谑，正色道，“你呢？你们……”

“她可能会提分手……今天可能是我们最后一场甜蜜的回忆。”乔展新苦笑。

“你不喜欢她吗？”

“喜欢是不够的，太多现实的问题，我爸妈不可能……”

不可能会同意夏百合和你在一起。如果张深谙还有60%的可能性，那么夏百合的可能性就真的只剩个位数了。他们从小就生活在身不由己的世界中，外人只看到他们不愁金钱，光环加身，却无法体会他们真正的煎熬和无奈。

爱而不得，真是这个世界上最大的伪命题。

“你会去斗争吗？”

“致余，我和你不一样。”乔展新拍了拍任致余的肩膀。

这是现实，也是大实话，但是任致余亲口听表哥说出来，不免也有一丝抵触，上流阶层有几个能像任致余一样完全可以独当一面能力超群挣脱家族的牢笼和枷锁呢？又有几个是像袁安易家族一样财力实力已经强悍到可以自由选择，想干什么就干什么，完全不需要考虑任何捆绑合作就能达成利益的融合呢？

同一时间，张深谙策划案的女主角齐珊珊正拿着两个冰激凌甜筒走向泡泡机，突然一个俊朗的男人走向她，拿走了一个甜筒。齐珊珊突然就和那个男的抢夺起来，但是看样子不像是不认识的模样，倒更像是情侣在玩闹。

一个多学期的暧昧欢喜，暑期十几天山区支教的朝夕相处，再加上今天一整天的甜蜜心动，似乎万事俱备只欠东风了！再榆木脑袋都该转动了吧！张深谙和夏百合开始一唱一和地神助攻。

“罗旭，珊珊旁边那男的谁呀？”张深谙问。

“哇！这世界也太小了吧！这不是在理工的珊珊前男友吗？”夏百合答道。

“前男友？”罗旭伸长了脖子整个表情有点不对劲了。

“对啊！你不知道她有前男友啊？好像放假前他一直给珊珊发信息说要挽回来着……”张深谙添油加醋。

“哎呀，珊珊多可爱一小姑娘啊！小伙子好像挺帅的，喜欢也很正常嘛！旧情复燃的话，珊珊就脱单了！”

旧情复燃？前男友！脱单！

“欸，罗旭你干吗去呀？”她们眼见着罗旭三步并作两步就跑到了泡泡机旁玩闹的两人面前，一时间剑拔弩张对峙的气氛森然。

“你谁啊你！”罗旭扯掉拉着齐珊珊手的那名男子。

“你又是谁啊？”男子呛声。

“我们是同学，麻烦你这个不相干的人让一让，我们等会儿还去看夜光幻影秀呢！”罗旭忙去拉齐珊珊。

“同学啊？她是我前女友。”男子一把搂过齐珊珊，齐珊珊作势挣脱，张深谙和夏百合努力憋笑。

哎！罗旭的火气不知怎的噌地就蹿上来了，他看这男的一副小白脸的模样就来气：“把你的‘爪子’给我拿开！”

“我不拿你怎么着？我找我前女友复合关你屁事啊！狗拿耗子！”

“你放开我……”齐珊珊装作可怜兮兮地反抗。

“你听到没？放开！”罗旭冲上前揍了那名男子一拳。

吓得张深谙和夏百合慌忙使眼色想上去搀扶，这玩脱了可不好，还得赔人医药费，这边任致余和乔展新看那头形势不对也匆忙跑过去。

罗旭一把牵起齐珊珊的手藏到身后，不管三七二十一，说：“这是我女朋友，你想复合，门儿都没有！以后有多远滚多远！”

没想到那名男子捂着嘴角居然还敬业地演下去：“刚还说同学呢？这会儿成男朋友了？耍我玩呢？”

“就耍你怎样？我现在就告白不行吗？”

“罗旭……”齐珊珊一脸感动憧憬。

“珊珊，我喜欢你，一直都挺喜欢你的，始终没敢说，不知道你对我什么想法，但我不想看别人骚扰你，所以你做我女朋友好不好？”

男子见效果达成便悄悄功成身退，粉红泡泡环绕在罗旭和齐珊珊周围，偏在这时绚烂的烟花在城堡上空炸响，开出了绮丽的爱心，整个星空都被照亮，浪漫唯美。

大家都抬头望去，欣赏这绝美的烟花秀，任致余和张深谙，乔展新和夏百合默契地十指相扣，罗旭还是注视着齐珊珊，等着她的回应。

齐珊珊重重点了头，娇羞地说：“嗯，我也喜欢你。”

罗旭完全没想到，兴奋地一把抱起齐珊珊转圈圈：“真的吗？珊珊你也喜欢我吗？啊！我有女朋友啦！”

张深谙他们几个幕后策划者相视一笑，悄悄离开了这个甜蜜的氛围。

“我待会儿和珊珊说一声我们先走了，百合、学长，麻烦你们帮我送下昆塔。”张深谙道。

“OK，走吧，昆塔，百合姐送你回家。”

苏昆塔看着张深谙认真叮嘱：“你早点回去，这儿人还是不少，致余……哥的手臂也不方便，别被踩了！”

“知道了，到家给我回个信儿。”

任致余叫了车：“你们俩哪儿找来的戏霸？”

“就中午吃完饭我和百合去上厕所，结果看到临时租演员的，罗旭那么单纯一根筋，肯定会以为真的是前男友纠缠啊！那时候才惊觉自己的宝贝疙瘩要被抢走了，肯定急眼！人一急就容易做出格的事，我们还未雨绸缪想好了后招，如果罗旭那种情况下还不表示捍卫男人的尊严，就让珊珊表白！”

“也是豁出去了……”

“那是，天时地利人和，撮合一段姻缘多不容易啊！珊珊的愿望可是在成为下架学姐之前脱单。罗旭那么优秀的男孩子，就是情商低了点迟钝了点，那我们当然要肥水不流外人田，近水楼台先得月啊！帮自己人先拿下，不然下学期新鲜出炉的小学妹来了之后，罗旭那傻大个儿铁定要被某个小学妹拐走的！到时候珊珊小可怜还不得哭天抢地啊！”

“所有的好心都是预先套路！”

“嘻嘻……一举两得嘛！珊珊寻得真爱，我们寝室耳根清净，哈哈！”

“小魔女！”

“多谢谬赞！”

等到两人进入任致余公寓的电梯里，张深谙轻轻开口：“任致余，我后悔了，我怎么觉得今天有点羊入虎口啊。”

“宝宝别怕，我们很久没见了，宝宝不知道这时候应该要巩固一下感情吗？”

“任致余你这口才真可以去当传销组织头头吧！你不准欺负我！不然我咬你！”

“叮”一声，电梯到达。

任致余无辜地抬了抬自己的左胳膊：“我都这样了，你属狗的吗？”

“左手小臂而已，完全没影响。”

任致余按了密码锁，开门，牵着张深谙的小手进屋，关门，转身就把她抵在门后，气息有一丝紊乱：“宝宝，这可是你说的？”

“啊……我……”张深谙哑然，下一秒她就按亮了房间的灯。

醒目的光亮把他们俩的欲望和迷离照耀得一目了然。

张深谙抵着任致余的胸膛：“任致余……你！”

任致余低头失笑，捏了一下她的鼻头：“我什么都不会做，就是一个月没见你的真人模式了，想好好看看你。”

“哦，不过我才不怕你，只是我还没准备好……”张深谙松了一口气之后，就拉住任致余的小拇指嘴硬地皮一下。

“宝宝，你再这样看着我说这样的话，我就不能保证……”

任致余话还没说完，她就一溜烟冲向了卫生间，“砰”一声关了门，落锁，一气呵成。

张深谙撑着盥洗台，看着镜中的自己，丸子头因为玩了一天已经爹了，松松垮垮的，不过却有一番别样的美，浅绿色的吊带上衣和牛仔热裤，她低头看自己笔直修长纤细的大白腿，瞬间就羞涩了！

白天在外面玩很热这么清凉的着装也没什么！不过现在夜深人静，男朋友的公寓，虽然任致余肯定不会对她做什么，但为什么就浑身觉得尴尬呢？好想找一条大毛毯裹在身上啊！

突然，张深谙听到任致余出门的动静，她慌忙从卫生间出来，果然公寓没人了。她环顾四周，发现公寓的面积很大，目测不下三百平方米，布置得像样板间，不过目之所及生活用具倒是一应俱全，这里应该是他常住的家。

听到开门声，她一屁股坐进沙发里，拿过靠枕抱在胸前看着他，只见他右手提了两个袋子。

“这是晚餐，再吃点吧，迪士尼里面的东西看你也没怎么吃，”他把另外一个袋子放到沙发上，“这里面是一套新衣服和一套睡衣。”接着他去衣帽间拿了一件藏蓝色的浴袍出来递给她，“穿上吧，全新的。”

好贴心啊！看出她的不便。张深谙套上浴袍，公寓里的空调温度也恰好凉爽了，任致余坐在餐桌前把筷子递给她。

“你不吃吗？”

“我待会儿要出去有个应酬。”

“这么晚？”张深谙一看手机，已经快九点了。

“嗯，你早点睡，记得锁门。”

“哦。”

“害怕？”

“那倒没有，不过你不是说为了好好看我才把我带回来的，我第一次来你家，你就扔下客人吗？”

“对不起，不过你是爱人，不是客人。这间公寓密码是你生日，你以后随时可以过来，还有这把是炫河湾别墅的钥匙，长丰我最常住的两处就是这儿和炫河湾，你都可以找到我。刚才我让小刘送衣服和晚饭过来，我爸好像有个私人局突然要叫我过去，所以……”

这样啊！原来是临时被任伯父叫去的啊。

“我一直没问你，你和家里的关系……”

“还在路上。”

“哦，那没事，你去呗！”

“要不我叫夏百合来陪你？”

“别，任致余我真没跟你客套，也没那么胆小，不要打扰百合他们了，让他们好好度过今晚，她和乔学长都不知道何去何从。我今天趁你生日组这个局，既为珊珊的终身大事，也为了让百合开心点。”

“小没良心的！我的生日还没我什么事儿！”

“当然有！”张深谙从包里拿出一个包装精致的盒子放到任致余面前，“生日快乐，我亲爱的男朋友。”

张深谙真是眼看着任致余的笑容放大。

“我没忘啦！今天事儿太多，玩太嗨了嘛！”

“我们家宝宝大忙人，忙着和弟弟玩得开心。”任致余打开盒子，是一枚精致的墨绿色袖扣。

“太贵的我也买不起，但是这个我可是挑了一下午，可能还是你所有饰品里最便宜的，但已经是……”

“宝宝我很喜欢，只要是你送的，什么都可以。”

“那我下次送卡片了！”

“那就得有亲吻了。”

“任致余！”说不到两句就不正经。

张深谙见任致余站起来，走到她面前，一低头就给了她一个暂别吻。

“宝宝，我要走了，早点睡，有事打我电话，我二十四小时开机的，下次一定赔罪和你一起吃烛光晚餐。”

任致余没想到自己紧赶慢赶在十二点回到家，居然看到张深谙穿着睡衣，仍然套着他的浴袍，光着脚丫，抱着靠枕，歪头睡在沙发上，浓密的长发铺散在肩头，电视机的光柔和地洒在她的身上。这一刻，任致余突然觉得这是他一直都梦寐以求的家的模样。

虽然张深谙真不是为了等他回来，她真是今天太累了而任致余家的沙发太软太舒服了，结果她居然看着电视就睡着了，然后在梦中她感觉有人在亲她，有人把她抱回房间，给她揉了脚丫，一下子就暖了，最后还给她掖了被角……

当然这一切都不是梦！当清晨的阳光从窗格洒进张深谙房间的时候，她醒了，居然一夜好眠，看着自己昨晚居然套着任致余浴袍就睡了？记忆纷至沓来，原来都是事实啊！

昨晚任致余回来后，就抱起了睡得深沉的自己，结果自己一下子环上了他的脖子，好像还喃喃地撒娇吐槽他：“任致余你浑蛋，第一天就把人家扔在家里……”

“嗯，对不起宝宝，以后再也不会了！”

“但是我还是好喜欢你呀！”接着自己居然还去主动找任致余的脸亲了上去，之后就被反客为主了……

天！她下意识地捂住自己的唇。就在这时，任致余轻敲房门探头进来，张深谙有一瞬的呆滞，四目相对，她往被子后面一缩，淡定地打招呼："嗨！"

任致余失笑，走进去把她一撮睡得飞起来的头发抚平，居高临下看着故作镇定的她："想起什么来了？"

"唔，没有啊！你昨晚什么时候回来的？"

"十二点多。"

"哦，今天你要干吗？"

转移话题真是面不改色心不跳啊！这个厚脸皮的小魔女！

"睡觉？"

嗯？

"打扰了……"

任致余不逗她了，敲了一下她的小脑袋："小脑瓜想什么乱七八糟的？赶快起床，今天陪我去公司。"

五、如果可以，我希望时光能在这一刻永驻

时隔半年多再次来到任致余的公司智安科技，电梯到达十六楼，公司员工已经变多了。

"老大，来了！"有员工招呼任致余。

这称呼还真是亲民，比刻板的任总亲切多了！

"老板娘来啦！"罗旭人逢喜事精神爽，舌灿莲花。

"别贫！大家随意点，叫我深谙就可以了！"

“谁敢啊！老板娘！”罗旭继续在老虎身上拔毛。

“罗旭你就是嘴欠找揍！不过看在你春风得意的份上，姐姐就不跟你计较了！你要是敢对我们家珊珊不好，看我怎么收拾你！”

“不敢不敢！宝贝着呢！”

“咦！鸡皮疙瘩起我一身。”张深谙作势抱住自己的胳膊，问，“乔学长呢？”

“他请假了。”任致余回。

“请假……哦。”她说边和任致余进了总经理办公室。

“任致余，乔学长什么态度？”

“深深，他俩的事情我们不好插手。”

“可是百合真的很喜欢乔学长，她这次是真心的，我感觉这次他们要是……我都不敢想，你别看她平时不管不顾的……你们这样的家庭肯定瞧不起我们的吧？”

“深深……”

“我没别的意思……”

“父辈的想法我们左右不了，很抱歉我也无能为力帮不了他们。每个人都有自己要走的路，阻碍很多，我们身为朋友亲人可以成为他们最坚实的后盾。”

“任致余，如果有一天我们分开……”

“不会有那一天。”

“我是说如果，你真的不要自责自己的各方面，更不要抛下一切来到我的身边。因为到最后这些都不是我真的会去计较的地方，你要听我的，不能没有原则地宠我，而忽视我们之间的问题，如果你想长久走下去的话。”

任致余看着她，觉得浩瀚的宇宙都不及她的胸怀之广。

她怎么可以说自己自私和自护呢？她都无私成什么样了！让他想把全世界最好的东西都送到她的面前，这么好的女孩，他好不容易拥有的女孩。

任致余牵起张深谙的手放在自己心口："宝宝，我们结婚吧！"

什么？

"任致余你……我们都还没到法定结婚年龄呢！"

"可以先订婚。"

"我又不会跑。"

"真后悔送你鞋子。"

"你还迷信这个？"

"是迷信跟你有关的一切。"

呃……好吧。张深谙转身坐到沙发上，转移话题："对了，你今天让我来你们公司是？"

看出她对未来不确定性的回避，任致余也没再继续这个话题，慢慢来，他的万里长征已经跋涉了一半了，胜利在望了。

"书橱里有一些医药书籍，你可以翻阅一下打发时间，等我把工作处理完，下午我们去约会。"

"任致余你要翘班吗？"

"老总的工作时间也是可以弹性的，只要我管理好公司，持续不断地盈利，这就是调休。"

"黑的说成白的，巧舌如簧。"

"还好你没说我巧言令色。"

"是色令智昏！"

"嗯，我可以。"

"我不可以！休想让我背负犹如坏心眼多的妲己和不懂事任性的红颜祸水褒姒上身而让君王从此不早朝的恶名！"

"宝宝你真是锱铢必较，一句不落下风！"

"你不该夸我学识渊博吗？"

"多夸一句怕你骄傲。"

"我胜不骄败不馁。"

任致余工作效率飞速，在上午下班前半小时处理好了当日所有业务，然后就牵着她的手接受着员工们的注目礼大摇大摆毫无愧色地离开了公司。张深谙倒觉得老脸一红，有一天自己居然会上演真人版虐狗大戏，真是汗颜啊！同时喟叹要论脸皮厚谁厚得过没人性的资本家任致余！

任致余带张深谙到了这片高新商务区新开的一家影院，张深谙问："怎么想来看电影了？"

"大概想把情侣约会该做的事情都做一遍。"

"任致余你也很没新意啊！百合说得对,你真是在体验平民生活啊！"

"张深谙，我们正式在一起后单独约会这是第一次吧？"

"嗯，怎么了？"

"以后都不要再说那些话，我会心疼。如果你要我听你的话不抛开我的一切，你说了既然要努力向我靠近，可是你再这样说就是在一次次推开我们之间的距离。"

"好，我错了，我不说了。"

"宝宝跟我在一起很累吧。"

“还好，可能因为现在没多少人知道我们在一起。”张深谙反握住任致余的手，“任致余你不用那么照顾我的情绪，你刚才的做法很对，有问题及时提出来。可是你继续这样以我为中心的话我离不开你了，那么你的承诺失效了，没有你，我还怎么继续快乐地生活呢？”

任致余动容：“我们家善良懂事什么都门儿清的宝宝，我不会让那一天到来的，我早就说过了你点头了我就不会放开你的手了。”

张深谙笑了：“想看什么？”

“随你。”

“哇，居然快包场了……”张深谙抱着一桶爆米花落座后感叹。

“现在可是星期三中午11点58分，能坐满两排已经很了不起了。”

“我们家男朋友还是怕被认出来哦，买这么后面。”张深谙调侃。

“宝宝，这排视野最佳。”

“……”

“喜欢漫威？”

“当然啊！终于等来了《复联4》！想想就激动！”

“难道不是我在身边更加激动吗？”

“美的你！

“得到了就不珍惜了吗？”

“我没得到你呀……”

“那你想得到吗？随时欢迎。”

“流氓！”

三小时的观影结束，张深谙揉着被爆米花塞满的肚皮悠悠走出影院：“始于钢铁侠，终于钢铁侠，我最爱的钢铁侠挂了，带着他温暖的心！”

“你玩弄时间，时间也会玩弄你。”任致余替她拎过包说。

漫长的暑假在连下了一星期暴雨送来的阵阵凉风中进入了尾声，而任致余被那卓越的医疗团队照顾着，加上他身体素质极佳，小臂恢复良好。张深谙在科学院实验室做的有关自噬在肿瘤的发生、发展和治疗中产生的重要意义的研究也告一段落，她终于可以解放了！

这天任致余来科学院接她回家：“手刚好就开始开车了？”

“我怕宝宝被这里的小伙子拐跑了，以为我们家里没人呢。”

“不会啊，你已经派小刘接送我好几次了，已经宣示主权了！而且单位都是上了年纪的有家室的科员，年轻人不多。”

张深谙见车子没有走夏百合家的方向，而是朝反方向任致余家开去，半途停在了这一片附近最大的连锁超市——华美超市面前。

“你要来超市买什么吗？”

“满汉全席。”

“你会做饭？”

“宝宝对我真是不了解，你可是挑了个十项全能老公！”

“……”

张深谙扭头自己进入华美超市：“华美超市真是全国收益最大的超市了，这新开发的地盘都已经抢先落户了，老板投资眼光绝了！”

任致余喜滋滋地推着购物车跟上来。

“你笑什么？”

“告诉你个秘密。”

“嗯？”

“我们家在华美超市持股，三大股东之一。”

“什么？”

“所以宝宝想吃什么随便拿，反正入股不亏。”

“超市是你家的，东西随便拿？”

“那是什么？”

“……”代沟啊！鸿沟啊！

张深谙知道她现阶段是没有能力和他探讨他们金融科技电子圈的学术和对世界的独到眼光的，连公司的事情也是一知半解，她所看过的肥皂剧对任致余来说也犹如天方夜谭，还显得她的智商和阅历像是充话费送的！

算了！罢了！纠结于这一块又要钻牛角尖出不来了！情侣之间又不是为了照镜子找一个双胞胎契合？有碰撞和互补，他的大世界包裹她的小地方谁说不可以了？

“任致余你是不是平时就看看财经节目和动物世界？”

“国内的会看这些。”

“……”

张深谙继续扭头就走，大步流星，头也不回。

如何让天堑变通途呢？路漫漫其修远兮啊！

任致余看着她的马尾一甩一甩的身影，笑得更加开心了！看来以后逗她的乐子可有了！

“宝宝你别走这么快呀！”

“你不是大长腿吗？”还跟不上？

“那你想不想坐进购物车里？”

“嗯？你上哪儿看的偶像剧？”

“罗旭科普了很多他找到女朋友之后要做的事情。”

原来如此。

“那他现在有实践对象了，”张深谙看着任致余没有想移动的意思，忙招手不干：“我不坐啊！那很丢人欸！跟小孩一样，而且我怕坐塌……”

“华美的购物车很坚固，而且，我们家宝宝本来就是童颜啊！”

“这难道就是情人眼里出西施，蒙蔽了你智慧的双眼？我那么高的个子你看不到吗？再怎么童颜都不会有人把我当小孩的OK？不过珊珊倒是可以体验一把！”

“羡慕？”

“才不啊！罗旭那小傻子有心无力的，他那么做的话早就被超市保安轰出去了。”

“腹黑！”

“彼此彼此。”

他们采购了很多食材，回到任致余的公寓。

“你真要做一桌子菜吗？你这手臂刚好，我可不想让你再伤着。”

“那你来打下手吧！”

“好呀！我不会做饭也只能洗碗了。”

“我们家宝宝的手怎么可以洗碗？”说着任致余就抓起了张深谙的小肉手。

张深谙一把打掉他的手：“想什么呢？”

“我可什么都没说哦！”任致余举双手做投降状，笑得一脸欠扁。

张深谙懒得理他，转身去客厅看电视。

不一会儿，听到开放式厨房里热火朝天的动静，张深谙伸长脖子瞥了一眼，一边不好意思地问：“真不用我帮忙吗？”一边屁颠屁颠跑过去，拿下放在双门冰箱顶的围裙，“任致余你转过来，你是不是故意的？就等着我给你系围裙呢。”

“被你发现了！你个小没良心的居然真能狠心扔下我一大病初愈的人在这里孤军奋战！”

“嘿！任致余你咋这么矫情？”她顺手在他后腰系了个蝴蝶结，“好了！”

张深谙刚说完，任致余突然转身低下头抵着她的额头和鼻尖蹭了蹭：“谢谢宝宝。”

张深谙觉得自己快成斗鸡眼了，一下子后仰一点退开了距离，但是脸上却爬上了一抹红晕。

接着她转身到流理台边，拿起菜刀：“这个西红柿要切吧？”

任致余看着她害羞地背对着自己，轻笑道：“嗯，宝宝小心手。”

唔！任致余这个情场老手！真不敢让人相信他第一次谈恋爱！

他好像真的自己经常做饭，速度很快，有条不紊，她都没怎么像样帮忙，一桌子饭菜一小时多就新鲜出炉了，他从酒柜里拿了一瓶红酒给她倒上。

张深谙坐在饭桌前拍手鼓掌：“任致余你怎么这么棒啊，真的十项全能啊！请问有你不会的吗？瞧瞧这一桌子的在天愿作比翼鸟、红嘴绿鹦哥、燕草如碧丝、秦桑低绿枝、漠漠水田飞白鹭、阴阴夏木啭黄鹂、凤凰台上凤凰游……真是色香味俱……味不知道！”

“宝宝，你太逗了，满桌的大菜！你可倒好，全给安上了《还珠格格》那些野菜诗意名……”

“哇！我家男朋友居然看过《还珠格格》！”张深谙觉得在平民区域两人终于有了共鸣点，激动道，“这个更加要表扬！”

任致余也不戳穿她的调侃：“可能太火了，家喻户晓。”并且再次因为她说“我家男朋友”而心情愉悦。

张深谙喝了一口红酒，夹了一筷鸡丝：“嗯，好吃，没想到你厨艺这么好！我还以为像你们这样的少爷……”

“都是衣来伸手饭来张口吗？”

“你不是这样的，我知道。任致余你以前在不同国家辗转求学生活一定也很孤独辛苦吧，离开了一个地方就要适应另一个地方，换一批朋友，四海为家漂泊不定的感觉，所以才锻炼出了你这么独立强悍的生活能力。”

这个话题没有让任致余有丝毫的不舒服，张深谙想他真的已经无坚不摧到自我治愈了所有他经历过的难堪了，那些和她截然不同的生活的暴击。

她听到他说：“我很喜欢老子的名句：祸兮福之所倚，福兮祸之所伏。”

“所以啊，虽然我也遭受了很多生活的不易，但是上天是公平的，她把最好的你送到了我的面前。”

“你也是最好的。”

“咳咳……”张深谙的电话在这时突然响起来，一个陌生的号码，她也没多想就接了起来。“喂？……喂？”

通了十几秒都没有声音从那头传来，她切断了电话，奇怪？

“怎么了？是谁？”

“不知道，没声音，估计打错了！”

而同一时刻在皎洁的星辉下，刚落地国内某机场的姜琮看着暗下去的手机屏幕思绪万千，是她的声音，久违了，为了找回她的心，他终于跨越重洋，时隔一年时光重新回到了这片故土。

酒足饭饱，任致余递过纸巾："擦擦，小花猫。"

"我还以为你会站起来隔着桌子帮我亲掉。"

任致余挑眉："少看韩剧。"

"哦？难不成你也看？"

"只是为了迎合我们家宝宝的喜好做了点功课。"

咳咳……好吧。

张深谙刷着朋友圈的手一顿："你发了朋友圈？"

"怎么了？"

任致余的朋友圈里躺着三条状态：第一条是今年年初他们去首都看 N.K 演唱会时，任致余在火焰馆偷拍的她热情应援的侧颜照。张深谙记得当时还被珊珊她们羡慕稀罕，结果自己当晚就狠心拒绝了任致余，两人的关系降到冰点。

第二条是上个月他们去迪士尼，生肖壁画前任致余亲张深谙脸颊的合照，文案——热恋中。那天大家的反应很安静是因为齐珊珊沉浸在爱情中忙着甜蜜，而夏百合因为爱情道路不明黯然神伤，冰火两重天，张深谙一向喜欢低调也就过去了。

可是最新这条，发布于半个多小时前，是她在切西红柿的侧影，偷拍布局很完美，他们家的开放式厨房和超豪华客厅都在画面里，外加一桌子出自他之手的美味佳肴，关键文案是——宝宝第一次下厨。

看看这文化人不动声色地秀恩爱，张深谙表示她只是打了个酱油，但这条状态太有迷惑性了，任致余这人又在打什么主意，反正她觉得她一小白兔斗不过大魔王，每次只有被撩的份儿！果然下面各种画风的评论炸锅了！

罗旭：（大哭表情包）又秀恩爱，班长厨艺这么好的？

齐珊珊：我记得深谙不会做饭的呀，这满汉全席是定的外卖吗？咔咔咔！

乔展新：美人入室，幸福的晚餐。

夏百合：大半夜的任致余你要是敢对我们家谙谙图谋不轨你就死定了！快点把她送回来！

齐珊珊激动回复乔展新：这是任大神家吗？我成柠檬精了。

任致余的另外两个室友居然还说：金屋藏娇，什么时候请客吃饭？

任致余居然还在下面回他们了：开学就请。

好家伙！

“你手机给我看下。”

她和任致余共同的朋友不多，此刻她的确很好奇任致余朋友圈的评论情况。

“我不看别的信息，就看看朋友圈。”

“想看有多少头条？”任致余边说边把手机递过去，“你随便看，身家性命、财政大权全给你，不过放心，我不会要求看你的手机，只要宝宝心里有我就够了！”

“……”

不看不知道，一看吓一跳！

第一条居然是首富儿子袁安易：贤妻良母啊！我猜是你做的。

任致余：瞒不过你的法眼。

还有 N.K：是年初来看我演唱会的女孩儿吗？和上面两条是同个人吧？我觉得我马上可以收到请柬了。

任致余：是的，我也希望。

还有几个张深谙在新闻上杂志里听过见过的各行各业的顶级精英大佬，居然是一水儿的恭贺新禧……这画风没谁了！

张深谙把手机还给任致余，而任致余一直观察着她看评论时的神情，准备应对她的反馈。

“你喜欢发朋友圈？”她开口。

“没有。”

“那任致余我跟你商量个事，我早就想跟你说了，现在开学在即，我们不公开吧。”

“你是说我不能在校园里大方牵着你的手亲你吗？”

“咱要不低调点？”

“说来听听。”

“算了！跟你在一起就注定低调不了，现在就你公司的人和我们那一圈同学知道我们在一起，好吧还有你朋友圈的那一票大佬……”

“你放心这是我私人号，都是友情年限很长的私交好友。”

“呵！知人知面不知心。”张深谙嘀咕。

“宝宝放心，我会护你周全。谁叫我更爱你呢！宝宝你这么㞞，那只能我昭告全世界了，省得被别人惦记。”

“我发誓大一一年跟我告白的人我都拒绝了！而且我这么㞞怪谁？谁叫你是亿万少女的梦中情人白马王子！我也怕被你们任家封杀啊！姓周的才是你们任家内定的媳妇啊！”

“宝宝吃醋了？”

“我用得着吗？她一画画的，我一制药的，你还想选？”

“宝宝在我这里杀气那么重，你放心，我们家不会拿你一小姑娘怎么样，没这么夸张，少看点电视剧！反而是我没信心，真的，我哥不是因为把我卖了，我才能够上位吗！”

他还是知道了呀！的确是乔学长的那番话帮助自己最终下定了决心。

“不过，你真的没怀疑过我对你到底是因为……”

“我有自信。”

“……”脸呢？自相矛盾的家伙！

“不过，我知道在你心中谁都排在我前面！你家人不用说了，夏百合、齐珊珊，还有谁？鲁溪？”

“还有莉莉阿姨一家啊！”

任致余的眸色深沉了一瞬，抿了一口红酒看着她，不露声色。

张深谙举双手投降：“接下来真的是你！我发誓。”

“苏昆塔对你什么感觉？”

“什么？昆塔？什么什么感觉？”张深谙一下脑子转不过弯来，怎么突然扯到昆塔身上了。

——苏昆塔，任致余会吃醋的，情窦初开的男孩子你注意一点！夏百合那天的话突然闯进了她的脑中。

“应该不会吧？”张深谙心虚地小声嘀咕。

我……和他也没很多交集啊！回国后才见到，这小孩原来长那么高了，之前在比利时也就是偶尔发邮件交流学业的话题，可纯洁了！

“早点说清楚，他这个年纪比较容易走弯路。”

“我会找他聊一次。”

“深深，你真是冷静，为什么你连哄人的好话都不肯说呢？你看不出我在吃醋吗？排名那么后我也会受伤，为什么你不像其他女孩子一样该软萌撒娇的时候柔软呢？”任致余难得有了一丝脾气，喝了酒脸有点红，像个被欺负的小可怜。

“你喜欢那个调调的？”

“我喜欢你那个调调！”

“……”

刚才心软决定撒娇放低身段的自己简直就是个笑话！就知道任诸葛图谋不轨！句句杀机！一句一个陷阱！

张深谙率先从餐桌边起身，一看时间八点多了：“你要送我回家吗？”

“这么早？”

“有吗？百合不是已经在你朋友圈催我了？”

“想看什么电影？”任致余也起身，走向客厅。

“恐怖片？没有我就回家了。”

“想看哪一部？”

还真是应有尽有啊！果然是叮当猫……自挖坑的张深谙还即将附赠投怀送抱！

“我一直蛮想看恐怖片，就是没胆子，之前在寝室里看过小半部，被吓死。后来珊珊总结说看恐怖片一定要有男朋友在场，顺便还能转换成爱情片。”张深谙抱着靠枕被任致余揽在怀里出神地看着环环相扣恐怖阴森的剧情，“我猜这里肯定会出来一个骷髅……”

“是吗？”

随着紧张可怕的背景音乐响起……

“啊！”张深谙一下子飞掉了靠枕，一步跨坐到任致余腿上，用手捂着眼睛，“居然是这么血腥惊悚的场面，吓死宝宝了！”

张深谙张开手指，留出眼睛缝看任致余。他突然安静了一瞬，眼眸深沉，然后张深谙觉得自己跨坐着的地方有了一些变化……

“啊——”鬼片里的主人公的尖叫声响彻在安静宽敞的公寓内，还产生了回声，大段的英文对白开始往外蹦，张深谙听得懂可怕的剧情内容，于是顾不得羞赧，一下子抱住了任致余的脖子，然后试图把屁股从任致余腿上挪到沙发去。结果下一秒她就被任致余单手抱起，吓得她直接双腿交叉钳住了他的腰……

“任致余，你怎么……”

任致余托着她的身子：“宝宝你在玩火？”

“我没有，快放我下来！”张深谙轻轻地拍打着任致余的背。

“宝宝你在给我挠痒痒吗？”

几步之遥，张深谙就被任致余放到了他卧室宽大的床上，他倾身压在她上面，看着她，抚摸着她的眉骨、脸庞，再到唇边……

张深谙觉得自己快沦陷了！这谁顶得住啊！

“宝宝，书里说，运动有利于脑部供氧血液循环，我车祸脑震荡你知道的！”

什么玩意儿？那点轻微脑震荡？你现在壮得都能打死一头牛！

“什么运动？”

“幸福运动。”

流氓！

书中自有黄金屋，书中自有颜如玉……书和子曰真是两大背锅侠！

两个人都喝了酒，酒精的作用，夜晚的旖旎，两情相悦，曼妙的夜晚，任致余轻轻啄吻着张深谙眉心、眼睛、鼻子一直到香唇，撬开她的齿贝，唇舌缠绵，汲取她醇香的一切，一路向下吻过她的粉颈、肩侧。张深谙的呢喃声似乎取悦了任致余，他的手探入她的薄纱上衣，啪嗒——内衣的扣子解开，他忽然停了下来。

张深谙眼光迷离地看着他。

“宝宝，可以吗？”她听到他的声音染上了情欲。

“我……不知道，我说不行……你会停下吗？”

任致余笑得痴迷且隐忍，下一秒他站了起来，背过身，说：“宝宝收拾一下等会儿送你回家。”接着迈大步离开卧室去浴室快速冲了个凉水澡降火。

半小时后，在任致余送张深谙回夏百合公寓的路上，她问：“任致余，刚才你……我其实……”

“别胡思乱想，我希望你没有任何负担地接受我，现在你还太小，等我们领证了你逃不掉……”

“……”

不过，任致余，你真好呀。

Chapter 03

性寒：预知子

TANG XIN CHU LIAN

一、再见 初恋

大二开学，张深谙连任班长并且成了新一届药学系一班的党员辅导员。

这天上午，张深谙上完项目管理和大学生职业生涯与发展规划两堂公共课，出了 F 教学楼就碰到了来找她的夏百合，两人结伴去食堂吃饭。

张深谙指着韭菜炒肉，问：“百合你说，任致余这是第一次谈恋爱吗感觉跟个老手似的？你是不是情报有误？任致余怎么都不像第一次喜欢人，第一次谈恋爱。”

张深谙抬头看夏百合，发现她走神了，伸手在她眼前晃了晃，喊道：“百合？”

夏百合回神：“嗯……当然是真的，阿新说的怎么可能有假？他多正直的人……”她喝了口紫菜蛋汤，“怎么，你们家任少爷非常老手啊！”

“夏百合！你能不能把这方面的敏感度用到学业上？”

“人各有所长，我也没办法！正常啦！我相信任少爷肯定是第一次谈恋爱，他眼光多高多挑剔啦，喜欢你多少有些受虐体质啦！不过他智商情商手腕那么高明，谈恋爱这种事第一次和第N次有区别吗？他见惯了声色名利场，没吃过猪肉还没见过猪跑吗？”

呃……我竟无法反驳，张深谙想，果然是情感大师夏百合，一语点醒梦中人。

“不说我了，最近你和乔学长怎么样？你一整个暑假公寓也不回，真让我独守空闺了将近两个月，你不会是在……”乔展新家住的吧？

“我验收过了，打扫得很干净，劳资相抵。”她又喝了一口汤，“没有，他下个月就去美国了。”

“所以呢？你们……”

“我不知道，我们上星期吵架了，第一次吵架，或者说是我单方面冷战……”

“百合你……无论你做什么决定，我都在你身边。”

“我知道。”

周五下午没课，张深谙从行政楼陆老师办公室出来，拿着出国交流项目申请表，有点犹豫。这时任致余打电话过来说要请室友吃饭，张深谙顺便叫上了夏百合让她宽心。

“珊珊你们快点，任致余的车已经在下面等着了！”

八个人两辆车，罗旭和任致余开车，任致余、张深谙、夏百合、鲁溪一辆车，罗旭、齐珊珊和他们寝室另外两个室友一辆车，请客地点是高教园区最著名的中餐馆——天玉楼。

席间，罗旭站起来，举杯致辞："今天算是我和致余一起请客，致余买单，毕竟他是家财万贯的大老板，就不用搜刮我们民脂民膏了……"

众人笑罢，齐珊珊作势打了一下罗旭。

"罗旭，我们这么好的珊珊都被你拐走了，你这不出血怎么可以？"张深谙护夫，有钱人也不能顿顿被宰啊，这帮不知足的家伙。

"是啊！班长都发话了！你表示什么？"另外两个室友起哄。

"那我就祝大BOSS福如东海，寿比南山，金玉满堂，吉祥如意，花开富贵，和班长早生贵子，百年好合，举案齐……"

"哎，罗旭偷梁换柱啊……"另外两个室友抗议。

"抗议无效，驳回，我正说得起劲呢！一句贺词抵消一千块钱，差不多了啊……"

众人再次哄笑。

"论无厘头耍小聪明你还真是有一套。"鲁溪调侃。

"哎，此言差矣，我是正当防卫，替你们积德行善！"这天玉楼一顿吃掉他两个月工资那还拿什么哄女友？这现成大老板不用白不用，嘿嘿！罗旭小眼睛滴溜转一圈得意地笑，他可是瞅准了任致余今天心情好。

"承你吉言！"任致余居然和罗旭碰了杯。

真是！

有钱任性啊！

"我要抱紧大神和女神的大腿！"齐珊珊激动地叫唤。

"我也是！"

"加我一个！"

夏百合全程都兴致不高，回去的路上张深谙坐在副驾，再次为她犯了愁。

"想不出来就别想了。"任致余看她一筹莫展安慰道。

"任致余，乔展新怎么回事？要结束就快点，男子汉大丈夫这么婆婆妈妈娘们儿唧唧的烦不烦人！没看到百合已经被伤得很严重了吗？她可是天不怕地不怕的性格，现在都颓成啥样了？本来还以为他是良配呢！没想到是个火坑！"

"计划赶不上变化，他的确考虑不周，喜欢就在一起了。他们俩的爱情从一开始或许就不对等，夏百合应该是阅人无数，终于觉得乔展新很不错，打算全身心交付去投入，但是……"

"但是什么？"

"但夏百合也只是他交过的几任女友之一，并没有什么不同，并没有因为她是你闺蜜就举足轻重。他出国的事情也是一早就定好的，只是没想到计划突变提前了一年，本来只打算去念个研究生的，现在学校的交流项目落到他头上，家里自然希望他提早去。至于面临的现实问题，给他们空间吧，还是只能他们自己去解决！"

十一长假的最后一天，夏百合找张深谙喝酒。她喝得酩酊大醉，抱着张深谙哭了大半夜，将近一年的爱情画上了休止符。

这年秋天乔展新飞去了大洋彼岸深造，他留给夏百合的是一句分手。他们的爱情败给了现实，却让夏百合在这段感情中真正成长了，她为了疗情伤开始上进学习企业工商管理争取继承父亲的企业。

生活总是戏剧性的。

张深谙第二天回学校，却遇见了一个不速之客。

上完《歌剧欣赏》通识课，已经下午四点，她打算去图书馆借书，结果走得急，绊了一跤，一双手突然出现拉住了她。

“谢谢！”

张深谙抬头。

时间仿佛在这一刻停止，消失了整整一年多的前男友姜琮就这么毫无预兆地站在她的面前，笑着看她，他说：“好久不见，谙谙。”

张深谙抽回手，头也不回地离开。

晚上回到寝室，她瘫坐在书桌前，愁肠百结。姜琮回来了？自己当时找他的时候他消失得无影无踪！现在突然出现是想干吗？他回国发展了不成？

就在她思绪万千的时候手机来电。

“喂？”

“谙谙，是我，我回来了。”

张深谙怎么会听不出这个声音！

她挂断电话，把这个陌生号码拉入了黑名单，看着已接电话上这个号码有两通的时候，瞬间想起暑假在任致余家接过的一个陌生电话，原来，一个月前他就回来了！

他究竟想干吗？

鲁溪也从图书馆回到了寝室，齐珊珊和罗旭甜蜜完也回来了。

“怎么了，跟个泄了气的皮球似的？”鲁溪问。

“我听罗旭说了，百合和乔学长分手了，乔学长昨天去美国进修了。”齐珊珊感叹。

“什么？”

“阿溪，让深谙安静会儿吧，我们都感情稳定，百合是真可怜。”齐珊珊轻声和鲁溪交代。

“深谙，你也无能为力的，感情是这个世上最难插手，最难感同身受的事了。百合肯定自己会调节好的，我们只要一直支持相信她就好了。”鲁溪安慰。

“嗯，我知道，先睡了。”

“对了，忘记恭喜你了，听说你被选为我省大学生代表征战明年底在德国柏林举办的 IMCA（国际医药交流大会）了啊！”齐珊珊为了转换气氛提起了这茬儿。

今天上午刚在学校官网上公布的入选结果，这两人消息够灵通的。

“是啊！你可破纪录了啊！以前这都是大三和研一才有资格的，我们深谙就是优秀，才大二就做到了！”

“哎，果然是任大神的女朋友啊！学神和学霸的恋爱我等凡人羡慕不来！”

“谢谢啦，到时候记得捧场！”

“我们上学期都去看你竞选的现场了，当时就觉得你肯定选得上，虽然大比例都是高校大三研一的，大二的名额不多，我们学校不也只有你和三班班长去竞选了吗！就知道你争气的！”

“主要深谙英语加分很多，那流利正宗的发音，真的实名制吹爆！”

“你俩彩虹屁差不多得了！”

“毕竟我们深谙可是海归，三年比利时白待的啊？德语我们都还没亮出来呢！”

“哈哈，突然想起大一那次讲座深谙和贾森教授现场用德语神仙打架了！”

“好啦！到时我们守着直播看深谙的国际风采！”

张深谙承认被这两个温暖的室友治愈了不少，阴霾的心情多云转晴。

可是第二天，姜琮还是把张深谙堵在了教学楼门口。

“姜琮，你到底想干吗？”张深谙像防瘟疫一样防着姜琮。

“谙谙，我们有误会，我想解释清楚。”他一脸愧色。

“不需要了。”

“谙谙……你又把我电话拉黑了。”姜琮说着就去拉张深谙的手。

“你放开！”张深谙厉声喝止。

“哎，你是谁啊？”上完课晚一步走出来的齐珊珊出声。

张深谙转身对齐珊珊和鲁溪说：“没事，你们先走，我等会儿去找你们。”接着转头看着姜琮，“放手，谈，我给你解释的机会。”

然后，他们俩就往学校外走去。

“这谁啊？”齐珊珊问。

“不认识。没见过……”

“任大神知道这事儿吗？”

“不知道……”

张深谙带姜琮到宝金商场地下一楼的一间咖啡馆：“说吧，一次性说清楚，然后再也不要出现在我的面前。”

“谙谙，我知道你很气我。”

“呵！少自作多情了。”

“我了解你，你总是这样口是心非。”

“琼瑶剧看多了吧，我自己都不了解自己，你能不能拣重点说，我很忙。”张深谙看了一眼手表，晚上任致余和罗旭他们的数学建模比赛决赛作品提交，她们几个女生作为后援会兼家属要去通宵当辅助，都快迟到了。

“谙谙，我跟你道歉，我一声不吭就消失了一年多，让你担心，和你分手是我这辈子做过的最错的事情。”

“道歉我接受，没事我走了，以后别来找我了！”

“谙谙，你能不能再给我一次机会，我之所以跟你分手，是因为我爸公司欠债，我妈病倒，我觉得我也给不了你一个美好的未来，我一直在处理家里的困境，直到如今他们度过了危机，我才有能力来照顾你了！”

“是吗？那真是对不住了，在你最难的时候也没有在旁边给你哪怕一丝精神上的安慰。机会没有，因为错过了就是错过了，时间不会倒流，你那张字条儿上写的啥你自己还记得吧！和现在的说法出入太大，我不知道该相信哪一套说辞。不过都无所谓了，我不在乎，而且我不吃回头草。还有，我有男朋友了，他优秀到我根本看不上这世上的任何别人了。所以，好走不送，以后也别来找我了！”张深谙说完拎包走人。

姜琮看着她丝毫不留恋地离去，手握成了拳头，鬼使神差地跟了上去。

张深谙赶到江难在学校附近开的宾馆的时候，房间里灯火通明，团队成员大四的江难和杨晓曦、大三的丁明，还有大二的任致余和罗旭都已经在忙碌了，而鲁溪、齐珊珊也已经在忙着烧水、帮着裁纸做些力所能及的事。

张深谙一到就被齐珊珊和鲁溪拉到卫生间“拷问”。

“刚学校那男的谁啊？有了任大神你还见别的男生？”

“闲的，脑洞太大了吧！就是那该死的黑名单，没有什么别的男生。我每天有多忙别人不知道你俩还不知道啊！”

“姜什么来着？大一上学期末我们玩大冒险时出现的名字……是不是那个人？”鲁溪想起来。

“行了啊，都散了，我对你们任大神的忠心天地可表，日月可鉴，两位督察员可以下班了。”张深谙举着右手起誓。

“呵！也是，有了任大神别人还入得了法眼吗？初恋总是没有好结果的！嗝——”齐珊珊一下子捂住了嘴，苍天哪，刚才不小心咒了自己，“呸呸呸……”

一夜鏖战。

“成功！”任致余点击发送键。

“OK！”

罗旭跳起来和丁明击掌，大家都舒了口气。

天已破晓，晨曦微露。

“嘘！”任致余看着七倒八歪睡在沙发上的三个女孩儿。

“那我们先走了。”江难和杨晓曦先一步离开。

“需不需要帮你们带走一个。”丁明看着沙发上的三个女孩儿。

“把鲁溪喊醒吧！”

很快，鲁溪和丁明也回学校了。

“小懒猪，起床了。”任致余蹲在沙发前叫张深谙，罗旭则被打发去收拾弄得一团乱的资料。

她慢慢睁开眼睛：“几点了？”

“快六点了，可以回寝室了。”

“哦，你们结束了吗？”

“嗯。”

“鲁溪呢？”

“刚和丁明先走了。”

“哦。”

“珊珊，走了……”张深谙推了推睡得正香的齐珊珊。

任致余他们在前台结账，张深谙先一步走出宾馆，结果大清早就碰到甩不掉的牛皮糖。这真是一件令人恶心的事情，姜琮满眼血丝，几乎是冲上来拉住她想把她扯进怀里。

张深谙费力挣脱：“姜琮你有病是不是？昨天没跟你说清楚啊？你是跟踪我吗？居然守在这儿？犯法不知道啊！”

“你昨天那么着急走就是为了来开房吗？”姜琮怒目圆睁，“我差点就报警了，前台一直不让我上去，也不告诉我是谁开的房！”

“大清早瞎说什么？我一晚上没休息好不想跟你吵！”

一晚上没休息好？姜琮的脸色立马变了，他再次钳住张深谙的肩膀，一脸鄙夷：“我就知道，像你这样的女人，就是靠点姿色混下来的吧！高中的时候我居然还护着替你说话，害得我也被孤立了一段时间。我真是瞎了眼，还以为你多高傲多纯，毕业后好不容易答应我在一起，整整两个月你还不给我碰，连接吻都没有过，其实你就像闲言碎语说的一样吧！和你妈一样是为了傍大款才……”

“啪”一声，响亮的一巴掌呼过去。

“你放屁！狗嘴里吐不出象牙！”

姜琮被打得有点蒙，也惊觉自己的失言，又去拉张深谙的手：“对不起，谙谙，我就是太爱你了，我就是为了挽回你来的，你再给我一次机会好不好？”

“我呸！那字条儿上你把我自尊践踏得蝼蚁不如的话，我要不要现在背给你听听？比刚才你骂的话可是有过之而无不及啊！当时你消失的时候，我为什么死命要找出你，我为了打你一顿啊都不消解我心头之恨的！而且后来我可听说你还劈腿了，你这敢做不敢认的孬种！所以就算昨天你跟我说的你家的遭遇都是实情，怎样？你这叫罪有应得的报应！你以为现在跟我说当时因为看不到我们的未来其实是为了我好才出此下策分手，我还要感恩戴德地原谅你的羞辱并且摇尾乞怜地等着你回来？你劈腿的时候挺开心啊！脑子被屎糊住了吧！”

“张深谙，你别给脸不要脸！”

张深谙气不打一处来直接打算上前干架以泄心头之恨，这什么人渣啊！

结果下一秒她就被罗旭和齐珊珊拉住了。与此同时，身后任致余阴鸷的声音传来：“你说什么？”

张深谙脊背一凉，机械地转头。

姜琮在地上啐了一口，看向站在宾馆前那个高大年轻的男人，他整个人此刻笼罩着一股危险气息。

“有种你再说一遍！”任致余的声音再次响起。

原来就是这个伪君子姜琮，躺在张深谙手机黑名单里的初恋前男友姜琮!

“怎么，是你吗？我还以为是个糟老头！张深谙你眼光还可以啊，皮囊还不错，你总不可能倒贴……”

“咚——”

一记重拳飞过来顷刻间就把姜琮打倒在地。

张深谙从没看到过如此愤怒的任致余，他骑在姜琮身上一拳又一拳挥去。罗旭也加入了殴打行列，不消几分钟，就把姜琮揍得鼻青脸肿。

任致余站起来，抹了一把嘴角的血迹，掏出手机：“杨律师，是我，帮我查一个人，姜琮。是，告他，名誉诽谤罪，性骚扰罪，告得他倾家荡产，不用留后路。”

任致余带他们仨去了任思群在高教园区的一套房子。

“齐珊珊，这是我姐家，平时没人住，你和罗旭自便，处理一下再走，市医院就在对面那条街的拐角，还有帮深谙请个假，今天她不去学校了，麻烦了。”交代完，任致余就拉过一脸落寞的张深谙往楼上走去。

一进房间，张深谙就落入任致余温暖的怀抱，他眼中满是心疼。

“对不起，还没有等你告诉我你的故事，我就这样被迫听到了一些。”

告白那天她说初恋男友留了一张字条分手就消失了，原来那上面写着如此恶毒的话。可是她都已经不在意了，她独自把那个人的印记从生命中抹去肯定很不容易，所以她坚强又刀枪不入的性格，为何不柔和，这也是一部分原因啊。

“对不起，没有及时出现在你身边，还让你被浑蛋纠缠。对不起，没有早点遇见你保护你。”

“我没有和他说过任何我的故事。”张深谙环住任致余的腰，“他说的那些就是我高中时候那些白皮肤黑皮肤同学传出来的不实流言。我就像一个外来者闯入了他们的领地，所以他们孤立我、诽谤我、中伤我。现在看来那时他有很大一部分原因是为了追我得到我才保护的我，让我卸下心防，让我接受他。果然那时候年纪小不懂事还瞎，还真接受他了，现在这样被纠缠是不是对我瞎的惩罚？”张深谙瓮声瓮气地说，没有抽噎，没有哭泣。

在异国他乡被孤立、被诽谤、被中伤，那么小的年纪，任致余心疼得无以复加，可是她却能够那么平静地说出这些事了，他知道此刻自己不应困顿在这道她已经结痂的伤疤上，去安慰就是等于再次揭开。

所以他换了个角度，尽量让自己语气轻松：“我很高兴你那么诚实。”

“什么？”

“看来真的只拉了小手。”

“任致余！”真会抓重点！

“你放心，他再也不会出现了。”

“任致余，我刚才就是被吓到了一下，因为我毕竟不是男人力气没那么大，你们都在我很庆幸，否则我想多和他对峙一秒都觉得恶心。不过，无论出于什么目的，他在高中时候护过我是事实，不然我当时过得肯定会更惨，还有，我对他的确不热情，这也是事实，在一起两个月真的清汤寡水的，他抱怨也是情有可原，我一直也比较冷感。所以，惩罚他的时候还是别把他捶死吧！我不是圣人，以德报怨这种事情我做不来，何况他还言辞侮辱了我妈，但是我怎么可能和这世上曾经嚼过我和我妈舌根的人一个个都去计较呢？如果狗咬了你，难道你还要咬回去不成？”

“这么善良？”

“我不良善，任致余。”

“嗯，刚才张牙舞爪骂人打人的时候见识到了。”

“……”

“还有你对我不冷感啊？”

“我谢谢你！”张深谙瞥到了他头上因打架豁开的口子，“你受伤了？”

“小伤。”

“家里有药箱吗？”

任致余拿来了药箱，张深谙给他的额头和嘴角都涂了碘酒，轻轻吹了一下，贴了纱布：“疼吗？”

“为自己的女人打架很酷吧？”

“你们男人都有英雄救美情结？”

“也不尽然！”

夏百合知道此事已是一星期后了，姜琮的事情来得快去得也快，任致余出手稳准狠。

“你疯了，为什么不告诉我？”此时张深谙正在学生活动中心筹备金杯辩论社的十佳明星社团评比的最后彩排，夏百合来找她的时候风风火火，着实是把他们社大一的孩子们给惊着了！

“你最近那么丧，我怎么好意思拉你出来挡这血光之灾！”张深谙头都没抬双手忙碌地检查着电脑PPT。

“不行，你把那孙子电话给我，我要打得他满地找牙！”

“早拉黑了，而且任致余和罗旭已经把他揍趴下了！他最近估计已经官司缠身了，也不会出现了，你省点力气吧！”

“嘿！我的好心被当成了驴肝肺！你个没良心的。”

“好了，玉琴你把有关辩论的主旨SWOT分析这块最后再检查一遍，上去讲的时候注意抑扬顿挫。”张深谙终于站了起来伸了个懒腰，“我的大小姐，走，姐姐带你去去火气，累死我了，两天没合眼了！”

“你行行好，当自己三头六臂啊！自己的事儿多得连谈恋爱的时间都没了，还管着这社团的事呢？”

“他们不给我退啊！这不是卖江难哥的面子吗？社长和副社长去打高校辩论赛了，我这个挂名副社长就来盯着点，社团荣誉啊！好歹我是辩论社出身不能忘本，能者多劳了！”

二、我们都在成为最好的自己

这学期，除了课业和班级工作、学生社团工作之外，张深谙的课余所有空闲时间被分成了三部分：一是跟着科学院的前辈们继续研究细胞自噬的中医药抗肿瘤作用项目，并且加入了国家青年人才培养计划的预备队伍，在专业上更加精进突破；二是跟着学院姜教授做好挑战杯关于抑郁症中医证候动物模型研究方面的课题，并且准备明年底IMCA的发言稿；最后挤出来的少得可怜的时间用来和任致余谈恋爱。

任致余就更不用说了，用一年半的时间修完计算机系四年的课程学分，准备公司上市，并且马上要去美国硅谷的斯坦福大学深造了。

以至于室友们都调侃他俩堪比一年见一次面的牛郎织女，居然感情还能如胶似漆，如神仙眷侣般恩爱。

张深谙想这也得多亏了他们这些知情人士的隐瞒，她和任致余的不公开才有了可能，才能这么不被打扰安静地幸福。

12 月的某天张深谙做实验累个半死回到寝室，随手往桌上扔了车钥匙就去洗澡了。等她出来就看到齐珊珊和鲁溪盯着她的车钥匙出神，下一秒她就听到齐珊珊震耳欲聋的一声吼：“卡宴啊！深谙你终于开小卡了啊！啥时候带我们兜兜风呗！”

“德行！平时这车就停在科学院地下车库落灰呢！我今天第一次结束得太晚才开来的。”

“所以说你干吗暴殄天物，这好家伙当然要每日临幸啊！你说说去年生日送高定水晶鞋，今年生日送豪车，明年呢？和财阀恋爱的感觉真是妙啊！”

“给你要不要？”

“我可不敢收！没这命。”

“这车我要还回去的，顶多算我目前急需的时候借来开开，这么贵重我怎么可能收？水晶鞋已经让我觉得硌脚了，有一种踩着人民币的感觉！”

“羡慕嫉妒没有恨！”

“深谙你还对小卡爸爸那么不上心！不看牢任大神这钻石王老五！”

“命里有时终须有，命里无时莫强求。百合和乔学长的分手让我认清了很多事，所以我和任致余在一起，本来就是我为爱的一次任性，反正趁年轻疯狂一次，想爱就去爱了，不管任何身份、地位还是权力、金钱的悬殊，反正我们现在是学生，就算毕业分手，也完全在我的意料之中，也没什么遗憾的。我觉得自己能控制，不会要死要活的，因为我从和他在一起的第一天起就有面对那一天到来的准备了。”

“你没事吧？”齐珊珊一脸震惊。

“我不是说我盼着分手那一天，我疯了不成？我只是觉得永远不要靠爱情过活是每个女人都要学习和谨慎的命题。”

“深谙你简直冷静到可怕，那说明你没那么爱呗！原来任大神真的有受虐倾向啊！我就觉得任大神喜欢你完全超过你喜欢他！”

齐珊珊没心没肺说完这句话，就滚到被窝里睡美容觉了，但是张深谙感觉心中的警钟像突然被敲响。是啊！自己喜欢任致余的程度好像真的只有他喜欢自己的十分之一，从一开始任致余就走在退线之外，他的那番肺腑之言如今还掷地有声。

她和鲁溪对视一眼，鲁溪却给了她一个安定的眼神。

“别怀疑自己的爱，只有你可以给任大神最好的爱，你要相信。”在齐珊珊和周公会晤前她听到鲁溪这样说。

又一年过去了，他们在一起八个月之后的第一个情人节这天，因为任致余即将去美国，张深谙把任致余约在了她初中学校附近的一个大排档。

任致余踏着雪粒子进大排档隔间的时候，张深谙笑了。

“我马上要走了，这么高兴？”

“不是，我感觉你和这儿太有违和感了！”

“谁叫老婆任性，那我也只能恭敬不如从命了！”

“少贫！”张深谙招呼老板，“再来两份牛小肠、两瓶啤酒！”

“你请客啊？”

“我请我请，尽地主之谊，我可是市希望杯得金奖的人！”张深谙一脸骄傲，介绍道，“这里就是我初中时和夏百合经常来吃的小摊，快十年了，高楼平地起，这儿简直是社会发展最小的缩影，以前还是个小摊位现在都成流水大排档了，看看都有包间了，还能听到海的潮起潮落声，跟海景房似的洋气！”

“别喝醉了！”

“我酒量好着呢！”

任致余笑着摇头，这个要面子的小女人，谁在去年寒假前聚会那次喝得断片来着？

“深深你会想我吗？如果你不希望我走……”

“说什么废话！任致余，我俩情况和百合他们能一样吗？我又不是自怨自艾没了男人不能活的小女人，而且我忍受得了分别，我反而不喜欢黏人的状态你知道的，你数数我们上学期见面的次数，你是在这座城市还是在大洋彼岸有差别吗？反正网络让世界变成了地球村！不过任致余你真的很低调，践行秘密恋爱很到位，虽然实际是我们真的太忙了。不管怎么说上学期我过得充实又美好，除了那什么……玩意儿，不过也被你解决了！所以谢谢你，任致余，谢谢你喜欢我。”

“小傻瓜。”

“况且我在准备跟你告白的那天晚上就已经知道了你今年要去硅谷的事啊！这可是你的前途和未来，我没有任何理由阻止，我也不想阻止。就像乔学长要去进修交换，我觉得也无可厚非。但问题是如果给不了未来和承诺，他就不该接受百合的追求！他俩分手那就真的是老死不相往来了！”张深谙边说边又倒了一杯啤酒，“我们不一样，9月我也去美国做交换生了，所以任致余你等我半年就好。”

“想得真透，别喝了，再喝真醉了！”

“任致余，我不是说过了你不要再照顾我那自尊心了，我真没那么在意了。我决定跟你在一起的时候就已经把这些身外之物都抛诸脑后了，所以如果你越这样始终忌惮越会在那方面触碰我的底线，我觉得我们之间反而就不平衡了，那早晚有一天得崩……”

“开始说胡话了啊！”

张深谙的圆脸已经因为酒精上头而殷红，可是她神奇的一点就是醉了还能不带停地以正常语速跟你对话，还能够逻辑不紊乱地通透，也会偶尔断片，这三个矛盾点同时集合在一个人身上她也是唯一一个了。

她夹了一个辣椒往嘴里送，下一秒就被辣出眼泪来：“什么东西啊？好辣，唔，难吃死了，任致余你看，什么都会变的，衣不如旧，人不如新，现在的东西也没有过去的干净正宗地道了，什么都变了！”

“就该给你收了筷子，动作这么快呢！醉糊涂了，辣椒都敢往嘴里送？你以为你川妹子啊？不过居然辣哭了还不忘讲大道理，上辈子哲学家来着吧？”

张深谙还是沉浸在自己的世界里喋喋不休：“所以嘛！珊珊她们每天还羡慕嫉妒盘问我，什么和财阀谈恋爱多刺激多精彩啊！我都打落牙齿往肚里咽啊！为了给你维持光辉伟岸的形象。原来我也以为和你们这样的富豪公子哥谈恋爱会有多么奇妙，搞不好今天我想吃北海道的鱼，你就托人给我空运过来了；我突然想去非洲大草原看羚羊了，你就开着飞机带我走了……可结果呢？我们现在为什么还在这路边摊大排档啃烤串？还有我刚才吃的啥玩意儿？”

张深谙抹了一把嘴，戳了两下碗碟里的辣椒，继续说：“我当然没有看不起这样普通具有烟火味的生活，这必将是万千人生的常态，我也是芸芸众生中的一个而且也是这么过来的，没有像你一样是喝着玉露琼浆长大……哦对不起，我喝多了，我说了我不把你放在高高在上对立面的，我自己强调让你给我平衡，我该死，我自己却总是破坏规矩，那你也是芸芸众生中的一个，和我一样。我没有膨胀，但我只是觉得我是不是可以体验一下贵族生活？万一我和你分手了，那不然我多亏……”

任致余看着撒酒疯的张深谙觉得又好气又好笑，八面人格，原来这么委屈呢。

“宝宝是你想约在这里的。你说这家味道最正宗，有家乡的味道要带我品尝一下！而且这里不会有任何人认识我们，我们可以畅所欲言。”

“当然！就许你让我长见识？我就只能井底之蛙鼠目寸光啊！而且我也顺便让你体验一下民间的烟火气，你每天都吃山珍海味的，没吃过这美味吧？”

“所以你的弦外音、潜台词是什么？”

“你真的可以带我去一切高档的地方，我不会给你丢人的！你也不用为了照顾我的情绪为我的尴尬买单而总是和我去这些和你那么不相匹配的地方，还是你真打算金屋藏娇一辈子啊？”

任致余挑眉看露出迷离的眼神却有着清晰思路的她，无奈地坐到她旁边，她顺势倒下来，靠在了他的肩头。

“如果你在顾及我的自尊心和尴尬指数，那你完全不需要，而且我不差，不会给你丢脸的……”张深谙反复重申着。

看来真的思考了很久了呀！

“宝宝，你老实说是不是看上了我的钱？”任致余决定用轻松的方式逗她。

“唔，还看上了你的人，我一向比较贪心。”

下一秒，任致余就低头咬住了张深谙嘟起的花蕾般的红唇，张深谙的眼睛瞬间睁开了，看到是任致余之后，才有片刻的放松。

“闭眼睛。”

任致余低低地说了一句，便轻易攫取她的香甜和浓烈的宿醉，仿佛要把未来半年的量都给补上。要说贪心，我才是最贪心的，张深谙，我想要你一辈子，下辈子……

直到觉得她快无法呼吸了，任致余才放开她，女孩在他怀中微喘。

“以后还敢不敢喝酒，喝醉？”

“不敢……”

半年时间弹指一挥间，任致余课业和事业实在太忙期间只回国了一次，那次还偏不巧张深谙去参加挑战杯比赛了。他们终于见面是在这年 9 月，张深谙申请到了在美国 XX 大学为期一年的交换生名额。

落地机场，看到那个总是出现在聊天视频中的人出现在你面前，张深谙那一刻才觉得思念如潮水般涌来，原来她可以成为他口中那个黏人柔软的张深谙。

她觉得那一刻自己的短跑成绩肯定是满分，她几乎是冲进任致余的怀抱的，因为任致余真的往后踉跄了几步。

小刘还咳嗽了一声在憋笑的样子。

“任致余，我好像胖了？还是你体力不行了？”

“我体力不行？宝宝你确定？”

“我胖了我确定！”

12 月 23 日，IMCA 国际医药交流大会在德国柏林召开，来自世界各地的医药界巨贾大佬、药监部门领导、医药研究科学专家以及最年轻的医药学学生代表齐聚大会，探讨如今全球的医疗形势、医药主张以及未来医药发展方向等。

张深谙作为中国中医药学学生代表和全球专业人士进行了三分钟全英文脱稿阐述汇报，赢得满堂彩，甚至在最后的媒体提问环节，也是表现得可圈可点，见解独到，出类拔萃。

大会之后的慈善晚宴上，张深谙没想到远在美国的任致余居然手捧鲜花出现了，更让她惊喜的是她见到了任致余的父亲医药富商任慕年先生。

“我来介绍一下，爸，这就是我女朋友，张深谙。”

“任叔叔您好！”张深谙捧着花和任慕年打招呼。

“嗯，现在是年轻人的天下啊，刚才发言很不错。创意理念很新颖，你们长丰科学院在做这项研究吗？”

“是，已经进入初创阶段，相信马上就会做出成绩。”

“好！有眉目了可以让致余联系我。”

“真的吗？”

“当然。我很感兴趣，我相信现场有很多人都很感兴趣，都想跟你们团队交流。今年我们出的这两个提案都很不错，未来是你们的天下，你很优秀。”

“任叔叔过奖了！不足之处还有很多，第一次参加这样的国际性大会既忐忑又紧张。”

“没事，有空可以来家里吃饭。”

什么？张深谙看向任致余，他朝她点点头。

“好。”

其间，张深谙跟着姜教授带的团队和很多医药界的知名人士攀谈，还意外碰到了在学院做过讲座的贾森教授和方仁光教授，也和他们探讨了很多。

这一场大会的收获是无法用言语来形容的，他们团队里的二十六个中国大学生，都是各大高校竞选出来的佼佼者，和优秀的人一起碰撞出思维的火花，创造这个社会的价值体系，他们一直在前进。

张深谙他们几个人有个群——愚人码头。今夜，群里特别热闹，新闻稿出得也很快，齐珊珊不停地更新着张深谙的图片，溢美之词占满了对话框。

张深谙敲下一行字：谢谢大家！你们是我最珍贵的财富和最安全的港湾，我们回国聚。

来到了宴会大厅的后院花园，这里偶有一些来休息的、来抽烟的人，准备点心的服务员来回穿梭，张深谙坐到一处藤椅上，脱掉了高跟鞋。

弯腰正打算去揉脚，前方出现了一双熟悉的酒红漆皮鞋，接着熟悉的身影蹲了下来，抓起她的脚踝，在她后脚脖子轻轻贴上了创可贴。

“任致余你怎么出来了？”

“来透口气。”

“我也是。”

“我看你也学习交流得差不多了吧？后面都是一些慈善拍卖和舞会，姜教授要求你们必须参加吗？”

张深谙摇头：“明天我就回波士顿了，你呢？也回学校了吧？还是先回洛杉矶？”

“我们还真是在同一座城市居然因为繁忙没法每天腻在一起，接着就是异国恋半年，现在好不容易在一个国度了，还搁两头……”

张深谙咯咯笑起来：“任致余你怨气很大嘛！”

“所以宝宝你今晚要不要补偿我？”

“怎么补偿？”

“大片诅咒吧。”

“那是什么？”

张深谙在第二天到达美国洛杉矶的时候还是一脸蒙的状态，昨晚私人飞机直接把他俩从柏林带走了！

“宝宝很累吧？要不先睡一觉？今明两天可是热闹非凡！”

张深谙有一瞬间的记忆丧失：“哦，平安夜圣诞节！”

“补偿开始了，深谙小姐。”

“任致余，这就是你的大片诅咒？”

“好戏还没开始呢！”

“嘁！我不困，飞机上睡得够久了，不过话说这才是我第二次来你洛杉矶的家，没办法，波士顿和洛杉矶真是太远了，我太懒了。”

“知道，小懒虫。”

“那你想好怎么过了吗？”

“其实只要和你在一起，怎么过都可以。”

“说实话，我这两年成长的速度完全超过了过去所有时刻，很多因素形成了现在的情况，而对于你来说其实从十二岁开始你一直都生活在世界各地，所以你是不是想待在家里？那才是最温暖的状态。”

张深谙第一次看到任致余最会心的笑容，好像她真的完全走进了他的世界。

“否则你完全不需要马不停蹄飞美国，平安夜圣诞节哪里不能过呢？反正都是在国外，反正都是洋人的节日。”

任致余把张深谙抱进怀里：“深深你再这样我要亲你了，你快看穿我了。”

张深谙轻轻离开他的怀抱，踮起脚，下一秒就主动给了任致余一个吻。

“这是我的大片诅咒吗？”

两人还是出门了，感受着整座城市浓厚的欢庆圣诞的氛围，任致余为了庆祝张深谙在国际医药交流大会上的上佳表现，也为了祝贺她这两年的飞速成长，给她买了很多东西，从衣服到鞋子，从配饰到书籍，从电子产品到科学用品……张深谙第一次因为刷任致余的卡那么开心，没有愧色和卑情。

夜幕降临，任致余订了豪华的五星级酒店顶层包厢和张深谙共进烛光晚餐。

“干杯，补偿你第一次去我家的时候让你一个人待着的三个小时，还有宝宝你还记得我来美国前的情人节那天你在老家的大排档里抱怨的话吗？”

“什么？”张深谙搜寻着年初的记忆打马虎眼，“我一喝酒容易断片儿。”

能不记得吗？太丢人了！

“是容易不认账吧？”

“呵呵……”

“宝宝就算变成乡野村妇我都不嫌弃。”

“咳咳……”张深谙差点一口红酒喷出口！任致余你还敢毒舌一点吗，一点面子不给我留。

回到洛杉矶公寓，小刘已经把圣诞树布置得差不多了，整个公寓都环绕着圣诞节歌曲循环播放的氛围。

“小刘同志真是你的贴心小棉袄啊！”

“你是我的心肝宝贝。”

“……”

张深谙决定还是默默做事吧，每次调侃任致余都被反撩的感觉真没那么爽的，她认真地挂着圣诞树上的小星星、小玩具、灯烛、彩花，突然头上多了一顶圣诞帽。张深谙转头看任致余，任致余正倚靠在钢琴架前喝着红酒。

“任致余你知道吗？我小时候真的有过很有意义的圣诞节，大概在我五六岁的时候吧，那个时候还是天真无邪的，就很相信圣诞老人的礼物啊。然后那年圣诞节第二天我睡醒之后就真的在我家烟囱里拿到了圣诞老人骑着雪橇派送到我家的礼物，是一双红色的皮靴棉鞋，我当时记得我高兴了好久，就真的很相信。后来长大了当然知道是我妈妈特意准备的呀，因为之前我跟她念叨了好多次说圣诞节到了圣诞老人会在圣诞袜里藏礼物什么的。小孩子真的很单纯的。”

任致余看着张深谙坐在一片圣诞树前，整个公寓独有的暖色调灯光映衬得她肤如凝脂，她整个人仿佛在发光，她的笑容美好得像童话。

虽然经济状况不宽裕，但是深谙的妈妈尽己所能给了她很多的爱。

“你真是拥有世界上最好的妈妈。”

张深谙突然意识到了什么，她站起来走向任致余，环住他的腰，看着他：“任致余以后你有我了，我会代替妈妈来爱你。如果你愿意，我可以成为你永远的倾听者，你也跟我讲讲你小时候惊心动魄的故事吧！”

任致余的内心狠狠地悸动了一下，一低头，就吻住了张深谙微张的嘴唇。

“唔……”张深谙娇喘出声，刺激了任致余所有的敏感神经，他一把抱过张深谙，旋身把她压在钢琴旁，唇舌长驱直入，直达味蕾的顶端……

突然，任致余的手按到了钢琴键，发出的一声清晰的琴音把张深谙的理智召回，她推开任致余，一张小圆脸已经染上了潮红：“你喝醉了……”

“我很清醒，宝宝，可以吗？”任致余蛊惑的嗓音漾入张深谙的耳畔。

“会很疼吗？”

“我会很轻。”

一夜的同频共振，当张深谙被冬日的暖阳亲醒的时候，首先映入眼帘的是睡眼惺忪的任致余，但他的笑容和此刻自己浑身的酸痛又在提醒她昨晚经历了怎样的翻云覆雨……

“宝宝早安。”

“哦，早……早安。”

“宝宝你真美！”

什么？

“任致余你流氓你欺负我！还骗我说不疼！”疼死了好吗！她边说眼泪边又流下来了。

任致余有点慌了，他急着去安慰她。张深谙一下子往旁边一缩还顺便带走了大部分被子，结果任致余毫无防备地呈现在了她的眼前。

“啊！”张深谙赶紧捂住了自己的眼睛。

任致余看着她的样子，又可爱又搞笑又心疼。几秒钟之后，张深谙听到任致余说：“可以睁眼了，宝宝很累要不要抱你去洗澡？”

“不要，我自己可以，你……你先出去。”

“好，那有什么问题叫我。”任致余眼瞅着就快走到卧室门口开门出去了，张深谙见状慌忙把自己用被子裹好准备起来，结果刚一起身，就看到了雪白的床单上那一抹鲜花般洇开的嫣红，又醒目又庄严，似乎在宣告着她是个女人，而不是个女孩儿了。

所有的巧合都是命中注定！任致余半开着房门偏巧转头看过来打算告诉张深谙：“宝宝你衣服在……”

四目交接，床上刺眼的猩红映入他们的眼帘。

"啊——"又是张深谙的一声尖叫，她整个人都扑向床上那摊印记，结果踩到裹在身上的超长被子，整个人滑向床侧……

任致余的确是第一时间跨步过来接住了她，然而——还是扭了脖子……

这算是不幸中的万幸吗？不然她现在扭的，估计是腰？

"小笨蛋，我会对你负责的。"

三、置之死地而后生

柏林那次国际医药交流会上提出来的项目中医抗癌药在张深谙大四毕业前夕正式投入生产，合作方正是任氏药业集团。

这天，参加完科学院的项目汇报会后任致余带张深谙去任家大宅："任致余，我买的礼物你爸爸、珏姨还有思群姐会喜欢的吧？"

"从来没看过你这种紧张的样子，在专业上雷厉风行的女强人去哪儿了？"

"今天别开我玩笑啊！"

"好，放心吧，他们都挺喜欢你的。"

"对了，我一直都忘记问了，大一暑假那会儿我们刚在一起的时候你说和家里的关系还在修复中，但是前年在 IMCA 上我看任叔叔挺和蔼可亲的，所以现在你和家里的关系……"

"可能今天你就是我们家的解铃人了。"

张深谙被任致余的器重都给惊呆了，他都没有搞定的父亲居然让她去游说，这可能吗？

饭桌上，任慕年问了张深谙的近况，毕业之后的打算，倒是完全没有任何不和睦现象。

“爸，您别问了，这可是未来儿媳妇，审犯人似的，让谙谙好好吃个饭。”任思群替张深谙解围。

“你懂什么，婚姻大事岂能儿戏？我们家有你一个离婚的已经够了！还嫌不够丢人！”

“我丢人？我就是家里联姻牺牲的悲剧，不相爱才会离婚，你们都相爱怎么会有问题？金钱买不到感情！”

“没有钱你寸步难行！”

“哎，好了好了，父女俩又吵起来了，谙谙都在，还不消停？让未来儿媳妇看笑话，都不要我们家小余了！”宋珏忙劝架。

“不会，珏姨，一家人是吵了好好了吵的，很有烟火气，这说明任叔叔也不把我当外人。那既然这样，任叔叔您可否听小辈几句话。我和任致余在一起也三年了，他很宠我，也很温暖，所以虽然你们都忙，但是你们从小就给了他衣食无忧的精品生活，家里的教育肯定也从来没有缺席过，任致余才能成长得这么好。任叔叔您有了如今的地位声望，还能在一片滩涂里发现我这颗水晶，说明您看人的眼光有多准，您的决策几乎就是不败的神话。任致余对医药这块没有很浓厚的兴趣，可是我有，所以我知道您有多不容易。您的所有医药探索为我国医药事业做出的贡献，都是我们教课上的经典案例。说实话，我真的很崇拜您。我想正因为您高瞻远瞩英明睿智才有了这么出色的一双儿女，那么我相信思群姐的能力怎么样，您比谁都清楚，那您为什么不给思群姐一个机会呢？我们都希望子女过得好，才是家庭兴旺事业上升的好兆头，思群姐在任氏从最底层做起，到如今总经理的位置，她可以继承您的衣钵的。我和思群姐打过交道，她的工作作风非常果敢，看问题一针见血，给思群姐一个机会，她一定会青出于蓝而胜于蓝的！还有请您也给任致余一个向您证明他的机会吧。任叔叔您没关注吧，他的公司快上市了，他在外面取得的成就您不是不知道，只是因为他没有按照您的规划继承家业，这点您一直耿耿于怀，但是任何人都得放在他合适的位置上才能发光发热不是吗？如果任致余被束缚在他并不热爱的医药行业，他不会比思群姐做得好的。所以，如果任致余公司上市成功，您就给思群姐一个机会如何？如果需要以后我效劳任氏集团，我也定当鞠躬尽瘁。”

任致余和张深谙离开任家大宅之后，宋珏跟着任慕年进了书房："慕年，我觉得谙谙这孩子很优秀，他们俩感情也很好，互相能够扶持，所以你打算……"

"在那孩子身上看到了你的影子？"

"我讲的是实话。"

任慕年看着宋珏，他知道他这辈子多么幸运遇到了两个好的女人，他们在他事业的通途上是携手打拼的人，是贤内助，到了儿女这一代，却反而没法选择那么纯粹的爱情，这样的道理终于是有待商榷了！或许他该转变了，那个孩子的确很优秀，未来潜力无限，配得起他们家任致余。

他拨通了周家的电话："是我，老周啊，这一次是我考虑不周，孩子们的事就作罢了吧，我欠你个人情，生意场上有用得到任某的地方随时开口。"

回程路上，任致余的心情简直就像挂在九重天空之上的太阳，热情似火。

“果然是曾经的最佳辩手啊！学富五车，舌灿莲花，宝宝你这么棒丈母娘知道吗？”

“可能我和你爸的气场比较合，谁是你丈母娘啊？别占便宜瞎套近乎啊！”

“宝宝还要考验我到什么时候……”

张深谙的电话在夏日的夜晚不合时宜地响了起来。

“妈，你们到焦云了吗？我毕业典礼在下个月，你们这次准备待多久？”

电话那头妈妈传来的只有四个字——外公走了。

听到这句话，张深谙的手机就那样直直滑向车底座，一瞬间，她觉得照亮她人生的两颗星星之一陨落了。

任致余连夜走高速把张深谙送到焦云市医院的时候，外公已经走了快三个小时。

妈妈接住张深谙踉跄着跑进医院的身子：“深深，见外公最后一面吧，他在等你，你知道外公最疼你了。”

张深谙在病床前哭得撕心裂肺。张深谙妈妈说，外公年纪大了，本来就全身都是病，这次突发心脏病骤然离世，已经有预兆。从来没有和他们提回来一趟的外公在一个月前让深谙妈妈一家回焦云一趟，说是深谙都毕业了要参加孩子的毕业典礼。她在比利时应该很稳定了，该回家乡看看了，老两口不知道还有多少日子可以活，但真回来了却真成了天人永隔。想来外公是觉得自己心脏负荷不住了想见女儿外孙女最后一面吧，造化弄人。

人有旦夕祸福，命运有时何其残忍，终是阴阳两隔，无法见到。

屋漏偏逢连夜雨，任致余在医院守了张深谙一夜，第二天却被张深谙的一通电话惊醒，他赶紧拿起她的电话去外面接通：“喂？”

“任大神，怎么是你？”

“什么事？”

“哦，你快让深谙看微博，出事了，不知道哪个八卦账号曝了深谙的黑料，现在全网黑深谙啊！你们在哪儿呢？我们一起想想办法，这都眼看着毕业了，要是被这莫须有的罪名加身，留有污点，还拿不到毕业证真是荒诞了！”

任致余的脸冷得像极寒之地的冰窟：“这件事情不要让她知道，我会处理好。”这么难过的时刻可不能再有事来烦扰了，“齐珊珊，深谙外公昨晚去世了，所以这两天你们都关注一点，不要刺激她，麻烦了。”

任致余挂断电话就去看微博，已经有很多八卦账号跟风转发了，转发量不断突破上升，而且被顶上了热搜。内容很低级，一看就是断章取义的栽赃陷害，是有关张深谙、姜琮和他的三角恋故事，张深谙被描绘成了一个水性杨花爱慕虚荣的女人。

配图有很多张，有他们大一的时候在超市里他把深谙抵在空调前的，有辩论社他和深谙深情款款对视的，有他在食堂把深谙拉走的，甚至还有那张他朋友圈发的亲吻深谙脸颊的照片，还有张深谙晚上开着卡宴回学校的照片。其余的就是和姜琮有关的：学校里姜琮拉住张深谙的照片，两人在咖啡馆谈天的照片，最博眼球的是那天清晨在学校附近宾馆门口三个人拉拉扯扯斗殴的照片，陷害者还把齐珊珊和罗旭P掉了。

除了朋友圈那张盗图，都是学校及附近公共场合能够被大众拍到的图片，看来加害者处心积虑搜集了很久却为何选在这样一个时间节点曝出来？他们都快毕业了！是想来个釜底抽薪彻底弄垮张深谙吗？究竟是谁？什么仇怨？

照片文字一经无良媒体渲染加工，很快发酵，连“任致余 车祸”都被挖出来顶上热搜了。评论里的画风被带向任致余是个被戴绿帽子的可怜虫所以心不在焉出了车祸，而姜琮和张深谙则成了一对狗男女……

“张深谙 不配”“张深谙 水性杨花”“张深谙 爱慕虚荣”“张深谙 不要脸”……各种难听的热搜都在排行榜前十牢牢卡位，简直是一场准备好的水军表演！

任致余关掉微博，打了个电话给杨律师：“对，去调查一下，不惜一切代价揪出幕后黑手，我看是谁敢和任家作对！”

火化场、出殡、葬礼一系列后事结束后，就在大家都以为张深谙度过了悲伤期的时候，她开着任致余的卡宴消失了，所有人都找不到她了。

他们找遍了所有她可能去的地方，也问了一圈科学院的同事，听说他们是有一个团队出科研任务了，但是不确定张深谙是不是跟他们走了。因为她还没入编，所以除了实验室团队那帮人很熟悉她之外，大家也都知之甚少，而且他们科研考察队都是流动的行动路线，单位里的其他人也就知道个大概出发位置，具体考察位置都是变化的，他们去的地方又经常没信号，还联系不上；如果考虑她回比利时或波士顿那搜查范围就太大了，毫无头绪。

任致余、夏百合和深谙妈妈李慈差点就要报警了，终于在她消失了二十多个小时后联系上了在国外出差的姜教授，知道了她可能真的随实验室的科研团队去科学院下个项目点——大西北一座小镇采集医药信息了。

任致余连夜出发，赶到小镇已经是一天一夜后了。在张深谙杳无音信近四十八小时后，他终于在小镇实验基地的实验室里找到了灰头土脸的张深谙。

她没有一丝慌乱和不安，平静得仿佛没有在逃避这突如其来的一连串打击，正在捣鼓药剂，被烟熏得眼睛都睁不开。

“生活总是起起落落，我觉得可能是这四年我得到得太多太幸福了，所以现在被眼红的人陷害了，也很正常，所以任致余你现在出现是平息所有问题了吗？”她看着他满脸的焦急和如释重负淡然地问。

他把她抱进怀里：“不要吓我了，以后绝对不可以失踪，你妈妈有多担心？”

“对不起，虽然我不至于寻死觅活的，但我可能就是想抽离自己，一个人安静一会儿，我不想面对你们一个个觉得我好惨的感觉，没有那么惨的，可是你这么快就找到我了……”

夜幕降临，张深谙和任致余加入了乡民为科研队准备的篝火晚会，他俩坐在木质躺椅上。张深谙挽着任致余的手臂，靠在他的肩头，抬头仰望天空。

“北方的星空真的很清澈。”

“宝宝，我听着，你想说什么就说。”任致余低沉的声线传来。

“嗯，但我不想说可以吗？”

“可以。”

“任致余，我们会分开吗？”

“只要你不放手，我们永远不会分开。”

“这一星期其实没有我高中时的经历难受，因为网络舆论攻击不到我，只有真真切切身边的人才可以。其实我来这里只是在放逐自己的悲恸，因为外公去了天国，科研队的项目又恰好给了我这样一段与世无争的空白期让我来缅怀外公，而且他肯定不希望我被那些子虚乌有的事烦扰，所以我不会。”

果然还是看到了网上的那些糟心事儿啊！但果然是心智强大到让人心疼的张深谙啊！

“我也很遗憾，和外公只有一面之缘。”

“外公很喜欢你，他也只见过你。”

“所以幸好那天我去接你了不是吗？心动一定要行动，这样很多事情可以少点遗憾。”

“嗯，一定要及时尽孝，不然后悔永远会追随着我们的余生。任致余，就像你告诉我你的故事一样，我也把我的故事告诉你，都告诉你，或许我还有保留，你也要包容我好吗？因为那对我来说很不容易了，我从来不和外人讲这些，实际上，除了妈妈和百合，百合其实也知道得不尽然，你也是第一个。所以以后我们要是分开，你敢抖搂出去，我就弄死你！同归于尽！”

“还会开玩笑，说明精神状态不错。”

“我说真的，我光脚的还怕你穿鞋的。”张深谙低头看了一眼面前燃烧的篝火，声音仿佛从遥远的过去穿透而来，“我们家就是沧海一粟中很普通的家庭，尤其爸爸去世之后，生活的重担压在妈妈一个人肩上，上有老下有小，真的是你无法想象的辛苦。后来妈妈终于苦尽甘来遇上了埃里克尔，我们搬去了比利时。但是头一年才是我人生中最糟糕的日子，你知道人生地不熟陌生的异国他乡，语言不通，我妈妈那时候可能水土不服身体也不太好，精神压力也大；我也很糟糕，学校不适应，还打架，被孤立，这个你知道一些了。你知道的他们白人黑人都人高马大的，各种流言蜚语，那些真切地发生在眼前的伤害在我高二遇到姜琮以后有了很大的改善。我之前说过了那时候他的确护我挺多次的，还替我挡掉了很多来骚扰我的男生，但因为家庭变故我紧闭了心门，虽然高中的时候因为流言蜚语我看谁都戴着有色眼镜，可能真的有错过了好男人……”

“好男人会不帮你？帮你还是为了图谋不轨？”

“好吧，然后高中毕业姜琮跟我表白我们就在一起了。当时我不知道那是出于感恩，还是那个年纪的女生对学长的向往和喜欢，但我现在回想起那两个月交往的日子可能真没有高中那两年是纯粹救助者和受助者的身份和谐开心。而且我那时在准备回国念大学的事情，分身乏术，也无心照顾他的情绪，就被他留了张恶毒辱骂我的字条分手消失了。如今我当然明白那时的我对他更多的应该是感恩和谢意，现在则是无感，也没有恨意，没什么好恨的，有恨说明还爱得深切了，大概是谁的人生没有遇过几个渣男呢。”

北方昼夜温差大，任致余拿过身旁的大衣给张深谙披上，把她的小手紧紧握在手心带进自己的衣兜里，仿佛握着全世界一般小心翼翼。

张深谙吸了一下鼻子继续：“现在连小时候最疼我的外公也去世

了，感觉我的人生到了一个转折期。你知道吗？任致余，我其实不是说我有多难走出来，或者在跟你交往这件事情上因为顾虑有多纠结自卑，这些都不会把我压垮。每个人都有自己的劫数，我也只是在少年时代经历了一些而已，所以我没有被生活的磨难打倒，而且你看我其实心肠挺硬的，我们随着成长没有人再是本原的我们了。弱肉强食适者生存，不只是动物世界里的法则，人类社会更是如此。现在我不知道是不是该感谢之前那些并不美好的经历，不然我可能是温室里的花朵，没有这么奋进和优秀，也无法让你看到我的闪光点，我们就真的擦肩而过了。但现在上天已经把那么好的你送到了我的面前，他的补偿够大了。任致余你知道吗？其实我有想过等自己强大起来再接受你的，那样我们都会容易点，毕竟我并不确定你是否会一直等着我，毕竟现今社会最易变的就是矢志不渝的爱了。所以我想，等到你厌了倦了自动离开的话也挺好的，我也不会那么难过了，但是你好像太喜欢我了，所以你一直在保护我，你从未离开。”

任致余添了点柴火：“所以你以后也不能再离开我了，离开我们大家，既然你体会过有人消失的厌恶感就不可以再吓我了！”

“对不起任致余，以后不会了……”张深谙拢了拢身上的大衣，不远处的篝火渐渐熄灭，村民们三三两两回去休息了，“我十五岁的时候去了比利时，虽然有一堆糟糕的事情发生，但是妈妈、埃里克尔、百合他们或多或少都在以自己的方式爱我，所以我想我才有支点才会成长得还不错吧。现在想想当时很多事情是我自己一个人扛下来的，我从来没有和妈妈说过我高中时的那些遭遇，因为我知道妈妈自己已经够难了，我不想徒增她的烦恼。我妈为了我已经去撑最难熬的岁月和物质基础了，我不好意思再去要求她分一部分情感精力给我，那是多么残忍的事情。她那么累了，遭受了更多的流言蜚语一个人拉扯我到这么大，在异国他乡她甚至还听不懂别人对她的指指点点，多么讽刺！所以我从不相信任何人，我只是一直在奔跑让自己变得强大，然后去改变命运……所以当你闯进我的人生，其实我有点措手不及的。你这样的人本是我一辈子都不会接触了解的人，可是我真的有点控制不住自己去接近你。因为你怎么就那么不一样呢？你怎么就轻易打破了所有规则，你怎么就觉得你每次打破的禁忌都有完美的出口呢？你怎么会共情我对已故父亲的愤怒？你又怎么会看穿我伪装的坚强？我已经不适应别人对我那么好了！”

“现在有适应一点吗？”

张深谙点点头：“大一生日会那次你说会给我过一辈子生日记得吗？我当时其实有过一丝觉得可笑的。现在我想，任致余从没对我说过任何谎啊！他对我说的所有话都做到了！我想之前吃过的苦大概是为了遇到你而换取的代价，所以在我遇见你的时候，上天已经准备把我的福泽都还给我了。”

她的声音越来越轻，眼睛渐渐阖上。

“深深，前路是光明的，不再有黑暗。”

第二天一早，张深谙跟着团队去镇上，有信号了开机，她的电话就被轰炸了，第一个是夏百合占线：“宝贝啊，你总算是开机了，没事吧？快看微博，舆论风向都变了，任大神真是神兵天将，你可以回来了！”

“百合，我真不是为了微博那事儿走的……我看到热搜的那天就知道任致余肯定有办法解决那些胡编乱造的污蔑，我不担心。科学院这个项目本来就安排在这个时间，只是刚好外公走了，我就当顺便散心，我道歉该和你们大家说一声的。”

挂了电话，虽然昨天任致余肯定已经派人通知妈妈他们了，她还是亲自给妈妈去了电话报平安，而后她终于时隔四天再一次登上了微博。

热搜风向真的已经全部换了，五花八门的，前几名分别是“致谙CP甜”“治愈系夫妇”“袁安易转发置顶”“N.K转发置顶”……

任致余开通了微博账号，发了两条微博。

第一条是澄清报道：

大家好，我是任致余。关于前两天网络上甚嚣尘上讨论我和长丰医大张深谙之间的关系的一系列情况，我在此做出说明。

张深谙是我女朋友，没有劈腿，没有第三者，她很好，我们很相爱，我们没有公布，是因为我不想让她曝光在媒体之下承受像现在这样的欲加之罪。我们在一起三年了，感情稳定，即将结婚，希望大家能祝福我们。

关于照片上的男人是她前男友，来纠缠求复合。在宾馆外打架是因为我们团队通宵熬夜备战数学建模比赛，她前男友跟踪她蹲守宾馆外一夜，所以我们是正当防卫。下方还附上几张没有经过PS处理的照片，齐珊珊和罗旭的脸被打上了马赛克，但是很明显，有姜琮拉扯想抱住张深谙，张深谙躲避的照片，还有罗旭和我一起殴打姜琮的照片，齐珊珊安慰一脸惊恐厌恶表情的张深谙……最后附上了建模获奖的证书，所有的时间节点都对上了，这一切都说明了真相。

关于豪车，这对我来说只是我送给女朋友的生日礼物，她拒绝了，那日工作太晚我怕她辛苦非让她开回学校的。

第二条微博是一段剪切好的短视频，从张深谙大一时在讲座上用德语和贾森教授探讨中医药学术问题到IMCA国际医学大会上惊艳的三分钟汇报，还有是她所有参加比赛科研活动的视频素材以及她前阵子刚刚参加的中医药抗癌药新品发布会的剪彩仪式，十分钟的短视频把张深谙的出色和优秀展现得淋漓尽致。

文案是张深谙大学四年的辉煌履历：药学系一班班长，团支部书记，党员辅导员，金杯辩论社副社长，市创新人才结营班负责人，省大学生挑战杯金奖获得者，美国××大学交换生，在校期间发表学术论文获奖，IMCA国际医药交流大会大学生代表，国家青年人才培养计划预备役人员……

任致余的这两条微博能掀起轩然大波瞬间扭转舆论也是因为他的那群私交甚好的真哥们儿的一律转发置顶，连长丰医大的官网和官博都纷纷转发了，其中流量功臣当数国民老公袁安易和当红偶像歌手N.K了！

张深谙看到任致余昨晚刚注册的账号一夜之间突破千万粉丝，连她和任致余的CP粉官博都有了……而且很多舆论公关媒体大拿账号都纷纷转发，那些水军评论一下子都被淹没了，广大网友的评论则是精彩纷呈。

愚人码头群里齐珊珊不断激动地发来网友们的盛况评论。

任致余第一条微博下面的评论都是：

“任大神太帅了！低调男神霸气护妻，太man了！”

“有钱人的恋爱羡慕不来！”

“今夜我们都是柠檬精！”

"水军退散，保护我方治愈系夫妇！"

"啊！国民老公袁安易和 N.K 居然和任大神是好友！果然是一个国度的男神！"

"喷子是傻子吗？"

……

第二条视频微博下则是一水儿恭维张深谙的：

"这可是长丰医大女神级的学霸啊！这年头有颜有脑的学霸真不多了……"

"两人真是太配了……科研界的女神，悬壶济世的医仙……"

"神仙眷侣，俊男靓女，天造地设！"

"这是什么爱情神话！"

……

张深谙提前结束西北边陲小镇的考察，任致余把她送回了焦云。

"下个礼拜就拍毕业照准备毕业了，好好回去休息一下，这一周太辛苦了！"

"嗯，你也是。"

"小任来了吗？"深谙妈妈李慈从屋里出来问。

"妈，我回来了。"

"深深，你个不让人省心的孩子。小任啊辛苦你了，为我们深深的事情忙前忙后的。"

"我不辛苦，阿姨，下次再好好登门拜访，您放心，从今往后我会像您一样爱她，不让她受一点委屈。"

任致余连夜回任家大宅，准备和家里商量如何处置周家的事情，结果经过父亲书房的时候，听到任慕年怒气冲冲的一通电话：“周四海，我本来还觉得对你们家孩子有点亏欠，你们可倒好，转身往我未来儿媳妇身上泼脏水！既然你不仁那就别怪我不义，得罪我们任家人的下场你早该有觉悟的！”

原来导火线居然是父亲接受深谙做任家媳妇推了周家的联姻，才让周家狗急跳墙。

父亲一贯雷厉风行，他出手封杀周家，自然不需要任致余亲自动手了。

而秦科也因为盗了罗旭朋友圈里任致余的图卖给周宪妮，盗窃信息用于诽谤他人牟利而被学校记大过处分差点拿不了毕业证！

这件事至此尘埃落定。

Chapter 04

谢谢你遇见我的世界

TANG XIN CHU LIAN

6 月毕业季，女生们整理出一堆旧物到学校的跳蚤市场去卖。

张深谙开了一罐汽水，三人碰了一下：“来，让我们祝贺阿溪和丁明学长终于在一起！”

“阿溪，我可太羡慕你了，丁明学长可是任大神公司的小领导了，跟着任大神混金山银山等着来啊！”齐珊珊一脸惆怅。

“你不也是，罗旭也是小领导了啊！”鲁溪反怼。

“那不一样，我们是异地恋你懂吗？我爸妈非要我回去考公务员……”

“爱情和亲情是可以共存的，珊珊你可以斗争一下，你不是在医药公司投了简历了吗？”

“就业是容易，能不能立足就不一定了！”

“都有个过程的。”

“我要是混不下去了，深谙，我去投奔任大神了！”

“欢迎，让你坐前台。”

“嘿！没良心的……”

三个人在阳光下梦想着自己最好的青春时代。

毕业的日子终于来了，拍毕业照、召开毕业典礼，张深谙作为毕业生代表上台致辞。

讲台下，是那个开学典礼上致辞的任致余，她最喜欢的任致余，正在看着她微笑。

四年前，我在台下不认识台上的你；四年后，我在台上爱着台下的你。

毕业意味着各奔东西，意味着最严峻最重要的人生选择，你奋斗终生的事业摆到了现实的岔路口，那一瞬间回望过去，才知道学生时代是最无忧无虑的。

离开学校的那天晚上，整个大四都在狂欢，我们洒下致青春的热泪，我们相约十年后再聚首，张深谙和任致余他们躺在学校操场的青葱草坪上，最后一次感受大学生的年华。

四年的时光，张深谙不仅得到了任致余，也把自己献给了任致余，他们都成了更优秀的人。身边的朋友、亲人也成了他们最好的精神支柱，最暖的精神港湾。

张深谙顺利考上了德国贾森教授的研究生，任致余的公司上市了，任思群签署了继承协议，夏百合开始接手父亲的企业逐渐步入正轨……

张深谙和任致余成了长丰医大优秀毕业生，他们在长丰医大设立了“智安基金”教育基金会——资助学校的贫困生，激励优秀的学生拿奖学金。

时光不老，爱心永续。

8 月的长丰机场依然忙碌喧嚣。

“昆塔，好好照顾自己，在澳洲有什么问题就打电话给我。”苏昆塔继续踏上了去澳洲留学的路途。

“谙谙姐，我和致余哥有几句话要说。”

“叫姐夫。”张深谙轻松地佯装不满，但是这样的方式似乎表明了一切。

“走吧。”任致余揽过苏昆塔的肩头走向一旁。

“致余哥，如果对方是你的话，我很放心，你一定要一辈子爱她。姜琮那浑蛋给她带来的所有不好的事情，我希望你都可以用爱来抚平她曾经的伤痕。如果你敢朝三暮四，我绝对不会放过你！”

“当然，我会爱她一辈子。所以现在开始不要再看着她了，昆塔，她是你姐姐，永远都是，从今往后我会看护她一辈子。你该有自己的女孩要去守护，还有，有任何问题找我，别打扰你姐。”

苏昆塔的脸上有一瞬间被撞破年少心底密事的难堪，稍纵即逝。

也是啊，任致余和张深谙那么聪明的人怎么会看不出来，自己也没有完全隐藏好这份情感，是深谙姐顾全他面子才从来不跟他提及吧！

结束了，那个照亮我人生旅途方向的最好的谙谙姐，时光可以冲淡一切。

“占有欲可真强。我知道了，姐夫！祝你们幸福。”

送走苏昆塔，任致余和张深谙去另外一个登机口准备展开二人世界的毕业旅行。

候机时，张深谙问他：“你刚跟昆塔说什么了？我觉得他看我的眼神变了……”

“还挺敏锐啊！我说了你一直不好意思对他说出口的话。”

“啊！很直白吗？昆塔很受伤吗？”

“爱心泛滥了啊！是他自己放手的，因为我给你的是最好的爱情。”

“那么自恋呢！”

他们去了厄瓜多尔看绿光，那是张深谙梦想的一件事情。

那天非常幸运，他们知道，绿光出现的时间非常短暂，而且并不经常出现，在太阳完全落下去的前一分钟，当太阳的很大一部分还可以看得见的时候，那轮轮廓鲜明的，在波浪似的动着的太阳周围，围上一层绿色的镶边。

时间很短，只有一两分钟，所以看到绿光的刹那，张深谙和任致余十指紧扣。

“你知道吗任致余，传说只要和喜欢的人一起看到绿光，他们就会幸福一辈子。我曾经不信任别人，我只相信我自己，但是除了我妈妈以外，从今往后你是我最信任的人，谢谢你遇见我的世界，所以，不要再让我一个人独行。”

“永远不会，我爱你的时间会永驻。我会一点一滴把你缺失的东西都补回来，带你经历所有的快乐与甜蜜。”

在绿光消失前，任致余把一枚钻戒套在了她的无名指上，他看着她的眼睛，深情地问：“深深，我爱你，嫁给我好吗？”

张深谙轻轻点头，环抱住他，任致余笑着拥吻她，这个世界上他最爱的女孩。

—全文完—

Extra

01

深　海　的　蓝　座

TANG XIN CHU LIAN

（一）

张深谙在德国柏林读研期间，任致余的学业和工作重心仍然在美国，恰逢张深谙的生日，任致余飞到柏林给了张深谙一个惊喜。

是夜，张深谙正在书房埋头整理贾森教授的医药学著作资料，任致余敲门进来，放下一杯金橘蜂蜜水："生日还忙？"

"嗯，今天一天过我的生日已经浪费很多时间了，这个书稿我要赶快整理好，截稿日期快到了。"

"你们一群研究生和教授合编的那本医药书吗？"

"嗯。"

"深深，你为什么那么痴迷医药学？"

"为什么？大概是因为小时候外公生了重病需要一大笔钱但是家里没钱看病，等我们有钱的时候那些落下的病根已经要陪着他一辈子了，他再也没有办法复原。所以我从那个时候开始立志学医，但是其实我胆子比较小，所以我就走中医这条路了。一路都在研究，经常看医学书籍，所以我才能够在那么短的时间内申请到长丰医大。”

“怪不得啊学霸，底蕴深厚！专业第一，认了！你大一的时候已经有别人大三大四的职业规划和能力水平，有那么厉害的学业履历也不足为奇了。”

“怎么？你一个对这行业不怎么感冒的人还不服我的专业第一？”

“没有，我一直知道我们家宝宝最棒了！但是你觉得医学这条道路你可以一辈子走下去吗？我只是觉得你太辛苦了。”

“医疗健康是未来福祉，医疗保健市场是未来发展的奇迹。在仓廪实而知礼节的时代，大家果腹之后投入最多的就是健身健康医药医疗行业了，未来可是潜力股，所以任叔叔的眼光有多长远啊！”

“你还真是他的崇拜者？怪不得他那么喜欢你当他儿媳妇。”

“这也是巧合，要是任叔叔是做别的行业的，那我们也没什么共同语言了！”

“不过，如今像你这样潜心学问的年轻人真的不多了！”

“多谢任总谬赞了，而且为自己热爱的行业奉献青春那是幸福，不是辛苦！就像以前我喜欢你，虽然辛苦但更多的是幸福，现在全是幸福！”

任致余宠溺地揉了揉她的头发：“那我看书，你继续忙吧。”

不一会儿，张深谙突然团起了一张纸扔进垃圾桶，抬头问他：“任致余你帮我看看，这个算法你会吗？”

他拿过资料，展开了一个会心的微笑：“我教你，老婆太聪明，居然等到今天我的智慧才有用武之地！”

“别贫！”

其实点拨几下张深谙就已经会了，接着她又把一段标红的意大利文递给他：“这个你翻翻呗，反正你闲着也是闲着，我不会意大利文。”

“宝宝敢情拿我当免费劳动力呢？我今天要不来呢？”

张深谙指了指电脑：“那只能靠翻译软件了，那我就比较辛苦了。”

“怎么补偿我？”

“看你翻译的质量啊！”

任致余无奈，任劳任怨地翻译，等他差不多翻完看向张深谙时，本以为她会在努力查资料，结果居然看到她手托着头在打盹，书桌上的台灯映衬着她漂亮的脸蛋，这么努力辛苦的宝贝，怎么忍心再让她补偿什么呢！

他轻手轻脚地抱起张深谙把她放到床上，第二天张深谙起床的时候任致余已经回美国了，公寓里像来过了一位田螺姑娘——早餐已经准备好了，书桌前的资料也已经整理完了。

（二）

婚后某一天，任致余下班回家，居然看到张深谙在做饭，他从后背环住她，头抵在她肩头：“今天是什么日子？任太太居然下厨？”

“不能总是你做饭或者阿姨做饭呀！为了爱的人心甘情愿地付出，说好了要赶上你对我的爱的，而且我要自力更生，丰衣足食！”

“……”小魔女果然是为了自己，一举两得。

（三）

张深谙研究生毕业那年怀了龙凤胎，任家和深谙妈妈都非常紧张，宋珏和李慈还特意赶到美国陪护了最关键的头三个月。两位母亲大人离开的第一天早晨，张深谙就拿出了刮胡刀要替任致余剃胡须。

“妈妈们刚走，宝宝你就这么不听话吗？刀具都要收起来。”

“我一直很想玩一下的，好不容易妈妈们走了。”

“宝宝，我的身体是你的玩具吗？”

“说什么呢？你的胡子是我的实验品罢了！”

等张深谙给他抹上刮胡泡，小心翼翼地替他刮完胡子，任致余自己冲干净之后，问：“好玩吗？”

“不好玩。”

张深谙刚打算离开浴室，就被任致余拦住。任致余单手撑着瓷砖墙，张深谙贴着木门。

“任致余你在干吗？壁咚吗？”

“没有啊，你不知道你刚刚做了很危险的事情吗？”

什么事情？大清早替老公刮胡须？这哪里危险了……

结果下一秒，任致余就低头亲吻住她的脖子，一路向上，直至吻上了她性感的唇。

“任致余你别……怀着孕呢！不要你宝宝了？”

“宝宝真是又坏又可口。”

“……”

张深谙摸着还不明显的肚子，问：“任致余，你说我会是一个好妈妈吗？”

“深深，你成长得很好，没有因为那些校园孤立的冷暴力，因为家庭的变故，因为他人的伤害而懈怠生活，反而你做出了很多成绩，乐观坚强善良，所以你绝对是个好妈妈，女儿会和你一样美丽善良又聪慧！”

“你也肯定是好爸爸，任致余，你没有因为母亲离去的阴影而消沉，也没有因为漂泊而不信任任何人，更没有因为那么大的压力而停止奔跑前进，你优秀得就不用我夸了，儿子也会像你一样帅气大气又睿智！”

（四）

婚后某一年正月初一去焦云市白头山给外公扫墓。回去的路上任致余的车居然抛锚了，村镇之间一时没法马上喊人来修理，于是任致余跟着张深谙人生第一次搭了公交车。

张深谙看着任致余蹩脚地刷卡，尴尬地落座，全程憋笑，他那无处安放的大长腿和无辜的眼神真是让人觉得太可爱了。

“任致余，请你发表一下第一次坐公交车的感受？”

“可以回家让你体验一下。”

“……”

这个流氓！语不惊人死不休！

后来张深谙靠在他肩上假寐，提醒他到站自己按铃，结果任先生还是坐过站了，这件事也成为任家后来好一阵子的笑料谈资：任先生，想不想体验一下坐一趟回不了家的公交车的感受？

Extra

02

有迹可循

TANG XIN CHU LIAN

（一）

十五岁那年，张深谙踏上比利时这片土地的时候，在布鲁塞尔机场遗失过一串挂着布朗熊玩偶的钥匙，等她发现想去失物招领处咨询的时候，和从服务台归还了那串钥匙的任致余擦肩而过。或许上帝从这个时候就开了天眼，要把这个穿着红色帆布鞋、卡其色工装裤、军绿色皮衣、一头如瀑黑发的女孩儿带到这个一身黑色休闲装打扮的男孩身边。

（二）

张深谙在研一暑假和任致余回到了比利时，拜访张深谙的继父和妈妈。张深谙带他走访了自己读了三年的高中校园，虽然那并不是一个留有太多美好印象的地方，但至少是她存在过的印记。

礼尚往来，张深谙也被任致余带着走进他的过去，沿着他成长的足迹，去看他是如何成长为今天这样一个优秀的男人的，他成长过的十三个国家，他曾经六年只睡四个小时的时光，还有他五湖四海的朋友……

在外面游历了两个月，终于粗略感受到任致余拼凑出的实感，两人窝在家里沙发上吃冰的瞬间，张深谙突然意识到自己真是完全没深入了解透任致余这个人就答应他的求婚了，虽然他的所有条件都是那么诱人……

“任致余，你这么优秀，全世界各地优秀的美女你都看遍了，为什么会喜欢我？你喜欢我什么？你什么时候开始喜欢我的？”

“宝宝，你这么多问题，让我先回答哪一个？”

“你什么时候开始喜欢我的？”

“报到那天。”

“啊？”

“我就是发给你饭卡、资料包的那个人。”

“你不也是新生吗？”

“帮我表哥忙啊！被他拉去当壮丁。”

“噗……”

“我这么帅一个人站那儿，你是唯一一个一眼没看过我的女人。”

“是吗？那自恋的任先生你为什么会喜欢我？”

“任太太你知道的，这么多年我一直在奔跑，我以前是为了找一个能让我慢下来的人，但是结果你也一路在奔跑，跑得比我还凶！”

“所以呢？后悔了？”

“你知道我在说什么。”

“任致余，其实我在奔跑，你慢下来，我们的步调节奏就一致了。”

“傻瓜，我想说的是任何人的择偶条件在遇到那个人的时候已经不复存在了！所以你就按照自己的生活方式去做就好，无论你是迅速奔跑的张深谙还是慢慢悠悠的张深谙，我都喜欢。因为我喜欢你的时候就是你原来的样子，所以你不需要做任何改变。我们之前都不认识，没有情感基础，所以也没有习惯责任和日久生情一说，我喜欢你，爱上你，满脑子都是你，只是因为你是你。”

“任致余原来你真是对我一见钟情啊！那你也很肤浅啊！”

任致余失笑，这个破坏深情气氛的鬼精灵：“你在变相夸自己很美吗？

张深谙不置可否，任致余问：“那你呢？老实说，你是不是也早就喜欢上我了？只是觉得不可能才一而再再而三拒绝我的？”

张深谙倒是被这个问题问得蒙了一下，她发现自己无法说不是，但也无法确切回忆起自己是什么时候开始喜欢上他的，可能是大一那次野外实验课任致余因为自己而受伤让自己真的动容心动？也可能其实早就在报到那天的超市一见钟情了，她无法判定爱情到底是如何开始的。突然脑海中回忆起了乔展新和自己聊天那次他说过的话：你可能是他的救赎，但他不是你的，是吗？

原来不是。

“任致余，你表哥乔学长弄错了一件事情，你才是我的救赎。你那么美好，我上辈子一定是拯救了银河系才能被你一见钟情！”

“深深，你也弄错了一件事情，是我上辈子一定拯救了全宇宙才能被你也喜欢着。

“嗯？”

“还记得大一的夏天我出车祸那次吗？你知道我当时站在医院天台上在想什么吗？我在想等到我出院，我就去找你。我其实也在死要面子，自己扛着所有，什么都不告诉你。要是车祸再严重点万一我真的见不到你了，我该有多后悔，所以我真的打算不顾一切去告诉你，这样就可以和你在一起了。可是当我看到你出现的那一瞬间我还是决定尊重你！”

“你一定是觉得我出现了肯定是回心转意的吧！”

“谁说的？女人心海底针！更何况是你的心，我都被你虐了多少回了你说？我想过的可能我不说就彻底和你没戏了！你没那么坚强也没那么勇敢为了爱情去牺牲，而我也不能因为一己之私把我的境况作为砝码加诸你身上绑住你，万一你真的不喜欢我呢？”

“任致余，我喜欢你，很爱你，你不用怀疑。”说完，张深谙主动吻了任致余。

（三）

某日，昆塔的感情问题出现瓶颈，找张深谙和任致余参谋。但主要问题是女朋友是他的高中同学，大学读完要回国发展，可是昆塔还是打算继续在澳洲读研。

“假如是你，你会为了男朋友留在国内，不顾自己的前程发展吗？”任致余问。

“不会。你会吗？”

“不会。”

“哈哈，我们是同一类人。”

“我们不是。宝宝，我只是你喜欢的那种人。”

“任致余，我发现你脸皮很厚啊！”

“还行吧，看是对谁了。”

“……”张深谙突然想起来一事问：“所以你不是为了跟我在一起而转专业的？”

“是巧合，所以我们多配。”

“任致余你真诚的吗？”

“宝宝，我从来不说假话。”

“那时候我从没打算跟你在一起。”

“宝宝，你现在的眼光和选择都是顶级的，非常正确。”

“呵，变着法儿夸自己呢！”

“我们家以后就是我在前面冲锋陷阵，你在后面数钞票！”

（四）

毕业几年后的某日午后，女生好友聚会。

难得齐珊珊来长丰，她们四个总算是凑齐了，齐珊珊看着圆润了一圈的张深谙问：“这位贵妇，请问你是被大魔王给圈养了吗？”

“才没有，我们俩每天忙得脚不沾地，哪还有空玩 cosplay？”

“是吗？深谙你现在特别像斜杠青年你知道吗？如实招来！”鲁溪居然也起哄。

夏百合可是个急性子，慌忙去捏张深谙的腰窝想用这招迫使她投降好好说叨说叨她和任致余之间的趣事。

果然，腰窝是张深谙的敏感地方，她有点控制不住地笑起来，见状，另外两个居然也加入了调戏她的行列。

“你们停手，停手听到没，阿溪你给我住手啊！小心我跟任致余告状！不给你老公发工资！让你每天吃不上肉！让你瘦！”

“深谙，现在就剩我们家丁明在你们家任大神手底下工作，你就欺负我……”

“不过，谙谙，你真胖了啊！感觉你腰都粗了，你不是怎么吃都不易胖的体质吗？”

“有吗？”张深谙两手贴着脸颊做蝴蝶花状，顺便扑闪了两下水汪汪的大眼睛。

“不能忍！虐狗！”

张深谙笑了笑，接着继续戏谑：“来打我啊！不过你们也没什么好羡慕的。珊珊你多幸福啊，罗旭才真的是最好的男人，他都为了你去你们家那边发展了。还有你阿溪，你和丁明学长的爱情才是最简单平凡。至于百合，你和蒋公子怎么样了？”

三双眼睛都齐刷刷盯着夏百合。和乔展新分手之后，她整个人都变了很多，尤其是在恋爱和事业两个方面，恋爱谈得很少而且向张深谙看齐越来越理性，事业上更是做得风生水起，在她爸的企业里面已经坐到了项目经理的位置了。

“蒋公子可能是第二个任致余！”

此话一出，另外三人是既好奇又震惊。

“像任大神的话，那就是可以奔着结婚去了吗？百合啊你作为阅男无数，最早经历相亲市场的大龄单身女白领，你的终身大事终于是有着落了！”齐珊珊把感动演得活灵活现。

“反正有好消息红包你们一个都别想逃！”

“资本家啊都是！”

夏百合的魔爪又伸了过去捏了捏张深谙的小圆脸：“哎呀，确定胖了，看来任致余把你养得真的很好！”

“羡慕不？”

“唉，羡慕啊！千年不胖的人都胖了，果然你每天都被喂得饱饱的！”说完朝张深谙欠扁地挤挤眼，一副你懂我在说什么的样子。

“夏百合你一天不讲荤段子要死啊！”

大家都哄笑起来，张深谙突然来了一句：“不过我们家那位最近睡眠质量的确越来越好了，他的失眠症快被我治愈了。”

众人：“……”

她是怎么把严肃悲伤又温馨的事情和开黄腔结合在一起的！

齐珊珊默默吃饱狗粮，默默转移了话题：“你们说我到时候结婚选在哪儿比较合适？”

“怎么？罗旭那地主家的傻儿子终于求婚了吗？”

“哈哈，泄密了，本来打算在群里公布的。”

“大喜事啊！”

“现在人生活压力大，不如意事太多，真需要这样的喜事来提提神。”

“深谙的求婚地、结婚地、蜜月地，我都太羡慕了！”

“人家豪门婚礼，能比吗？”

“嘻嘻，结婚地任致余选在我最喜欢的巴塞罗那的时候，我真的很惊喜。”

“深谙你不知道任大神是你的头号狂饭、宠妻狂魔吗？你在大学期间所有校报和所有杂志、学术版面的介绍和采访他都买了，而且做了手账。”

什么！张深谙不可思议，差点把一口啤酒喷出来。

鲁溪摇摇头：“我简直在这里找虐啊！聊个天都能发现一件件任大神那些年做过的还没让深谙知道的浪漫事儿！我们家经济基础最

差，我打算下次国庆休假还是去斯里兰卡捡宝石吧！”她感叹说。

“今日我们都是柠檬精，这么说来我也打算去巴厘岛度蜜月，或者马尔代夫、夏威夷。去我喜欢的地方，让我们家罗旭掏钱。”

张深谙从喜滋滋和震惊模式中回过神来感慨：“就真的想标榜自己挺幸运的，能被任致余深爱着，捧在手心里，我们这一生，两情相悦修成正果的概率又有多渺茫呢？他从认识我的时候起就一直包容我，爱护我，不让我再经受任何的不公平和伤害，给我充足的安心感，让我坚定地朝着自己的目标前进。他提供了无限的帮助，甚至还不让我知道，他小心地呵护着我的自尊，甚至都能够降低自己的标准。但是如果我早一点遇到他，或许我们之间根本不需要大一那一年他付出的慢慢治愈我的时间，但或许那样的话我们会分道扬镳也说不定，总之，所有的磨难都是必经的，所有的快乐也是同等甘甜的，最后，希望我们十年后再聚首！干杯，我最好的姐妹们！祝我们永远幸福！”

图书在版编目（CIP）数据

糖心初恋 / 竺库编. -- 石家庄 : 花山文艺出版社，2020.1

ISBN 978-7-5511-1195-9

Ⅰ. ①糖… Ⅱ. ①竺… Ⅲ. ①长篇小说—中国—当代Ⅳ. ①I247.5

中国版本图书馆CIP数据核字(2019)第278990号

书　　名：糖心初恋
著　　者：竺　库

统筹策划：张采鑫
特约编辑：娄　薇
责任编辑：董　舸
美术编辑：胡彤亮
责任校对：齐　欣
装帧设计：颜小曼　西　楼
封面绘制：一颗菜菜
出版发行：花山文艺出版社（邮政编码：050061）
（河北省石家庄市友谊北大街330号）
销售热线：0311-88643221/29/35/26
传　　真：0311-88643225
印　　刷：长沙鸿发印务实业有限公司
经　　销：新华书店
开　　本：880×1230　　1/32
印　　张：9.125
字　　数：210千字
版　　次：2020年3月第1版
2020年3月第1次印刷
书　　号：ISBN 978-7-5511-1195-9
定　　价：36.80元